彰化學 020

林亨泰的天地

——林亨泰新詩研究

蕭蕭◎編

晨星出版

【叢書序】
啟動彰化學
──共同完成大夢想

林明德

二十多年來，台灣主體意識逐漸抬頭，社區營造也蔚為趨勢。各縣市鄉鎮紛紛編纂史志，大家來寫村史則方興未艾。而有志之士更是積極投入研究，於是金門學、宜蘭學、澎湖學、苗栗學、台中學、屏東學等，相繼推出，騰傳一時。

大致上說來，這些學術現象的形成過程，個人曾直接或間接參與，於其原委當有某種程度的了解，也引起相當深刻的反思。

一九九六年，我從服務二十五年的輔大退休，獲聘於彰化師大國文系。教學、研究之餘，仍然繼續台灣民俗藝術的田調工作。一九九九年，個人接受彰化縣文化局的委託，進行為期一年的飲食文化調查研究，帶領四位研究生進出二十六個鄉鎮市，訪問二百三十多個飲食點，最後繳交《彰化縣飲食文化》（三十五萬字）的成果。

當時，我曾說過：往昔，有一府二鹿三艋舺的符碼；今天，飲食文化見證半線風華。這是先民的智慧結晶，也是彰化的珍貴資源之一。

彰化一帶，舊稱半線，是來自平埔族「半線社」之名。清雍正元年（1723），正式立縣；四年（1726）創建孔廟，先賢以「設學立教，以彰雅化」期許，並命名為「彰化縣」。在地理上，彰化位於台灣中部，除東部邊緣少許山巒

外，大部分屬於平原，濁水溪流過，土地肥沃，農業發達，有「台灣第一穀倉」之美譽。三百年來，彰化族群多元，人文薈萃，並且累積許多有形、無形的文化資產，其風華之多采多姿，與府城相比，恐怕毫不遜色。

二十五座古蹟群，各式各樣民居，既傳釋先民的營造智慧，也呈現了獨特的綜合藝術；戲曲彰化，多音交響，南管、北管、高甲戲、歌仔戲與布袋戲，傳唱斯土斯民的心聲與夢想；繁複的民間工藝，精緻的傳統家俱，在在流露令人欣羨的生活美學；而人傑地靈，文風鼎盛，舊、新文學引領風騷，成果斐然；至於潛藏民間的文學，既生動又多樣，還有待進一步的挖掘與整理。

這些元素是彰化的底蘊，它們共同型塑了「人文彰化」的圖像。

十二年，我親近彰化，探勘寶藏，逐漸發現其人文的豐饒多元。在因緣俱足之下，透過產官學合作的模式，正式推出「啟動彰化學」的構想。

基本上，啟動彰化學，是項多元的整合工程，大概包括五個面相：課程設計結合理論與實際，彰化師大國文系、台文所開設的鄉土教學專題、台灣文化專題、田野調查、民間文學、彰化縣作家講座與文化列車等，是扎根也是開拓文化人口的基礎課程，此其一；為彰化學國際化作出宣示，二○○七彰化文學國際學術研討會聚集國內外學者五十多人，進行八場次二十六篇的論述，為彰化文學研究聚焦，也增加彰化學的國際能見度，此其二；彰化師大文學院立足彰化，於人文扎根、師資培育、在職進修與社會服務扮演相當重要角色，二○○七重點發展計畫以「彰化學」為主，包括：地理系〈中部地區地理環境空間分析〉、美術系〈彰化地區藝術與人文展演空間〉與國文系〈建置彰化詩學電子資料庫〉

三個子題，橫向聯繫、思索交集，以整合彰化人文資源，並獲得校方的大力支持，此其三；文學院接受彰化縣文化局的委託，承辦二〇〇七彰化學研討會，我們將進行人力規劃，結合國內學者專家的經驗與智慧，全方位多領域的探索彰化內涵，再現人文彰化的風貌，為文化創意產業提供一個思考的空間，此其四；為了開拓彰化學，我們成立編委會，擬訂宗教、歷史、地理、生物、政治、社會、民俗、民間文學、古典文學、現代文學、傳統建築、傳統表演藝術、傳統手工藝與飲食文化……等系列，敦請學者專家撰寫，其終極目標乃在挖掘彰化人文底蘊，累積人文資源，此其五。

彰化師大扎根半線三十六年，近年來，配合政策積極轉型為綜合大學，努力參與社區總體營造，實踐校園家園化，締造優質的人文空間，經營境教，以發揮潛移默化的效果，並且開出產官學合作的契機，推出專案，互相奧援，善盡知識分子的責任，回饋社會。在白沙山莊，師生以「立卦山福慧雙修大師彰師大，依湖畔學思並重明德化德明。」互相勉勵。

從私立輔大退休，轉進國立彰師大，我的教授生涯經常被視為逆向操作，於台灣教育界屬於特例；五年後，又將再次退休。個人提出一個大夢想，期望結合眾多因緣，啟動彰化學，以深耕人文彰化。為了有系統的累積其多元資源，精心設計多種系列，我們力邀學者專家分門別類、循序漸進推出彰化學叢書，預計每年十二冊，五年六十冊。並將這套叢書獻給彰化、台灣與國際社會。

基本上，叢書的出版是產官學合作的最佳典範，也毋寧是台灣學的嶄新里程碑。感謝彰化縣文化局、全興、頂新、帝寶等文教基金會與彰化師大張惠博校長的支持。專業出版社晨星的合作，在編輯、美編上，為叢書塑造風格，能新人

耳目;彰化人杜忠誥教授,親自題寫「彰化學」三字,名家出手為叢書增色不少,在此一併感謝。

回想這套叢書的出版,從起心動念,因緣俱足,到逐步推出,其過程真是不可思議。

「讓我們共同完成一個大夢想吧。」我除了心存感激外,只能如是說。

·林明德(1946~),台灣高雄縣人。國立政治大學中文博士。現任國立彰化師範大學國文學系教授兼副校長。投入民俗藝術研究三十年,致力挖掘族群人文,整合民俗藝術,強調民俗是一切藝術的土壤。著有《台澎金馬地區區聯調查研究》(1994)、《文學典範的反思》(1996)、《彰化縣飲食文化》(2002)、《阮註定是搬戲的命》(2003)、《台中飲食風華》(2006)、《斟酌雅俗》(2009)。

【編者序】
勾勒寬廣遼闊的林亨泰天地

蕭蕭

　　彰師大每隔一年舉辦一次現代詩學術研討會，行之有年，口碑極佳，二〇〇九年六月，在我建議下，以「林亨泰詩與詩學」之名舉辦國際學術研討會，會議舉辦前夕，隨彰師大副校長林明德所率領的研究團隊，前往林亨泰先生在彰化八卦山腳的寓所拜訪。這是我第二次拜訪林先生的住家（位址不同），距上一次的登門親炙，已經有四十四年之久。可見我們平日都疏於親近鄉賢長輩。

　　第一次拜訪時，我才讀完大一的課程，一九六六年利用暑假時間參加笠詩社舉辦的中部詩作者、讀者「詩話會」，因為笠詩社十二位創辦人之一古貝先生的鼓勵，以讀者的身分參與盛會，可以想見木訥的我遠遠站在角落的樣子，什麼話也沒說上。四十四年後的第二次，我以六十二歲的第二高齡，可以擠到林先生身邊，可惜不善言談的八十五歲老先生已經不喜言談，我又錯過細說詳論的機會。

　　雖然言辭上未能與詩壇前輩有唇海舌浪的機會，但林亨泰的詩與詩論卻是我的心眼隨時掃瞄的對象。記得，二〇〇一年真理大學計畫頒贈第五屆「台灣文學家牛津獎」給林先生時，我以擔任現代詩課程的講師身分，建議當時台灣文學系主任林政華以「福爾摩沙詩哲」的封號稱呼林先生，且在舉辦學術研討會時主動要求新任主任陳凌，讓我所主編的《台灣詩學》季刊配合刊登論文，製作專輯。當時刊登的論文包括陳主任的〈詩史之眸〉、趙天儀的〈論林亨泰的詩與詩論──現實

主義與現代主義的對話〉、三木直大的〈林亨泰中文詩的語言問題——以五〇年代現代詩運動前期為中心〉、郭楓的〈感覺靈光的詩美投影——評析林亨泰詩作藝術〉、蕭蕭的〈台灣現實主義詩作的美學特質——以林亨泰為驗證重點〉、青年學者孟佑寧的〈林亨泰詩語風格「異常句」、「走樣結構」之分析——以《林亨泰詩集》為分析場域〉，其中有兩篇論文收入本書中。

蒐集林亨泰資料、研究林亨泰詩作，最有功勞與功效的當推呂興昌教授，一九九八年整理出版的《林亨泰全集》（彰化文化中心），皇皇十冊，是建構林亨泰天地最重要的憑藉。更早之前，一九九四年呂興昌主編《林亨泰研究資料彙編》，出版已近十五年，這十五年之間，新的學術論述陸續發表，林亨泰所建構的天地，因而顯得更加寬廣遼闊。

這些作品不應該散落各處，為了與彰師大所舉辦的「林亨泰詩與詩學國際學術研討會」論文集相配合，我選輯這十五年間所發表的重要論文，全文收納，集成《林亨泰的天地——林亨泰新詩研究》一書，書後附錄蘇茵慧所收集的〈林亨泰研究資料〉。如此，再加上康原所撰《八卦山下的詩人·林亨泰》（台北：玉山出版社，2006）、林巾力所寫《福爾摩沙詩哲：林亨泰》（台北：印刻出版社，2007），研究林亨泰基本的、原始的資料，齊聚在前，「詩」與「哲」的探尋，將更為豐富，這將是彰化詩學之幸，台灣詩壇之幸。

為彰化詩學、台灣詩壇，衷心感激這篇序文所提到的所有朋友，以及提供論文的、有鑑識能力的學術工作者。

2009年秋天寫於明道大學

【目錄】contents

林亨泰詩語風格「異常句」、「走樣結構」之分析
——以《林亨泰詩集》為分析場域

孟佑寧

前言

　　林亨泰，筆名亨人、桓太，一九二四年十二月十一日生於日據時代台中州北斗街，小時候接受日本教育，早年以日文寫作，台北光復後改習中文，是國內極少數跨越語言的詩人。於一九四八年加入「銀鈴會」，一九五五年加入「現代派」。一九六四年發起組織《笠》詩刊並擔任首任主編。

　　林亨泰的創作過程，以沿襲日本現代詩輸入西歐現代詩潮前後順序而展開，著有詩集《靈魂の產聲》（日文詩集，中文《靈魂的啼聲》）、《長的咽喉》、《林亨泰詩集》、《爪痕集》、《跨不過的歷史》，詩論集《現代詩的基本精神——論真摯性》，教育論著《JS布魯那的教育理論》，譯有法國馬洛所著的《保羅・梵樂希的方法序說》，創作量並不大，但他的作品及評論影響台灣現代詩發展是有目共睹的事實。林亨泰由「銀鈴會」到「現代派」再到「笠詩社」的衍變，可見其「始於批判」、「走過現代」、「定位本土」的詩路歷程[1]，是台灣現代詩史的典型縮影。

1　呂興昌：〈走向自主性的世代——林亨泰詩路歷程簡述〉，呂興昌編：《林亨泰研究資料匯編（下）》，（彰化：彰化縣立文化中心編印），頁366。

一、林亨泰的詩風

林亨泰在現代派群中獨樹一幟，影響著整個詩壇，他不滿近代詩的甜美風格，熱中於實驗與創新，他所發表的詩作傾向思考性，具有獨特的語言和格調，對美也有獨特的追求。

林亨泰不同於其他現代派詩人，他的詩十分樸素，並不會晦澀難懂，林鍾隆曾提到：「林亨泰的詩，不使用『敘述』的方法，不用文字組織起來的『句子』的『意義』傳達給讀者。」[2]因此，從其「精神活動」來看，他不是以文字所持的意義寫詩，而是以精神所具的秩序寫詩，儘管有人說他的詩太新、太怪，也是因為難以掌握寫作的意圖。

林亨泰早期以日文寫作，光復後才開始學習以中文寫作，在加入現代派之前，他的作品是將人間視為悲哀領地，然後進入自我解剖，詩作充滿濃厚的鄉土氣息和社會批判意識，表現出現實主義（Realism）詩人的氣質，並且對社會的罪惡勢不兩立，詩語言受到日本俳句及十九世紀中葉以後世界各國新文學的影響，作品顯得簡潔質樸並且結構緊密。

林亨泰開始接觸現代主義（Modernism）是在日據時代，青年時期受到日本新感覺派的影響，五〇年代中期參加紀弦所組織的現代派後，詩風開始由現實主義轉向現代主義，將林亨泰早期的日文詩集《靈魂の產聲》與《爪痕集》相比，便會發現風格與寫法上產生很大的變化。

林亨泰主張「詩的主要條件」本質上即象徵主義（Symbolism）：在文字上是立體主義（Three-dimensionalism），並發表了許多備受爭議的實驗性符號詩（Experimental symbolicpoetry），一反過去強調詩的抒情性與音樂性的傳統觀點，走向「結構性」（Structural）、「方法論」（Methodology）的策略。

2　林鍾隆：〈《林亨泰詩集》的風貌〉，呂興昌編：《林亨泰研究資料匯編（上）》（彰化：彰化縣立文化中心編印，1994年8月），頁82。

《笠》詩社成立以後，強調本土化（Indigenization），不再追求「現實主義」、「超現實主義」（Super-realism）與「古典主義」（Classicism），而是將生活、鄉土、社會、藝術結合，呈現作品的特色。林亨泰的詩作具有現代性（Modernity）與「藝術性」（Artistry）。

林亨泰將現代主義與台灣社會銜接起來，在現代主義中充滿了現實主義的本土精神，他將現代主義歸宿於本土安頓，以含蓄的氣質表達出他對社會思想的熱情和政治的關心。

二、林亨泰在台灣詩史的地位

林亨泰是一位充滿神祕魅力的人物，在學識和創作方面皆有與眾不同的特性，是詩藝的探索家，不斷的往詩的處女地探索，向沒有價值的地方發現有價值的東西，林亨泰在〈笠下影：林亨泰〉即寫到：「我寧願盡力去探求還沒有被那些『懂得價值的人』的足跡所踐踏過的地方，縱然那是有著猙獰的容貌而不能稱為風景，或者不過是醜陋的一角而不足以稱為風景，可是，我以為只有在這裡才體會得到人類居住的環境底真正的嚴謹性。」[3]

林亨泰將藝術性短詩及圖象方式引進戰後現代派運動，發表許多強調視覺效果的詩作，把詩的形式革命期（Period of form revolution）的實驗詩（Experimental poetry）配合現代派運動自行創作，擴大了現代詩的表現領域，引起莫大的漣漪，他也發表許多鼓吹「現代派」的論文，引起了騷動。

從《現代派》到《創世紀》再到《笠》的行進路線，林亨泰一直是推動台灣詩壇走向現代化的主流，以詩作對詩壇流行的詩作嚴厲的批判。

3　林亨泰：〈笠下影：林亨泰〉，呂興昌編：《林亨泰研究資料匯編（上）》（彰化：彰化縣立文化中心編印，1994年8月），頁38。

紀弦來台倡導「移植」（Transplant）說後，反對聲浪隨之而起，林亨泰為他辯護，與紀弦並肩介紹現代詩，李敏勇在〈台灣在詩中覺醒──笠集團的詩人像漢詩風景〉中寫到：「表面上，紀弦於五〇年代中期撐起了現代主義的旗幟，但實際上，推手卻是台灣的詩人林亨泰。換句話說，紀弦的『現代派』是獲得林亨泰的現代論支援後展開的。」[4]

如果說紀弦為台灣的現代詩點火，林亨泰則是為台灣的現代詩打出了旗號，在現代詩推展過程中影響至鉅，他扮演著啟迪後進詩智、開創嶄新視野的角色，無論是美學理論或藝術創作都顯示出不平凡的貢獻，在現代派群中獨樹一幟，影響著整個詩壇。林亨泰融匯了兩岸詩派，雖然較紀弦年少十多歲，卻在發軔期的現代詩壇提出開創性的論述和詩作，激起詩壇震撼，以詩史的觀點來看，林亨泰和紀弦有著相同的輩分。

陳芳明在《台灣新文學史》第十三章〈橫的移植與現代主義之濫觴〉中寫到：「林亨泰強調現代主義的台灣精神，事實上已經預告了往後現代主義在台灣的發展方向。也就是說，在技巧上與美學上，台灣作家從現代主義汲取豐富的資源，但在精神上與內容上，則注入台灣的生活與感覺。」[5]

這說明了林亨泰在追求現代化的同時，並沒有把「現代」與「鄉土」看作是兩個對立的概念，他強化了在地緣觀點下對本土的關懷的做法，調和現代詩中的都是精神和鄉土關懷，以「走過現代，定位鄉土」[6]來形容林亨泰的文學事業該是最好的詮釋，他是台灣現代詩發展史中最有力的見證人。

4　李敏勇：〈台灣在詩中覺醒──笠集團的詩人像和詩風景〉，刊載於《笠》第170期，1992年8月，頁105。
5　陳芳明：《台灣新文學史》第十三章〈橫的移植與現代主義之濫觴〉，載於《聯合文學》第202期，2001年8月。
6　康原：〈詩史的見證人──跨越語言一代的詩人林亨泰先生〉，呂興昌編：《林亨泰研究資料匯編（下）》（彰化：彰化縣立文化中心，1994年8月），頁358。

第一章 研究目的

現代詩常見異常句（Deviant sentence或稱走樣句），因不符日常用語習性，營造出驚艷意象（Image），由其中異常句特色，呈現作家語法風格（Grammatical style）。

本篇論文旨在以《林亨泰詩集》為分析場域，挑選出不符合語法性（Ungrammaticalness）的句子，以其中語意屬性（Semantic feature）的「±有生（±Animate）」、「±屬人（±Human）」、「±具體（±Concrete）」分析林亨泰詩作語法風格「異常句」的「走樣結構」（Deviant structure），經由對林亨泰詩作中異常句的分析，將其屬性加以歸類，探究林亨泰的詩語風格。

第二章 研究方法

詞組（Constituent）為構成句子（Sentence）的基本單位，其結構有一定的句法規律（Syntactic rules），即為句法成分（Syntactic feature）及語意成分（Semantic feature）的關係，放寬以上兩者的共存限制（Co-occurrence restriction）或選擇限制（Selectional restriction）即形成異常句[7]：

（一）放寬句法成分之共存限制：
依照詞類（Paris of speech）[8]在句子中的句法功能（Syntactic function）[9]是否合乎一般情況，來解釋放寬詞性的共存限制所

7　謝國平：《語言學概論》（台北：三民書局，1998年10月），頁243-252。
8　詞類是依詞組的意思分類。
9　句法功能是依照詞組在句子中的功能分類。黃仲珊、張陵馨編著：《語言與修辭學辭典》（台北：書林，1998年11月），頁6-7、171、185、211、254。

彰化學

造成的異常句。

（二）放寬語意成分之共存限制：
依照語意成分來探討各句法功能的關係，凡在句子中，各句法功能的語意成分不符合共存限制，即構成異常句。

本篇論文選出《林亨泰詩集》中放寬語意成分間共存限制的詩句，將各句法功能的關係分為「主語與述語」、「定語與主語」、「述語與賓語」、「定語與賓語」、「主語與賓語」及「三層句法功能」，再將其語意內涵加以分析歸類，找出相異的語意屬性，探研林亨泰詩作的詩語風格。

《林亨泰詩集》節選〈靈魂的啼聲〉、〈長的咽喉〉、〈非情之歌〉、〈事件〉及〈二倍距離〉五個部分，由於〈非情之歌〉注重黑白對立，結構龐大複雜，因此由其他四個部分挑選出異常句加以分析。

第三章 異常句分析

本篇論文將異常句的句法功能的關係分為「主語與述語」、「定語與主語」、「述語與賓語」、「定語與賓語」、「主語與賓語」及「三層句法功能」，由這六種句法功能的關係列點整理出異常句。在分析這些異常句以前。先簡單介紹各句法功能[10]：

◎主語（Subject）：
一個句子中，做為動作施行者的名詞、代名詞和名詞

---

10 黃仲珊、張陵馨編著：《語言與修辭學辭典》（台北：書林，1998年11月），頁6-7、171、185、211、254。

詞組就叫做主語。

◎述語（Predicate）：

句子中對主語述說或闡明主語情況的部分，即稱爲述語。

◎定語（Adjectival）：

一個字或詞組用以修飾或說明另一個詞或詞組，即稱爲定語。

◎賓語（Predicate）：

受動作直接或間接影響的名詞、名詞片語、名詞子句或代名詞，即稱爲賓語。

◎狀語（Predicate）：

對述語、定語、狀語起描述作用的字、片語和子句，或者對其他意義做進一步的說明，即稱爲狀語。

（一）主語與述語的關係

1.輕緩地向著雨裡／<u>煙</u>（主語），<u>低迴而去</u>（述語），／而又在雨裡沉落。（〈雨天〉，頁4）

　＊主語（－有生，－屬人，－具體）＋述語（＋有生，＋屬人，＋具體）

2.那<u>無邪心</u>（主語）的<u>蠢動</u>（述語）啊！（〈嬰孩〉，頁5）

　＊主語（＋有生，＋屬人，－具體）＋述語（＋有生，＋屬人，＋具體）

3.<u>影子</u>（主語）在<u>躺臥</u>（述語）著，／垂下著眼簾。（〈影子〉，頁9）

　＊主語（－有生，＋屬人，－具體）＋述語（＋有生，＋屬人，＋具體）

4.我的<u>手指</u>（主語）有如那苦修的行腳僧，／逐寺<u>頂禮</u>（述

語）那樣哀憐。

　　＊主語（＋有生，＋屬人，＋具體）＋述語（＋有生，＋屬人，
　　　－具體）

5.與工作等長的／太陽的時間（主語）／收拾（述語）在牛車
　上（〈日入而息〉，頁25）

　　＊主語（－有生，－屬人，－具體）＋述語（＋有生，＋屬人，
　　　－具體）

6.笑聲（主語）終於點燃（述語）花炮了……（〈村戲〉，頁
　29）

　　＊主語（＋有生，＋屬人，－具體）＋述語（－有生，－屬人，
　　　－具體）

7.大霧中／（葡萄酒味道極濃）／山河（主語）也都醉（述
　語）了（〈國畫〉，頁30）

　　＊主語（－有生，－屬人，＋具體）＋述語（＋有生，＋屬人，
　　　－具體）

8.屋頂的四角（主語），／漂浮（述語）在白色海上。（〈黎
　明〉，頁45）

　　＊主語（－有生，－屬人，＋具體）＋述語（± 有生，± 屬
　　　人，＋具體）

9.青蛙（主語）從泥土中笑出（述語）聲音來（〈失眠〉，頁
　53）

　　＊主語（＋有生，－屬人）＋述語（＋有生，＋屬人）

10.每一條畦道（主語）都在輾轉反側（述語）……（〈失
　　眠〉，頁53）

　　　＊主語（－有生，－屬人，＋具體）＋述語（＋有生，＋屬
　　　　人，－具體）

11.月亮（主語）如玩具般的蠕動（述語）著……（〈失
　　眠〉，頁53）

＊主語（－有生，－屬人）＋述語（＋有生，＋屬人）

12.住有口渴者的／<u>門戶</u>（主語）／竟<u>噴出</u>（述語）了／汽水
（〈渴〉，頁54）

　＊主語（－有生，－屬人）＋述語（±有生，±屬人）

13.<u>色彩</u>（主語）<u>滾滾轉轉</u>（述語）……（〈回憶 NO.1〉，頁
56）

　＊主語（－有生，－屬人，＋具體）＋述語（＋有生，＋屬
人，＋具體）

14.<u>美學</u>（主語）<u>永不生育</u>（述語）（〈畫室斷想〉，頁168）

　＊主語（－有生，－屬人，－具體）＋述語（＋有生，＋屬
人，＋具體）

15.<u>太陽</u>（主語）<u>浴在</u>（述語）起泡的風景中（有孤岩的風
景）

　＊主語（－有生，－屬人，＋具體）＋述語（＋有生，＋屬
人，＋具體）

16.<u>季節</u>（主語）把乾的鵝卵石／<u>拋棄</u>（述語）在無水的溪底

　＊主語（－有生，－屬人，－具體）＋述語（＋有生，＋屬
人，＋具體）

17.<u>歷史策略</u>（主語）早已<u>傳到</u>（述語）遠方了

　＊主語（－有生，－屬人，－具體）＋述語（－有生，－屬
人，＋具體）

18.<u>山頭</u>（主語）逐漸<u>放出</u>（述語）七種的色彩

　＊主語（－有生）＋述語（±有生）

（二）定語與主語的關係

1.<u>夢</u>（主語）是<u>苦痛的</u>（定語），夢是空虛的（〈夢〉，頁
3）

　＊主語（－有生，－屬人，－具體）＋定語（＋有生，＋屬人，

－具體）

2.以復甦的（定語）理智（主語），／猜謎般判斷出來的。
（〈詩與題名〉，頁7）
　＊定語（＋有生，＋屬人，－具體）＋主語（－有生，＋屬人，
　　－具體）

3.在我的心之（定語）晴空（主語）（〈回憶〉，頁10）
　＊定語（＋有生，＋屬人，－具體）＋主語（－有生，－屬人，
　　－具體）

4.寂靜的日子／風（主語）透明（定語）（〈小溪〉，頁27）
　＊主語（－有生，－屬人，－具體）＋定語（－有生，－屬人，
　　－具體）

5.從軟管裡／將被擠出的（定語）／就是春（主語）
（〈春〉，頁36）
　＊定語（－有生，－屬人，＋具體）＋主語（－有生，－屬人，
　　＋具體）

6.以單細胞動物之白的（定語）行動（主語）（〈冬〉，頁
39）
　＊定語（－有生，－屬人，＋具體）＋主語（＋有生，＋屬人，
　　＋具體）

7.在這結晶體的（定語）早晨（主語）（〈冬〉，頁39）
　＊主語（－有生，－屬人，＋具體）＋定語（－有生，－屬人，
　　－具體）

8.我（主語）雖是速度（定語）1，亦是影子（定語）2。
（〈光〉，頁40）
　＊主語（＋有生，＋屬人，＋具體）＋定語1、2（－有生，－屬
　　人，－具體）

9.這顏色的（定語）最初（主語）（〈火的發現〉，頁43）
　＊定語（－有生，－屬人，＋具體）＋主語（－有生，－屬人，

－具體）

10. 郊外。我。是戀愛的（定語）<u>幼蟲</u>（主語）。（〈思慕〉，頁47）

　　＊定語（－有生，＋屬人，－具體）＋主語（－有生，－屬人，＋具體）

11. 那<u>灰色的</u>（定語）光（主語）。那夢的燈（〈思慕〉，頁47）

　　＊定語（－有生，－屬人，＋具體）＋主語（－有生，－屬人，－具體）

12. <u>沉默的</u>（定語）糖（主語），／堆滿了枕邊。（〈心的習癖〉，頁50）

　　＊定語（＋有生，＋屬人，－具體）＋主語（－有生，－屬人，＋具體）

13. 不值得記憶的（定語）<u>記憶</u>（主語）（〈回憶 NO.1〉，頁56）

　　＊定語（＋有生，－屬人，－具體）＋主語（＋有生，－屬人，－具體）

14. 因酷熱發燒的地帶／碧空（主語）總是<u>不值錢的</u>（定語）（〈有孤岩的風景〉，頁171）

　　＊主語（－有生，－屬人，＋具體）＋定語（－有生，－屬人，－具體）

（三）述語與賓語的關係

1. <u>炒</u>（述語）不了整個<u>春天</u>（賓語）（〈心臟〉，頁21）

　＊述語（＋具體）＋賓語（－具體）

2. <u>躺</u>（述語）在自己的<u>暇思</u>（賓語）上（〈事件〉，頁180）

　＊述語（＋有生，＋屬人，＋具體）＋賓語（＋有生，＋屬人，－具體）

3.吸（述語）一口／粗的憂鬱（賓語）（〈鄉村〉，頁24）
　　＊述語（＋有生，＋屬人，＋具體）＋賓語（＋有生，＋屬人，
　　－具體）

　　（四）定語與賓語的關係
1.像看見自己的影子般的（定語）寂寞（賓語）。（〈雨
　天〉，頁4）
　　＊定語（－有生，±屬人，－具體）＋賓語（＋有生，＋屬人，
　　－具體）
2.有胖的（定語）軌跡（賓語）和胖的太陽（〈亞熱帶
　NO.2〉，頁2）
　　＊定語（＋有生，＋屬人，＋具體）＋賓語（－有生，－屬人，
　　＋具體）
3.拍發出刷新地球的白的（定語）音訊（賓語）（〈火的發
　現〉，頁43）
　　＊定語（－有生，－屬人，＋具體）＋賓語（－有生，－屬人，
　　－具體）
4.我吐出時間的（定語）纖維（賓語）（〈短章4〉，頁4）
　　＊定語（－有生，－屬人，－具體）＋賓語（－有生，－屬人，
　　＋具體）
5.喲！我的纖維的（定語）時間（賓語）（〈短章4〉，頁4）
　　＊定語（－有生，－屬人，＋具體）＋賓語（－有生，－屬人，
　　－具體）
6.心臟的周圍，／升起了鹹味的（定語）霧（賓語）（〈黎
　明〉，頁45）
　　＊定語（±具體）＋賓語（－具體）
7.這終焉與陷阱的（定語）時間（賓語）（〈晚安〉，頁49）
　　＊定語（－有生，－屬人，＋具體）＋賓語（－有生，－屬人，

－具體）

8. 怎麼叫我不懷有極烈的生物學（定語）哀感（賓語）？
（〈標本〉，頁62）

＊定語（－有生，－屬人，－具體）＋賓語（＋有生，＋屬人，
－具體）

（五）主語與賓語的關係

1. 杓柄與杓柄（主語）／在水肥桶裡／交叉著手（賓語）
（〈日入而息〉，頁25）

＊主語（－有生，－屬人，＋具體）＋賓語（＋有生，＋屬人，
＋具體）

2. 陽光陽光（主語）晒長了耳朵（賓語）（〈風景NO.1〉，頁
189）

＊主語（－有生，－屬人，－具體）＋賓語（＋有生，＋屬人，
－具體）

3. 電梯（主語）狠狠震憾著骨骼（賓語）（〈商業大樓〉，頁
177）

＊主語（－有生，－屬人，＋具體）＋賓語（＋有生，＋屬人，
＋具體）

（六）句法功能三層關係

1. 陽光（主語）失調的（定語）日子（賓語）（〈哲學家〉，
頁11）

＊主語（－有生，－屬人，－具體）＋定語（＋有生，＋屬人，
＋具體）＋賓語（－有生，－屬人，－具體）

2. 笑聲（主語）溫柔地（狀語）爆發（述語）（〈村戲〉，頁
29）

＊主語（－有生，＋屬人，－具體）＋狀語（＋有生，＋屬人，

－具體）＋述語（－有生，－屬人，－具體）

3.易滑的土瀝青路上，／我（主語）是踱來踱去的（定語）光（賓語）。（〈光〉，頁40）

　＊主語（＋有生，＋屬人，＋具體）＋定語（＋有生，＋屬人，＋具體）＋賓語（－有生，－屬人，－具體）

4.失眠的我（主語）以內臟（狀語）去感觸（述語）（〈失眠〉，頁53）

　＊主語（＋有生，＋屬人，＋具體）＋狀語（＋有生，＋屬人，＋具體）＋述語（＋有生，＋屬人，－具體）

5.記憶（主語）／在夜裡，／是沒有腳的（定語）／液體（賓語）……（〈回憶NO.2〉，頁57）

　＊主語（＋有生，－屬人，－具體）＋定語（＋有生，＋屬人，＋具體）＋賓語（－有生，－屬人，＋具體）

6.遂使夢幻（主語）滴（述語）下了汗珠（賓語）（〈有孤岩的風景〉，頁172）

　＊主語（－有生，－屬人，－具體）＋述語（－有生，－屬人，＋具體）＋賓語（－有生，＋屬人，＋具體）

結論

　　經由以上研究方法分析，將各句法關係「主語與述語」、「定語與主語」、「述語與賓語」、「定語與賓語」、「主語與賓語」及「三層句法功能」的語意屬性相異之處歸類，再以表格統計，對於林亨泰詩作風格得到以下結論：

　　（一）以主語與述語間語意成分的關係探討林亨泰的詩語風格：

　　主語的語意屬性「＋有生」與「－有生」的比例為1：

13；「＋屬人」與「－屬人」的比例為1：12；「＋具體」與「－具體」的比例為3：7。

　　述語的語意屬性「＋有生」與「－有生」的比例為13：4；「＋屬人」與「－屬人」的比例為12：3；「＋具體」與「－具體」的比例為7：3。

　　在主語與述語的關係中，林亨泰在主語方面以「－有生」「－屬人」「－具體」為多數；在述語方面以「＋有生」「＋屬人」「＋具體」為多數。

　　由此可見，林亨泰在主語與述語結構上，擬物為人，發揮移情作用，強調人性化，同時也擬虛為實，發揮形相直覺，強調形象化。

編號 成份	編號	1	2	3	4	5	6	7	8	9	10	11	12	13	14	15	16	17	18	數
主語	有生 ＋						✓													1
	有生 －		✓		✓			✓	✓		✓	✓	✓	✓	✓	✓		✓		13
	屬人 ＋						✓													1
	屬人 －		✓			✓		✓	✓	✓	✓	✓	✓	✓	✓	✓				12
	具體 ＋			✓				✓			✓									3
	具體 －	✓	✓	✓										✓		✓	✓			7
述語	有生 ＋	✓		✓	✓			✓	✓		✓	✓	✓		✓	✓		✓		13
	有生 －					✓		✓				✓						✓		4
	屬人 ＋	✓			✓			✓	✓		✓	✓	✓		✓	✓		✓		12
	屬人 －					✓		✓				✓								3
	具體 ＋	✓	✓	✓		✓								✓		✓	✓			7
	具體 －				✓			✓			✓									3

（二）以定語與主語間語意成分的關係探討林亨泰的詩語風格：

定語的語意屬性「＋有生」與「－有生」的比例為4：3；「＋屬人」與「－屬人」的比例為4：2；「＋具體」與「－具體」的比例為3：3。

主語的語意屬性「＋有生」與「－有生」的比例為3：4；「＋屬人」與「－屬人」的比例為2：4；「＋具體」與「－具體」的比例為3：3。

在定語與主語的關係中，林亨泰在定語方面與主語方面「±有生」，「±具體」的比例分配平均，「±屬人」的比例略為偏高，定語偏重「＋屬人」，主語偏重「－屬人」。

由此可見，林亨泰在定語與主語結構上，修飾主語的定語，三種轉化皆有，但較偏重人性化，以移情作用為多數，其餘兩種轉化平均分配，物性化和形象化的比例差異小，三重轉化（Thrice-transition）結合發揮了詩句的彈性。

編號 成份			1	2	3	4	5	6	7	8	9	10	11	12	13	14	數
主語	有生	＋	✓	✓	✓									✓			4
		－						✓		✓		✓					3
	屬人	＋	✓		✓							✓		✓			4
		－						✓		✓							2
	具體	＋							✓		✓		✓				3
		－								✓		✓		✓			3
述語	有生	＋						✓		✓		✓					3
		－	✓	✓	✓									✓			4
	屬人	＋						✓		✓							2
		－	✓		✓							✓	✓				4
	具體	＋								✓	✓		✓				3
		－							✓		✓			✓			3

（三）以述語與賓語間語意成分的關係探討林亨泰
　　的詩語風格：

　　在述語與賓語之間的關係上，《林亨泰詩集》中這方面的異常句不多，但以上的三例皆有共同特性，可以看出當初沒有放寬「±有生」與「±屬人」的句子，只有放寬「±具體」的句子。

　　述語的語意屬性「＋具體」與「－具體」的比例為3：0。

　　主語的語意屬性「＋具體」與「－具體」的比例為0：3。

　　在述語與賓語之間的關係中，林亨泰極端的放寬具體性，由表格可以看出動作為具體的，但接受動作者卻是抽象的。

編號\成份		編號 1	2	3	數
主語	有生 ＋				0
	有生 －				0
	屬人 ＋				0
	屬人 －				0
	具體 ＋	✓	✓	✓	3
	具體 －				0
述語	有生 ＋				0
	有生 －				0
	屬人 ＋				0
	屬人 －				0
	具體 ＋				0
	具體 －	✓	✓	✓	3

　　由此可見，林亨泰在述語與賓語的結構上擬虛為實，強化了詩句意趣（implication of poetic sentence），展現出形相直覺（intuition of appearance）的效果。

（四）以定語與賓語間語意成分的關係探討林亨泰的詩語風格：

編號\成份		編號\	1	2	3	4	5	6	7	8	數
主語	有生	＋		✔							1
		－	✔						✔		2
	屬人	＋	✔	✔							2
		－	✔						✔		2
	具體	＋			✔		✔	✔	✔		4
		－				✔		✔			2
述語	有生	＋	✔						✔		2
		－		✔							1
	屬人	＋	✔						✔		2
		－		✔							1
	具體	＋				✔					1
		－			✔		✔	✔	✔		4

——選自《台灣詩學季刊》第37期

【參考書目】

・林亨泰：《林亨泰詩集》（台北時報出版社，1984年3月10日）。
・湯廷池：《漢語詞法句法論集》（學生書局，1988年3月），頁149-178。
・黃自來編著：《理論與應用語言學英漢辭典》（文鶴出版有限公司，1992年2月），頁8-10、頁232-255、頁294-372。
・湯廷池：《漢語詞法句法第三集》（學生書局，1992年8月），頁69-70。
・《笠》第170期（笠詩社，1992年8月）。

・呂興昌編：《林亨泰研究資料彙編（上）（下）》（彰化：彰化縣立文化中心，1994年6月）。

・李魁賢：《詩的見證》（台北：台北縣立文化中心，1995年4月），頁101-142。

・林亨泰：《林亨泰詩集》（彰化：彰化縣立文化中心，1998年9月）。

・謝國平：《語言學概論》（台北：三民書局，1998年10月），頁243-252。

・黃仲珊、張陵馨編著：《語言學與修辭學辭典》（台北：書林，1998年11月），頁6-7、頁171-185、頁211-254。

・黃慶萱：《修辭學》（台北：三民書局，2000年2月），頁177-195。

・陳芳明：《台灣新文學史》第十三章〈橫的移植與現代主義之濫觴〉，《聯合文學》第202期8月號。

彰化學

感覺靈光的詩美投影
——評析林亨泰詩作藝術

郭楓

一、現代詩的拓荒先鋒

　　台灣當代新詩，自一九四五年迄今半個多世紀，以西方現代詩為風尚的詩風，一直籠罩著詩壇，左右台灣詩運的發展。五、六〇年代詩壇固然是現代詩各流派並秀的天下。七、八〇年代的新詩論戰及國內外形勢急劇的變化，新詩社林立，新詩人輩出，呈現一片榮景，而這片嶄新氣象，在潮起潮落中，忽焉生滅，最後還是讓元老的一、二家西化詩社予以統合。甚至到世紀之末。經過民主程序「政權轉移」之後，西化的現代詩派依然是領導風騷的詩壇主流，其根深蒂固難以搖撼的影響力，著實令人戒懼而又敬畏！在這漫長的新詩發展過程中，以「笠」詩社為核心的本土詩人群，雖然也隨時代之演進而日漸壯大，蔚然成為一個關懷土地和人民的詩族，可是若要和西化現代派詩派分庭抗禮，還得努力一段相當的時日。

　　西化的現代詩流派，在五〇年代由紀弦所創辦的《現代詩》季刊肇始，紀弦曾自豪地描述自己：「你是開一代新紀元的中國詩的大功臣，你是文學史上永不沉落的一顆全新的太陽。」[1]事實是，「現代詩」在中國詩史上，早在二〇年代便已由李金髮等引入，不僅對法國現代詩各流派作品大量譯介，

1　紀弦：1967年〈自祭文〉，收錄其散文集《園丁之歌》（台北：華欣出版社，1974年）。

而且創辦不少宣揚現代詩的刊物如《一般》、《創造月刊》、《現代》等,並出版很多專門的論著。「現代詩」在台灣詩史上,也早在三〇年代由「風車詩社」水蔭萍等前輩詩人引入,其後「銀鈴會」張彥勳、朱實等前輩詩人的創作中,也有不少現代手法的作品。是則,紀弦自謂其「開一代新紀元的中國詩」,只是虛誇的自欺欺人之談而已。不過,在五〇年代初期,國民黨當局既禁絕了中國大陸一切新文學的輸入和閱讀,又禁絕了日文的使用和流通,當時的台灣詩壇,不僅是一片荒蕪,根本是一片空白。紀弦在這個空白當口,倡導「現代詩」,真正抓住了絕佳時機。但,他對西方現代詩的造詣,無法從法文原著中獲取資源,也無法從日本譯介中得到挹注[2],正是別人譏弄的「二房東批評家」[3],他的現代詩理論基礎是薄弱的。針對這薄弱的一環,林亨泰由日文譯介的法國現代詩派論述中,擷取其大要,寫出一系列論文,為紀弦的《現代詩》助陣。如〈關於現代派〉(《現代詩》17 期)、〈符號論〉(《現代詩》18期)、〈中國詩的傳統〉(《現代詩》20期)、〈談主知與抒情〉(《現代詩》21期)、〈鹹味的詩〉(《現代詩》22期)等。此後,林亨泰在《現代詩》、《笠》、《創世紀》、《中外文學》、《中華文藝》、《藍星》、《詩人季刊》、《聯副》、《時報副刊》等諸報刊,發表許多推介現代詩的論文。這些論文,前後一貫地支持現代詩在台灣詩壇的推廣和發展,其論調的基本精神與一些現代詩大師們同步甚至有所超越,因而深獲紀弦、余光中、洛夫等詩人的青睞,引為知音,倍加讚賞。試看他們所主編的各種詩選,

---

2 　紀弦雖曾經留學日本,其實在日本只停留不足3個月。1936年4月到東京,會見了當時在東京中央大學留學的覃子豪,未及入學,於6月即因病返回中國。故其日文之造詣不深,而法文之根柢本即甚淺。

3 　余光中:〈二房東的評論家〉一文,譏刺不懂外文而議論西方文學的評論家。此文收錄其《望鄉的牧神》(台北:純文學雜誌社,1974年11月),頁88。

林亨泰的作品均佔有主要位置。尤其「創世紀詩社」所編該社歷史性三大代表作詩論集：《中國現代詩論選》（大業書店，1969年）、《創世紀詩論專號》（創世紀詩社，1974年）、《創世紀四十年評論選》（爾雅出版社，1994年），林亨泰的論文均排在首要地位。的確，林亨泰在台灣當代新詩史上，對現代詩運動建立了不可磨滅的功績，稱之為現代詩開國的元勳之一，應該也當之無愧。

台灣當代的現代詩，自紀弦的《現代詩》開端，到瘂弦、洛夫、張默的《創世紀》集其大成[4]。在五、六〇年代，台灣詩壇是現代詩年代，特別是六〇年代可謂現代詩的黃金時代。這個時期，《創世紀》已匯集了現代詩各流派的俊傑，造成領袖群倫的形勢。詩人兼評論家蕭蕭指出：「十一期至二十九期的《創世紀》走了十個年頭（1959.4～1969.1），這個時期的《創世紀》才是英雄造時勢」[5]。在創造「創世紀時勢」的英雄譜中，林亨泰無疑也是開疆拓土的一位。他不僅在《創世紀》寫作〈概念的界限〉、〈紙牌的下落〉等現代詩論文；而且他廣被討論的代表作〈風景NO.1〉、〈風景NO.2〉均發表於此（刊《創世紀》12期，59，10）。尤其他在六〇年代唯一的力作〈非情之歌〉（組詩，50節，另序），也在《創世紀》一次刊出（第19期，64，1）。如此林亨泰與「創世紀」詩社諸君子惺惺相惜，已不言可喻。

五、六〇年代是現代詩風行台灣詩壇的時代，也是林亨泰詩生活中從《現代詩》到《創世紀》俱受尊崇的最輝煌的時代。根據台灣文學研究家呂興昌教授爬羅輯纂的《林亨泰全

---

4 洛夫：「不論精神上或實際創作上，真正繼『現代派』以推廣中國現代詩運動的是創世紀詩社」。〈中國現代詩的成長〉一文，《洛夫詩論選集》（台南：金川出版社，1978年8月），頁37。

5 蕭蕭：〈「創世紀」風格與理論之演變〉刊於《創世紀》四十週年紀念專號（創世紀詩雜誌社，1994年9月），頁41。

集》[6]所示：林亨泰創作的「量」不能算是很豐富，在五〇年代有詩七十一首，六〇年代有組詩一首（含詩50節另序），七〇年代至九〇年代共有詩五十五首（含組詩〈爪痕集〉8節），如果把組詩每節作為一首，則五〇至九〇年代（1997年8月15日止）共計得詩一七七首。（此外，他在四〇年代，以日文寫作53首，中文寫作5首，收在《全集》第一冊，未計入）。考察這些詩篇，可知林亨泰創作的頂峰，便是五、六〇年代。再看他的「文學論述卷」，代表他現代詩觀的論文收在「論述卷四」，也多是五、六〇年代所作。那麼，說五、六〇年代是林亨泰詩生活的輝煌時代，是實事求是的說法，他的主要作品均在此一時代，他的詩壇盛名也獲自此一時代。

二、感覺與知性的距離

　　林亨泰是西方現代派詩學的信仰者，他信仰的虔誠及對現代詩運動所做的具體工作，都是毋庸置疑的。是故林亨泰的創作，是扎根在現代詩的美學土壤上，從精神到形式的呈現，正如紀弦所頌揚的，是一種「移植之花」。

　　西方現代派詩學，「自波特萊爾以降」卻也是流派龐雜，各有其說。其實詩學的理論儘管標新立異，變化萬千，仍不外乎內涵的精神與外爍的形勢之繽紛界說，如是而已。台灣現代詩家對現代詩的詮釋，首先是紀弦於一九五六年成立「現代派」時提出〈現代派六大信條〉中的「三、新的內容之表現；新的形式之創造；新的工具之發現；新的手法之發明。四、知性之強調。五、追求詩的純粹性。」這三條涉及到現代詩的

6　《林亨泰全集》係成功大學台灣文學研究所呂興昌教授，以兩年時間窮搜林亨泰之全部作品，分門別類，編年考訂，共輯為十冊。（彰化：彰化縣立文化中心出版，1998年9月）。

內容與形式取向固然清楚，猶不如張默所提出「世界性、超現實性、獨創性、純粹性」[7]的「四性說」之扼要簡明。這四性中的每一性，都涵蓋著現代詩的內容和形式問題。確實掌握了西方現代派詩學的基本特質。不過，理論容易提出，實踐卻難到位。狂放如紀弦，他的全部作品可稱為現代詩的為數不多，他極端反對抒情力主知性，然而，他的詩中往往傾瀉著自己的情懷。如〈脫襪吟〉：「何其臭的襪子，／這是流浪人的襪子／流浪人的腳。沒有家／也沒有親人，／家呀，親人呀，／何其生疏的東西呀！」他在《檳榔樹甲集》和《檳榔樹乙集》中所收的詩，類此者甚多，既無新的內容，也無新的手法，能合乎「知性」與「純粹性」的詩，寥寥可數。「創世紀」諸人，在現代詩的創作成績方面，卻頗有可觀：瘂弦的〈深淵〉，具獨創性的語言，超現實主義的意象，接近了純詩的境域。洛夫的〈石室之死亡〉，意象繁複無序，字句奇巧失統，拉大了「純粹性」的距離。張默的詩，則介於現實與超現實之間，於詩的獨創性則頗有表現。如他的〈無調之歌〉、〈豹〉、〈飲那絡蒼髮〉等等，都在具象與抽象的組合中，構成一個圓融的詩境。和以上兩家詩刊創辦者相較，林亨泰四、五〇年代的現代詩，似乎更能進一步地實踐兩家詩社高懸的目標，表現出濃厚的西方現代派詩風。這或許是因為林亨泰從日譯本接觸的西方現代詩較多，所受的薰染較深之故。

　　林亨泰是一個神經纖細敏銳的詩人，一般平常事物，經過他敏銳的感覺，靈光一閃，在他的詩篇裡便留下美麗的投影。

　　試讀林亨泰的〈小溪〉：

　　寂靜的日子

7　張默主編：《創世紀四十年總目》（台北：爾雅出版社，1994年9月），頁255。

水清澄
河底沙上
水靜止

　　魚
　和
　　　魚

寂靜的日子
風透明
河畔提上
風凝固

　　　草
　和
　　　草

　　這首詩，彷彿唐人絕句。詩中，沒有人物、時間、動作和
一切多餘的描寫，也沒有一個多餘的字詞。在純淨、自如、圓
滿中，呈現出一幅村野小溪畔水清風定魚游草密的畫境。我們
不禁為詩人一瞥之際捕捉到畫境的靈光，以及最精鍊的文字表
現本領而讚嘆！

　　這首詩，是林亨泰：「視覺靈光」的表演。

　　再來讀一首〈蟬聲〉：

是什麼東西
被夾上了？
枝頭上有哭聲

是什麼東西
被粘上了？
樹葉裡有哭聲

　　這首詩，是由聽覺而來的靈光閃耀。詩寫蟬而未提一蟬字，唯哭聲在枝頭上，哭聲在樹葉裡，蟬之形象自現。蟬，這愛歌唱的精靈，臨風高歌，瀟灑何似？卻因「被夾」、「被粘」而哭號，言外之意，頗耐尋味。讀此詩時，我想到唐人兩首詠蟬的名作：一首是初唐駱賓王〈在獄詠蟬〉有「露重飛難進，風高響易沉」句；另一首是晚唐李義山〈蟬〉有「五更疏欲斷，一樹碧無情」句。這些千古名句，歷代歌吟不絕者，皆在其感人至深的言外之意。
　　這首詩，是林亨泰「聽覺靈光」的表演。
　　再來讀一首〈標本〉：

從玻璃外邊緊抓著的，我的類似律，
如果沒有手指頭的話，瓶一定會落下來的。

而且，雲正飄得如此幽玄的日子裡，
怎樣叫我不懷有極烈的生物學哀感？

癢極了！我的掌。
痛極了！我的心。

　　這首詩，是由觸覺而得的靈光掃描。手握著一個裝有蜈蚣標本的玻璃瓶，這隻死的昆蟲顯示了人的歸宿。於是，一種冰冷的震顫從手感傳布開來，若非抓緊了，瓶會掉落。而雲飄得

如此幽玄，人生又何其悲哀！手握標本瓶，由掌心之癢，傳感到內心之痛。

這首詩，是林亨泰「觸覺靈光」的表演。

林亨泰的詩，或由視覺、或由聽覺、或由觸覺、或由其他感覺，對外界事物產生了一閃而過的投影，於焉詩作乃成。這種由一時感觸而得的素材。適合於也僅可以用短詩的型式表現出來。所以林亨泰在五、六〇年代的作品，絕大部分皆為十行以內的短詩。最短的〈黃昏〉只有「蚊子們　在香蕉林中　騷擾著」這麼一行。超過十五行的詩，只有〈跫音〉、〈鷺〉、〈遺傳〉、〈輪子〉等四首。這些稍長一些的詩，便有贅字贅句出現。如〈跫音〉：「在屋頂上，／夜雨晴了。／但，／瓦上的，／白光。／白，／光……／跫音。／白。光……／小貓？／白，／光……／跫音！／踏著屋頂，／回來了。」這首詩如果照詩的排版方式平列抄出，共有十七行。題為「跫音」，應是憑聽覺而得的感受。但「白光。／白，／光……」之類，不知詩人如何聽到的？

林亨泰的詩，寫得很「冷」。他的筆，冷冷地把事物影象的感覺掃描，以點、以線、以暈染的技法，呈現出來；而不加以情緒的宣洩或思維的申述。像〈純潔的夜〉有「為月光而流涕」；〈村戲〉有「而笑聲最溫柔地爆發了。」是他在全部（指五、六〇年代）的作品中，僅有的兩個「動情」句子。因此，有些論者指稱林亨泰的詩體現了「知性」的典範。

知性，是西方現代詩主要流派的詩風特徵之一。作為對西方機械文明反動表示的現代詩，不僅在詩學領域掀起革命性的改變，而且在歷史領域張揚著社會性的抗議。西方的現代詩，自現實中產生，反映現實中「人生的」失落進而批判現實中「倫理的」虛幻。從此一角度切入，可以考察到西方現代詩有其積極的進步的一面。由「反映現實」到「批判現

實」，現代詩形之於美學的特色，不妨以由「冷」到「酷」這兩個層次概括之。「冷」是詩的外爍形式，「酷」是詩的內涵精神。「冷」是表現的手法，「酷」是批判的本質。對現實社會和人生意義予以客觀的表現是「冷」。「酷」是第一義的，「冷」則從屬於「酷」，二者密合，建構出現代詩的「知性」奧境。

台灣當代各流派的現代詩家，雖多倡言詩的知性，奈何由於政治的、社會的諸多制約，真能正視歷史實相，關懷社會休咎，勇於批判現實者，可謂難覓其人，故而，台灣現代詩所謂「知性之強調」，其強調者最多只在「冷」的層面作不同深度的實驗，求其在「酷」的層面作歷史哲思的批判者，可謂難覓其詩。

林亨泰的詩，在「冷」的層面實踐中，有其一定的成績，所表現的造詣已走在現代詩人群的前列。可是，他的詩，缺少知性的歷史認知和哲理深度，乃是由感覺出發，憑靈光閃爍，投擲於作品的事物表面造影。儘管也創造出一些美好篇章，要達到知性的高度，仍有其一定的侷限性。

三、新詩型的實驗建構

林亨泰的詩，在技巧上，創造了獨特的形式。

這種獨特形式，在語言運作上是疊字疊句的使用，在章節架構上是對稱平衡的排列，二者交互為用，彼此補充，建造出一種既整齊而又有變化的詩形。類此的詩形，已是林亨泰詩作的特有模式。

我們先來欣賞一首〈農舍〉：

門

被打開著的
　　正廳
　　　神明
被打開著的
　　門

　　這首詩是對一家農舍於一瞥之間印象的速寫。詩的意涵，也在一瞥之間顯露無遺，沒有什麼可以賞析的東西。若要賞析，就在於詩的形式。這首詩總共使用到十個字，十個字，分成六短句，一、二句和五、六句複疊，但前後倒置，形成左右對稱中間低凹的圖樣。在視覺上，產生「門」的形狀以及「打開」了的景象。就詩的整體「造型」來看，是經過一番匠心獨運的。這種對於詩形的經營，林亨泰相當地投注心力，上一節所舉的〈小溪〉，於一九六二年八月，發表《野火詩刊》第三期時，本來分成二節，第一節四行，第二節七行，排列的句式雖然也很規律，卻不像現在這般「前後節，逐字對稱；左右間，完全平衡」的整齊形式。明顯地，詩人對於構造詩的「整齊形式」，興趣濃厚，歷久不滅。在五、六〇年代共一百二十二首詩中，如此「造型」整齊對稱的詩有七十首，佔全部數量的百分五十七。這些是字比句對，形式嚴謹的作品。其他的五十二首（其中包括「圖象詩」十首），其形式也頗為整齊，只是不到「一絲不苟」的程度而已。

　　我們再來欣賞，廣為大家推崇的兩首名作：

農作物　的
旁邊　還有
農作物　的
旁邊　還有

農作物　的
旁邊　還有

陽光陽光曬長了耳朵
陽光陽光曬長了脖子
　　　　　──《風景NO.1》

防風林　的
外邊　還有
防風林　的
外邊　還有
防風林　的
外邊　還有

然而海　以及波的羅列
然而海　以及波的羅列
　　　　　──《風景NO.2》

　　這兩首詩，可以稱為「孿生詩」。兩首詩的「造型」，一字不差，宛如同體，這需要有創造的功力。我們可以想像到，詩人在創造這兩首詩時，對於如何運用切割手法，把句中的字詞予以「斷」、「連」、「合」，而後組成畫面的規律和秩序，其詩形具有立體趣味和繪畫之美；一定排列組合文字間，凝神構思，大費周章。這兩首詩，一經刊出，的確得到現代詩各流派的關注，在一片讚揚的聲浪中，也傳出批評的雜音，一般評論者認為這兩首詩是一種「準圖象詩」的遊戲，雖然從第一節詩行中，讓人產生「農作物」和「防風林」綿延無盡的聯想，而這種聯想，除繪畫性之外，尚有朗讀時的音樂節奏感，

論及哲理思維並無任何意義。就詩的本質說，它們已游離於文學的「志」與「情」之外，是一種形式主義的極致。對於類此的指摘，詩人有所駁斥：

〈風景〉兩篇作品從根本上揚棄了「修辭學」的運用，而走向「結構性」、「方法論」上的策略，也就是說，放棄一味追求「字義」營造的淋漓盡致，而將對於「字義」的依賴降至最低，讓每一個字成為一個「存在」。針對於此，若評論者不經過「認識論」的顛覆，而退回到「修辭學」上的策略時，原本是一個「立體的存在」，便只能淪落為「平面圖案」了。8

林亨泰這一段引用「修辭學」、「方法論」、「認識論」等來駁斥評論者的「策略」，讓人一時間不易清楚其立意所在。不過，明顯的是，他主張顛覆字義，從詩的形式結構上，把詩建造成「立體的存在」，這意圖十分確定。應該說，林亨泰的主張，應有可議的空間，而他「實驗」、「嘗試」的精神，即便是「形式主義」也罷，仍不失為一種「創造」。可是，同為「跨越語言的一代」詩人陳千武卻指出林亨泰的一些作品「是採取日本現代詩發祥期實踐的短詩風格而創作；意象的捕捉，表現的形式，都很相似。」陳千武特別舉出山村暮鳥於一九一五年出版的詩集《聖三稜玻璃》裡的一首〈風景〉詩，和林亨泰的〈風景〉詩做為比較，指出二者情景相近。更進一步，陳千武指出林亨泰的詩：

至於《爪痕集》的第二輯，似乎專為紀弦主宰的《現代

8　林亨泰：〈現代派運動的實質及影響〉原刊於《新詩論文集》（南投：南投縣立文化中心，1991年6月）。《林亨泰全集——文學論述卷2》（彰化：彰化縣立文化中心，1998年9月），頁127。

詩》詩刊而創作的作品群，打破既成詩的形式，與平戶廉吉等人嘗試過的風格並無兩樣。例如平戶的未來派作品〈願具〉的一節，可以看出與林亨泰〈車禍〉一詩的類似性。[9]

早於林亨泰兩年出生的陳千武（1922～）與林亨泰均熟諳日文，陳氏所指，可能確有所據，也可能是林亨泰於創作之際適與日本前輩詩人之作品「巧合」。

是耶？非耶？將來的詩史，自有評斷。

莫待歷史評斷，當下即可確認的是，林亨泰在詩形上的經營遠超過在詩質上的謀求。本來就注重創作獨特形式的林亨泰，到五○年代中期，寫出〈輪子〉、〈房屋〉等詩，已進一步把詩型推到「圖象詩」的極端地步。至此，他猶未止步，從《現代詩》第十四期到第十八期，他發表了〈第二十圖〉、〈ROMANCE〉、〈騷音〉、〈炎日〉等一系列「符號詩」，在這些「詩」裡，他用曲線、箭頭、星號、黑點……種種符號來取代文字。如此前衛，如此先鋒，在當代台灣各流派現代詩人族群中，無人能出其右。林亨泰在「現代」的路上，走得實在太遠了。

到六○年代，林亨泰寫了一首組詩〈非情之歌〉。此詩共有五十節，圍繞著「黑」、「白」兩個核心，作辯證式的演繹。後來，他把每一節編上號碼，題為〈作品第一〉、〈作品第二〉、〈作品第五十〉，前加〈序詩〉，共得詩五十一首。這一組詩的形式主義傾向較之兩首〈風景〉更強，而內容之空泛、玄虛、重複，讀之，錯愕莫名。當代詩論家簡政珍舉其〈作品第十四〉為例，並加批評：

9　陳千武：《台灣新詩論集》中〈林亨泰與風景〉文，在此文中，陳千武抄出日本詩人山村暮鳥的〈風景〉日文原作，和林亨泰的〈風景〉中文作品，作出對照。（高雄：春暉出版社，1997年4月），頁276-280。

晴　試驗著

爆炸
白的　爆炸
爆炸
白的　爆炸
爆炸
白的　爆炸
陰　試驗著

爆炸
黑的　爆炸
爆炸
黑的　爆炸
爆炸
黑的　爆炸

　　整首詩在「爆炸」、「黑」、「白」一些刻意重複的字
詞中顯現宇宙隱約的秩序，這些文字若是以音樂和表演的即興
方式展現，所有重複的聲音可能在聽者和觀者留下一種餘音迴
盪的新鮮感，但是在書寫空間上，讀者看到的是一再反覆的文
字，雖然本詩所要強調的可能是一再重複的景象。[10]

　　讀此一首，已感重複，如果五十首合讀，恐怕需要相當的
耐性和魄力。林亨泰創作之際，所需要的耐性和魄力，一定倍
加於讀者，其對現代詩的執著精神，於此可見。

　　從林亨泰作品，我們肯定他是一位敢於實驗敢於創造詩

10　簡政珍：〈當代詩的當代省思〉，刊於《創世紀》一百期〈創刊四十週年
　　紀念專號〉（創世紀詩雜誌社初版，1994年），頁27。

形的詩人。試著考查他在二十年時間的實驗創造成績：「符號詩」已是明日黃花；「圖象詩」則仍爭議紛紜；至於他對稱嚴整的「新詩型」，偶一為之，頗有新鮮趣味，若長期而普遍地推廣開來，恐怕會成為一種新的「格律詩」，這和現代詩各派一致反對「新月派」詩人的「豆腐乾體」，恐怕也相去不遠。

四、夕陽下光影的閃爍

　　林亨泰的詩生命中，絕大部分心血都耗用在西方現代詩的推廣、實驗、創造上。他的前衛姿態，獲得了「新顫慄的製造者」[11]封號，他在現代詩發展上的作用，被稱為現代詩「林亨泰的根球」[12]，由此可見他在五、六〇年代詩壇的鋒芒。雖然，林亨泰的現代詩理論，僅作用於現代詩創始階段；林亨泰的現代詩作品，僅停留於西方詩學的某一層次，都是初級的格局；可是，在精神上這一方面，卻與西方現代派相當吻合。那就是，作品內容的去社會化。

　　林亨泰詩作之去社會化，消解時代意識，泯除鄉土情感，使其在精神上成為一個游離於台灣現實之外的「國際性」詩人。此種精神和意識，非特別表現在對《現代詩》和《創世紀》的熱情，竟也表現在《笠》創刊後他擔任主編期間的作風傾向及其後發表在刊物上的多篇論文意旨。儘管林亨泰以散淡的形貌游離於台灣現實之外，而台灣現實的發展卻密切地關係著每一個台灣人，關係著台灣每一種事業——當然也關係著台

11 張默主編：《六〇年代詩選》對林亨泰之〈作家介紹〉（高雄：大業書店，1961年）。

12 此語爲桓夫在〈台灣現代詩的演變〉（原載《自立副刊》1980年9月2日）中所提出。孟樊於其所著《當代台灣新詩理論》（台北：揚智文化，1998年5月）中引用，頁103。但，桓夫之文，收錄《台灣新詩論集》時，將有關此事段落刪去。

・043・ 感覺靈光的詩美投影——評析林亨泰詩作藝術・

彰化學

灣的文學和詩。七〇年代來了！「唐文標事件」[13]發動對現代詩的批判；島內外政經變化掀起社會大眾民族主義的熱潮；新生代詩人崛起要求走向寫實的詩風……一時之間，各種反駁現代詩的聲浪，洶湧而來，匯成潮流。潮流，是不可抗拒的。許多現代詩的大師紛紛修正創作的風格，連素以語言奇詭著稱的洛夫，也欣然從眾而「不作明朗的或晦澀的無謂爭執與強調」[14]，以實際暢順的語言來顯示其順乎潮流的變革。處於這樣現實中的林亨泰，從此也放棄其二十年經營的詩風，改走寫實主義的道路。

從七〇年代開始到九〇年代後期，林亨泰寫了五十五首寫實主義的詩。在這些詩裡，除了〈爪痕集〉的八首仍保留他對稱嚴整的「新詩型」外，其他作品再也看不到他「現代詩」的影子。詩的形式已從格律中解放而自由散列，詩的內容也從個人的孤絕中接近現實。不過，從「現代前衛」向「社會現實」的突然轉變，中間並沒有緩衝、調和的過渡，長期以來，浸淫在現代詩習染中的詩人，倏忽回到平易自然中來，已經不會騰躍飛翔，而有趑趄難進之態。林亨泰的寫實主義詩，語言上明朗了似乎不夠精確，內容上現實了似乎不夠深刻，請看他的這首〈台灣〉：

> 以綠色畫上陸界的
> 台灣，啊，美麗島

---

13 新加坡大學的關傑明教授，於1972年9月在中國時報《人間副刊》連續發表〈中國詩的困境〉、〈中國詩的幻境〉兩篇論文，批評台灣現代詩是「文學殖民地的產物」，不久，台大教授唐文標，以更激烈的辭鋒，發表〈僵斃的現代詩〉等一系列論文，無情地宣告「現代詩的死亡」。這些批評掀起了詩壇激盪的巨浪，被顏元叔指為《唐文標事件》刊於《中外文學》二卷五期。

14 洛夫：〈現代詩人的自覺〉，見《洛夫評論選集》（台北：開源出版社，1978年），頁113。

住了六十年後
第一次離開妳
從雲上俯看，更能證明
台灣，啊，妳是美麗的

以白浪鑲嵌岸邊的
台灣，啊，美麗島
離開了一陣子後
又回到了妳身邊
走機場走出，竟然發現
台灣，啊，你是髒亂的

此詩正所謂「一目了然，略無餘味」，是現代詩家據以攻擊寫實詩「千面一人」、「已經過時」的藉口。如果把這樣「淺白」的寫實詩和那些「深奧」的現代詩相較，「深奧」難懂而「淺白」易知，似乎現代詩家譏刺寫實詩的論調不錯。其實，錯了！若要寫「深奧難懂」的現代詩，易；若要寫「淺白難懂」的寫實詩，難。李白的〈靜夜思〉，李商隱的〈登樂遊原〉，語言淺白而意蘊無限，誰能寫出？以平常語言寫非常境界，若非高超詩才和特殊機遇，是極難創造出來的。因而，一般寫實的詩篇，要達到一定的藝術水平，所需的學養和才華甚高，不是泛泛之筆可以企望的。至於玄奧的現代詩，多的是玄奧在皮而淺俗在骨，真能達至現代神韻者固然也不易，而寫出有模有樣的現代詩，其實並不難。

　　林亨泰的寫實詩中，有些精簡的作品，也寫得頗耐咀嚼，例如〈賴皮狗〉：

樓梯的邏輯

只有
要上，就上去
要下，就下來

邏輯的樓梯
只能
不上，就該下
不下，就該上

可是這隻獸
只想
一直賴在那裡
不上，也不下

　　精確的析理，深刻的諷刺，就在平凡至極的語句中，隱約閃爍，等待讀者去品味咀嚼，確是精美佳作。又如〈見者之言〉、〈有生之年〉等詩，都堪稱好詩。林亨泰一直過的是近乎隱逸的生活，大概對政治的觀察不深體會不切，涉及到政治的詩，便往往流於口號。如：〈力量〉、〈主權的更替〉、〈選舉〉、〈宮廷政治〉等，都不能算是詩。林亨泰也不擅長篇，長篇敘事詩的結構和氣勢，他掌握不住，以致讓許多「閒雜字句」混入，導致整體結構的雜亂無章，長詩的氣勢隨之中斷。如：〈上班族〉、〈黃道吉日〉、〈回扣醜聞〉、〈美國紀行〉等較長的詩，都出現冗雜的症候。

　　如實地說，林亨泰的輝煌閃耀在五、六〇年代。那些年代既已遠去，難怪現代派族群，如今編輯「詩選」或「詩論」

時，也遺漏林亨泰的名字[15]。他們如此其快地就忘記林亨泰對現代詩的貢獻，如此其快地就忘記林亨泰創造的現代詩風格，當然是不公正的。不過，無論如何林亨泰在台灣當代詩史上的位置，誰也無能抹去。

——選自《台灣詩學季刊》第37期

---

15 張錯：詩選《千曲之島》（爾雅出版社，1986年7月）未選林亨泰詩。吳密著《現當代詩文錄》（聯合文學，1998年11月）未涉及林亨泰。若此的新出版選集，林亨泰多已未獲提及。

林亨泰符號詩研究

丁旭輝

前言

　　圖象詩（Concrete Poetry）又稱為「具象詩」、「具體詩」、「具形詩」、「圖畫詩」、「符號詩」、「圖象詩」[1]，指的是利用漢字的圖象特性與建築特性[2]，將文字加以排列，以達到圖形寫貌的具象作用，或藉此進行暗示、象徵的詩學活動的詩；簡單的說，也就是林燿德所定義的：「利用文

1　「Concrete Poetry」的譯名各不相同：例如鄭炯明譯為「具象詩」（鄭炯明：〈具象詩在台灣〉，《聯合報·副刊》，1968年7月24日；張漢良譯為「具體詩」（張漢良：〈論台灣的具體詩〉，初刊《創世紀》37期，1974年7月，紀弦、簡政珍主編：《創世紀四十年評論選》，台北：創世紀詩社，1994年）；羅青譯為「圖象詩」（羅青：《從徐志摩到余光中》台北：爾雅，1978，頁61）；孟樊譯為「具形詩」孟樊：《當代台灣新詩理論》，台北：揚智，1995年，頁225）；楚戈稱為「圖畫詩」（楚戈：〈視覺詩的傳統〉，收錄於《心的風景》，台北：時報文化，1984，頁14）；林亨泰早年稱「符號詩」，後來或稱「圖象詩」，或稱「具象詩」，或稱「符號詩」（林亨泰：《林亨泰全集八》，呂興昌編：彰化：彰化縣立文化中心，1998年，頁141-142。在眾多譯名之中，以「圖象詩」最為常見。另外，孟樊將「Pattem Poetry」譯為「圖象詩」（孟樊：《當代台灣新詩理論》，同上），所指同此。至於經常被誤解為與「圖象詩」同義的「視覺詩」（Visual Poetry），其實是完全不同的藝術範疇，它的重點在「視覺」而不在「詩」。關於「視覺詩」，楚戈的界說最為簡明：「圖畫詩是把詩用文字排成圖畫的形式，視覺詩則是圖畫詩的擴大，完全用視覺效果來表達詩意。從前的圖畫詩無論是把文字排成車子、房子、鏡子等形狀，文字的意義還是存在的。目前的『視覺詩』則不一定，有的有文字、有的根本就沒有文字，就是有文字，也可以根本不必去細讀文字的內容，只要通過『看』而得到視覺之滿足就夠了。」（楚戈：〈視覺詩的傳統〉，同上，頁14-15）。

2　漢字原由模仿實物圖形的象形文字發展而成，深具圖象特性；而其方塊的字形，則如磚塊一樣，深具建築特性。林燿德：《不安海域》（台北：師大書苑，1988年），頁45。

字記號系統的具象化表現形式」[3]。林亨泰的「符號詩」[4]是台灣現代圖象詩發展過程極為重要的源頭。

　　台灣現代圖象詩開始於詹冰一九四三年的圖象詩創作〈Affair〉、〈自畫像〉[5]，但當時並未在台灣發表，一直到一九六五年，隨著詹冰的第一本詩集《綠血球》出版，這些圖象詩才正式出現在台灣現代詩壇[6]，錯過了對台灣現代圖象詩發生影響的第一時間。

　　林亨泰的「符號詩」創作始於一九五五年，連續幾年之內，他在《現代詩》與《創世紀》二本詩刊上，大量發表符號詩作，並輔以符號詩論，帶起了台灣現代圖象詩的創作風潮。論影響的先後，林亨泰的符號詩創作，對台灣現代圖象詩的初期發展，有絕對的影響，他的部分符號詩作品，並成為影響深遠的圖象詩代表作，例如他的〈風景〉二首（《全集二》，頁126-127）[7]，數十年來，仍是現代詩壇的熱門論題。

　　本文的寫作目的，乃是希望透過對林亨泰符號詩理論與作品的研究，釐清台灣現代圖象詩發展的初期面貌，並試圖呈現圖象詩理論的基礎論點，分析作品中所運用的圖象技巧，為台灣現代圖象詩的研究，做一點奠基的工作。

3　同前註。

4　本文所論述的林亨泰詩作在發表之時，林氏與當時人皆稱爲「符號詩」，所以行文中一律以「符號詩」稱之；除此之外，一律使用較爲通行的「圖象詩」一詞。

5　詹冰於一九四三年爲了實驗如何能使文學作品可以像繪畫、音樂般無國界限制而能「世界通用」，首次寫了〈Affair〉、〈自畫像〉二首圖象詩（見詹冰：〈圖象詩與我〉，《笠》詩刊87期，1978年10月15日，頁60），這是目前所知，台灣現代詩壇最早的圖象詩。

6　詹冰：《綠血球》（台中：笠詩社，1965年）。二詩分見頁33-35。

7　爲方便檢閱並避免註釋流於繁瑣，以下凡提及、引用林亨泰作品，皆於其後注明其在《林亨泰全集》（呂興昌編，共十集，彰化：彰化縣立文化中心，1998年）中的集數與頁數。

二、符號詩的發展過程與理論建構

　　在紀弦尚未發起現代派運動之前，林亨泰已先在《現代詩》第十一期（1955年秋季）發表了〈輪子〉（《全集二》，頁101-102）一詩，不過此時尚未有「符號詩」的稱呼。而當紀弦醞釀「現代派運動」時，林亨泰為了「配合此一運動，激發出新的突破」（《全集八》，頁141），乃在《現代詩》詩刊上「展開以〈房屋〉為首十三篇『符號詩』的嘗試實驗」（《全集五》，頁125）。第十二期（1955年冬季），林亨泰先發表了〈房屋〉（《全集二》，頁103-104）一詩，隨後於第十三期（1956年2月），紀弦揭櫫「現代派的信條」，而且為這六大信條撰寫「現代派信條釋義」，宣告「現代派」正式成立時，林亨泰成為其中一分子。十四期（1956年4月），林亨泰繼續發表〈第二十圖〉（《全集二》，頁105-106）、〈ROMANCE〉（《全集二》，頁107-108）、〈騷音〉（《全集二》，頁109-111）等三首詩，紀弦也在這一期寫了〈談林亨泰的詩〉一文，文中聲稱「本期本刊，發表了他的三首符號詩」，不但首度提出「符號詩」的名稱，並謹慎的做了說明：「這是由於詩的內容之在表現上的有必要而才使用一些適當的符號以代文字，並不是每一首詩都可以自由地使用的。」而且，紀弦在這篇文章中也指出：意象派「在稿紙上作美術的行動」，訴諸文字的「意味」，這只是「間接的」；而「符號詩」則是直接的，因為它是以「形態」「直接訴諸視覺的」[8]。文中紀弦也利用對林亨泰從十一期起所發表的符號詩作品的實際解析，反駁對符號詩的攻擊，並說這是一種「佔領空間的表現方法」（同上，頁26），且引用阿保里奈

8　紀弦：〈談林亨泰的詩〉，呂興昌編：《林亨泰研究資料彙編》（彰化：彰化縣立文化中心，1994年），頁22。

爾（Guillaume Apollinaire）的立體詩組詩〈心，王冠和鏡子〉以為對照，增加其論點的說服性（同上，頁29）。另外，這一年林亨泰還寫了一首符號詩〈炎日〉（《全集二》，頁112-113），收入後來的《爪痕集》[9]，但當時並未發表。

第十五期（1956年10月），林亨泰發表〈車禍〉（《全集二》，頁114-115）、〈花園〉（《全集二》，頁116-117）；十七期（1957年3月）發表〈進香團〉（《全集二》，頁118-119）、〈電影中的佈景〉（《全集二》，頁120-121），十八期（1957年5月）發表〈患砂眼的城市〉（《全集二》，頁122-123）、〈體操〉（《全集二》，頁124-125），就此結束他的「為了補理論的不足」對「具象詩」（林亨泰有時稱「符號詩」為「具象詩」）所做的「練習、實驗」（《全集八》，頁141-142），進入〈風景〉（《全集二》，頁126-127）系列的成熟期。十八期上，林亨泰同時發表一篇短論：〈符號論〉（《全集七》，頁14-16）；二十期（1957年12月）發表另一篇重要的論文：〈中國詩的傳統〉（《全集七》，頁17-26）。

在〈談林亨泰的詩〉一文中，紀弦不但首次提出「符號詩」的名稱，並且指出「符號詩」的二個重要特質：「直接訴諸視覺」和「佔領空間」，為台灣現代圖象詩的理論建構，起了良性的開端。不過在此時期，林亨泰並未針對符號詩發表過直接的看法，〈符號論〉是一篇極為簡短的純粹理論，他「向傳統的抒情框架和詩的音樂迷思正式提出挑戰」[10]，指出詩中的象徵乃是詩語言的「符號價值」（《全集七》，頁14）之運用而已，並未直接提到「符號詩」；〈中國詩的傳統〉雖然提到阿保里奈爾及其立體主義，也沒有提到「符號詩」。此時期

9　林亨泰：《爪痕集》（台北：笠詩刊社，1986年）。
10　林燿德：《觀念對話》（台北：漢光，1989年），頁80。

的林亨泰共發表了五篇重要的論述，除了上述二篇之外，還有《現代詩》第十七期（1957年3月）的〈關於現代派〉（《全集七》，頁6-13）、二十一期（1958年3月）的〈談主知與抒情〉（《全集七》，頁27-28）、二十二期（1958年12月）的〈鹹味的詩〉（《全集七》，頁29-33），這五篇論述使他成為「現代派」草創時期「冷靜睿智的理論家」[11]，重點都在建構「現代派」的理論基礎，而不在符號詩的本身。不過，〈符號論〉中對語言「符號化」的價值肯定，與〈中國詩的傳統〉中對中國文字「特色在於視覺上的認識」的理解（《全集七》，頁22）、對立體主義「把『音標文字』當作『意符文字』運用」的觀點（同前）以及對阿保里奈爾創作方法的解析（同前，頁25），仍隱約可見其符號詩創作的自覺性與對漢字圖象特質的掌握。

　　一九五九年十月，他在《創世紀》詩刊第十二期，發表著名的〈風景NO.1〉（《全集二》，頁126），在第十三期（1959年10月）發表更著名的〈風景NO.2〉（《全集二》，頁127）。〈風景NO.2〉發表之後，引起極大的迴響，撰文討論者不知凡幾，林氏自己也顯得頗為得意，在很多場合多次對人詮釋過此詩的寫作背景、特色及其相關的問題，但此詩之後，除了一九六二年八月發表於《野火詩刊》第三期的〈農舍〉（《全集二》，頁48）之外，他的符號詩寫作卻突然中斷，原因或許正如他自己所說的，符號詩的寫作只是為了配合紀弦的現代派運動，只是屬於「練習、實驗」性質而已，他說那「只是適應現代派的要求而已，並非我寫詩的終極目標」，「是為了補理論的不足，才推出這些作品。主要是想一新詩壇耳目，震撼讀者的心靈。」而且說：「我寫這些詩的時

11　同註10。

間很短，只有幾個月，但是發表時分好幾期才刊完，前後大約一、二年，所以可能有人誤以為我專寫這種詩。」（《全集八》，頁141）所以，正如他將自己的符號詩寫作視為「瀉藥」一樣，他說：「為了對付根深蒂固的傳統觀念，這種方法的確具有相當大的摧毀作用，但，像瀉藥不能久用，一旦清除乾淨則必須適可而止。」（《全集五》，頁147）當現代主義風潮暫歇，林亨泰也停止了他的練習與實驗。由〈輪子〉到〈農舍〉，他總共寫了十五首的符號詩（〈風景NO.1〉與〈風景NO.2〉各算一首）。

在一九八七年的訪談中，林亨泰曾說當初寫符號詩時「並不是自然地發自內心」，而是一種「刻意造作」，它的好處在於它有「『瀉藥』一樣的效果，把對詩的固定看法瀉得乾乾淨淨……對我而言，的確展現了一個全新的視野。」（《全集八》，頁141-142）在一九九一年的另一次訪談中，他也描述這個過程為「在一連串顛覆『認識論』的累積之後，有了結構性的改變」（《全集五》，頁126）。但在一九八八年與林燿德的對話記錄中，林亨泰卻說：「那些作品我花費了很大的生命力去完成，寫得好苦、好苦，絕非遊戲之作，若非這些作品，也沒日後的〈風景〉。」[12]二者看似有矛盾之處，其實不然。或許正是因為「刻意造作」、「刻意顛覆」、「並不是自然地發自內心」，勉強為之，而又要不違背詩人的良知與嚴肅，不輕易寫「遊戲之作」，所以才會「好苦、好苦」，而之所以如此，乃是為了配合紀弦的現代派運動而刻意為之。

既然是刻意為之，而且是為了鼓吹某種主義思潮，便更不可能率爾操觚，而必然有其內在的思想準備與理論支持。他曾經從日本文學與西方文學中尋找理論與作品的靈感與借鑑，而

12　同註10，頁95。

且表露出相當的「警戒心」（《全集五》，頁145-147），由此可以看出他的自覺性，所以他曾認為自己的符號詩寫作是現代派運動中「在詩的可能性上另闢蹊徑，而純粹在『方法論』的『自覺』上有所斬獲者」（同上，頁123）。不過在符號詩的創作時期，林亨泰對此並沒有加以說明，直到多年以後才在各種訪問的談話中或研討會的發言或文章中針對他人的提問，對「符號詩」相關問題提出說明，在這些說明中，林亨泰展現了驚人的成熟與深度。

　　林亨泰對台灣現代圖象詩發展，最大的貢獻除了在作品上提倡創作風氣之外，另外則是在理論上對漢字的基本特質的掌握，讓台灣現代圖象詩一開始就走上正軌。在一九八二年的訪問談話中，他說：

> 　　作為一個經常使用象形文字的中國人而言，不去動這個念頭才怪，因為中國文字不但是一種紀錄語言的工具，同時也可以當做客觀的存在看待，也就是說：可以把文字當作物，乃至「對象」，借文字的多態、筆劃、大小、順序等的感覺效果來指揮詩的效果，換句話說，本來詩是表現存在，但符號詩除表現存在之外，也可以把語言當做存在來表示。中國文字的特質使這種所謂「符號詩」表現成為可能。如果換歐美的音標文字，如阿保里奈爾的一些詩之效果即不如中國文字的理想，我先考慮到中國文字的特質，然後才去嘗試「符號詩」的，並非一味地跟著西方走。（《全集八》，頁65）

一九八七年的訪談中又說：

> 　　法國的阿保利納爾（Guillaume Apollinaire）寫過這

種詩，其他的法國人也寫過一些。日本也有。在二次大戰後就興起這種新鮮的做法。我自己是憑著對中國文字的了解而大膽做了嘗試。（同上，頁142）[13]

一九八八年的訪談中又說：

> 中國字在詩的具象表現上較法文猶為勝任，因此阿波尼奈爾（Guillaume Apollinaire）的「具象詩」透過中文來表現，就更為豐富，因為象形的中國文字本身就是「立體主義」的；從藝術的本質上來看，中國語文也較西方語文更具象徵性，因此中國語文相當適合波特萊爾的「象徵主義」；一九五七年我發表的一篇論文，就曾提出「現代主義即中國主義」的觀念。[14]

一九九一年在訪談中論及現代派運動時則說：

> 現代主義就是中國主義。為什麼是中國主義呢？……從文字上來看是立體主義，因為中國字是象形字，它本身就是一個圖形。……但就狹義的來說，立體派的阿保里奈爾（Guillaume Apollinaire）用字母將詩排列成圖形，也就是圖象詩。但就中國字本身而言，圖形早就隱含在每個字之中，所以從文字上來說，本身就是立體主義。（《全集八》，頁212-213）

這些談話，一方面說明了，就一個詩人的角度而言，面

---

13 「Guillaume Apollinaire」林亨泰有時譯為「阿保利納爾」（如此處），有時譯為「阿保里奈爾」（如前文），有時又譯為「阿波尼奈爾」（如下段引文）。

14 同註10，頁94。

對本身即充滿圖象特質與魅力的創作工具——漢字而言,不動圖象創作的念頭似乎是很困難的,這種心態從文藝心理學上解釋了從他自己到其他台灣現代詩中的圖象詩創作的由來;另一方面也點出漢字作為圖象詩創作工具的優越性,對這種優越性的深刻體認,使林亨泰面對優勢的西方文學時充滿自信,避開了盲目崇洋西化的可能缺陷,一出手便直接掌握漢字的圖象特質,將台灣現代圖象詩與圖象技巧,推向更全面的發展。

但是,雖然林亨泰的符號詩對台灣現代圖象詩的發展有很大的影響,也在理論上對漢字的圖象特質有絕佳的掌握,不過與後來的圖象詩卻有相當大的差異。

林亨泰的符號詩有三項鮮明的特色,首先他的符號詩是把「文字」視為「符號」、「立體」、「圖象」的。他在〈符號論〉(《全集七》,頁14-16)中曾說:「詩裡的『象徵』所能給予『詩』的也就是代數學裡的『符號』所能給予『代數學』的。再說得明白一點,所謂『象徵』也不過就是語言的『符號價值』之運用而已。」(頁14)他在訪談中論及〈風景〉組詩時,也曾說過兩段話:

　　實驗到了這樣的階段,幾乎可以說是已經走到極限。〈風景〉兩篇作品從根本揚棄了「修辭學」上的運用,而走向「結構性」、「方法論」上的策略,也就是說,放棄一味追求「字義」營造的淋漓盡致,而將對於「字義」的依賴降至最低,讓每一字成為一個「存在」。針對於此,若評論者不經過「認識論」的顛覆,而退回到「修辭學」上的策略時,原本是一個「立體的存在」,便只能淪落為「平面圖案」了。(《全集五》,頁127)

詩，是時間藝術，〈風景〉這兩組詩，我一直嚴守
住詩的此一界限。當詩人的創作對「繪畫性」有所偏愛
時，也應當不至於偏愛到把「繪畫」入詩，或將詩寫成圖
畫，因此，詩是最不宜於以「排列」的方式去寫的，就
這一點而論，白萩的〈娥之死〉正超出了此一界限而落
入「繪畫」，……詩畢竟是詩而非繪畫，空間藝術的繪畫
可以整幅畫同時而全面性的收容在視界裡，嚴守詩界限
的〈風景〉一詩，卻必須逐字地、逐行地唸下去，以表現
時間的進行。（《全集八》，頁31-32）

　　第一段談話已隱然有孟樊對圖象詩的後現代論述[15]的味道
了。他要將文字對「字義」的依賴降至最低，讓每個字都成為
一個「存在」，而且這「存在」是「立體的存在」，而不只是
一個「平面圖案」，就如同前文所提到的，他認為「本來詩
是表現存在，但符號詩除表現存在之外，也可以把語言當做
存在來表示。中國文字的特質使這種所謂『符號詩』表現成
為可能」（《全集八》，頁65）。這一方面與他所強調的將文
字當成一個「符號」的「符號論」一致，一方面這些理論與他
所體認到的中國文字的「圖形早就隱含在每個字之中」（《全
集八》，頁212-213）、「象形的中國文字本身就是『立體主
義』」[16]、「可以把文字當作物，乃至『對象』，借文字的多
態、筆劃、大小、順序等的感覺效果來指揮詩的效果」（《全
集八》，頁65）等理論也是一致的。換句話說，他認為中國文
字是符號的、立體的、圖象的。

　　林亨泰符號詩的第二項特色是他在第二段談話中所表達
的：堅持詩的時間性而嚴拒詩的繪畫性。他認為詩必須能一行

15　孟樊：《當代台灣新詩理論》，頁273-276。
16　同註10，頁94。

一行「逐字地、逐行地唸下去，以表現時間的進行」（《全集八》，頁31-32），而他所謂的「詩是最不宜於以『排列』的方式去寫的」（同上），指的便是利用文字排列，把詩排列成某個實物圖形的寫法，導至詩無法一行一行展示時間的進行。第三，為了增強詩的表現能力與「符號性」，十五首符號詩中有八首加入了不少非文字的圖形或符號。

第一項特色在後來的台灣現代圖象詩中得到很精采的發揮，第三項也時有所見，但是第二項特色則少有實踐者，甚至是背道而馳的，因為在符號詩之後，台灣現代圖象詩在詩形外觀上主要的發展形式，乃在於漢字建築特性的發揮，在保持時間藝術的精神外，努力向空間藝術擴展其風姿，所以很多圖象詩是無法「一行一行『逐字地、逐行地唸下去，以表現時間的進行』」的，例如蕭蕭〈台灣風情〉組詩[17]或陳黎的〈戰爭交響曲〉[18]。文字的排列未必等於繪畫，即使外觀上有類似繪畫的視覺效果，但究其實質，每字每句都是詩的，都是缺一不可的有機結構的，所以，異中有同的是台灣現代圖象詩始終與繪畫性保持清楚的界限，這又可看出林亨泰的高瞻遠矚了。

三、符號詩的作品實踐及其解析

以下我們將針對林亨泰的十五首符號詩加以解讀，檢視其理論之外的作品實踐，以全面考察林亨泰的符號詩之實質成就，為台灣現代圖象詩的發展，描繪出清楚的源頭。既名之曰「符號詩」，其重點即在「符號性」之表現；而對日後台灣現代圖象詩的發展而言，文字本身的圖象技巧之表現，更是林亨泰符號詩的重大貢獻。所以底下我們即從符號性的表達與文

17　《台灣詩學季刊》31 期，2000年6月，頁38-40。
18　陳黎：《島嶼邊緣》（台北：皇冠，1995年），頁112-114。

字的圖象技巧之展現二方面進行解析。

（一）「符號詩」的符號解讀

林亨泰的第一首符號詩〈輪子〉（《全集二》，頁101-102），發表於現代派運動之前：

　　　　轉。
　　　　　。
　　　　　。
　　　　　。

　　　　性急的，
　　　　性急的，
　　　　　性
　　　　　急的。

　　　　　它，
　　　　　　，
　　　　　　，
　　　　　　，

　　　　咻！
　　　　咻！
　　　　咻！咻！
　　　　咻！咻！
　　　　　咻！
　　　　　咻！

這首詩主要是以「轉」和「它」二字的轉動來暗示輪子轉動的視覺感與方向感，相當經典的呈現了把每一個字都當成一個「立體的存在」與「將對於『字義』的依賴降至最低」（《全集五》，頁127）的符號詩理論，剩下的部分第二段是一個陪襯性的說明，第四段則從聲音上加強其速度感。不靠圖形的模仿排列而其視覺性仍然相當突出，這是他從未來派、立體派所學來的一種表現技巧。在一九五七年的〈中國詩的傳統〉中，他曾說在詩的方面有三件事是必須做「橫的移植」的，其中第二點是：

> 阿保里奈爾的新精神——在他的《卡里葛拉姆》裡，至少包括三種新的東西：(1)字體及大小都相同，只是其排列方法很特殊的。(2)字號的大小，以及字體的不同，都一一加以酌量的。(3)利用鋼筆字或毛筆字的。（註釋：在立體主義方面）（《全集七》，頁25）

在一九九三年的一篇文章〈現代派與我〉中，他也提到當年曾對未來派、立體派的某些東西感到興趣：

> 尤其我特別感到興趣的是「自由語」的創造與運用，諸如不同字體（約二十種）、大小不同的字號、不同顏色（用了三、四種之多）、擬聲詞（噪音等的模仿）、數學記號（×＋÷－＝＜＞等）、數字感覺、樂譜、歪斜顛倒字形、自由順序等，簡單地說就是印刷技巧的運用。法國詩人阿保里奈爾（Apollinaire）的立體派作品也是屬於這一項實驗。（《全集五》，頁146）

由此可知他對立體派的創作方法的興趣和熟悉，所以

在〈輪子〉之後，除了立體感的塑造與對字義依賴的降低之外，他開始在很多詩裡使用上面兩段話所提到的立體派、未來派的諸多表現方法，例如〈第二十圖〉（《全集二》，頁105-106）：

機械類的時代
充滿著
　易於動怒的電氣

＋＋＋＋＋＋
－－－－－－

笨重的世界文化史
在第20圖上的原料
已有美麗的配合了
在「」之內
電燈
是夜之書上的

　　　　　　，
　　　　　　。
　　　　　　，
　　　　　　。

詩中使用到數學符號「十」、「－」來表示電氣的「正極」與「負極」，連續一行的「十」與連續一行的「－」排成一排電路，相當視覺性的象徵了二十世紀（即所謂的「第二十圖」）機械時代全面電氣化的生存實況。除此之外，他還別出心裁的利用現代漢字特有的標點符號，將之「符號化」：

"「」"表徵天地（我們即生存在上天下地之間的空間內）；","表示開燈，夜仍持續未完（逗號本來就表示未完待續之意）；"。"表示關燈，夜晚已畫下句點（句號本來就表示結束之意）。而二十世紀便在電燈（二十世紀的象徵物）的開開關關中過去了。〈ROMANCE〉（《全集二》，頁107-108）也使用了其他的立體派技巧：

```
    有一卡車的
    ⊔型面孔的
      求婚者
   追求一顆★
      │ │ │
      │ │ │
      │ │ │
      ↓ ↓ ↓

   以光的速度
   越過

        山

     越過

        山
```

詩中利用字形的轉向、箭頭、字號大小與濃淡等「印刷技巧的運用」及星星的圖案等方式，表達抽象浪漫（ROMANCE）的立體與具體趣味：「凸」字左轉九十度，即成人臉的側面造形；在求婚者的眼裡，情人永遠像天上最美最亮的★（星星）；虛線與箭頭則是情思發動時，光速般的等不得、停不下的速度感；加大加黑、重複兩次的「山」字，則

是考驗愛情勇氣與強度的兩座大山。〈ROMANCE〉之後，立體派、未來派技巧的使用更形複雜，例如〈騷音〉（《全集二》，頁109-110）：

音響施我
以長的解剖
　　k　i

k ⌒
　　　i

（危險灣路）
　　閃閃地
　　　　　提
　　高

（危險灣路）
　　k　i

k ⌒
　　　i

突然地→‥
　　→‥→低了

〜〜〜〜〜〜〜
〜〜〜〜〜〜〜
〜〜〜〜〜〜〜

　　波　波　波
　　浪　浪　浪
　～～～～～～～
　～～～～～～～
　～～～～～～～

音樂施我
以長的解剖

　　這首詩寫的是騎腳踏車的過程與樂趣，第一段用兩個英文字母及一個拉長扭曲的符號告訴我們這腳踏車應是有相當年紀了，所以煞車時會發出拉長而扭曲的「k──i」的「騷音」（噪音），其尖銳程度，幾乎可以把人「解剖」成兩半了。第二段以重複二次的括弧不斷暗示這是一條「危險灣路」，「灣」字看似筆誤，但由下一段的「波浪」來看，其實是「海灣」的暗示，而三～四行的符號與「提──高」則說明了這是一條高低起伏的海灣邊的道路，所以煞車時才會發出拉長而扭曲的「k──i」的「騷音」，這「騷音」在此又被強調了一次。第三段前二行三個向下的箭頭表示這時騎到了一個不斷下坡的路，突然間，騎到海邊了，大海赫然入目，此處，標點符號中的「　」極其神似的傳達出大海碧波萬頃的壯闊景象。這個利用「　」來製造浪濤圖象的方法，在〈炎日〉（《全集二》，頁112-113）中又用了一次。

　　在林亨泰的符號詩實驗過程中，〈車禍〉（《全集二》，頁114-115）是引起較多討論的作品中的一首：

車●車●車●
來了

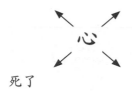

死了

他先利用「車」字與黑點「●」字號由小到大的變化，相當形象化的營造出一輛車子由遠方以極快速度疾衝而來的視覺效果，然後第二行接著說「來了」。第三行到第五行的「快｜｜速」及其中間的符號，則暗示因車速太快，以至煞車時整輛車子嚴重打滑移位並且在地上留下極深的煞車痕跡的情形；第五行底下的二個黑點則暗示二個物體的撞擊。第二段第一行的「kiiiii」從聲音上讓讀者身臨其境般的聽到極長而極悽厲的煞車聲，然後是一幕怵目驚心的畫面：一顆心被四分五裂！四個從不同方向射出的箭頭不但將這四分五裂的一幕逼真的表現出來，甚至令人如親眼目睹鮮血從四面八方激射而出的驚悚血腥的畫面一般！最後淡淡的說：「死了」，結束這場驚心動魄、餘悸猶存的顫慄演出。

其後的詩，表現手法大抵不出前面幾首的範圍，如〈花園〉（《全集二》，頁116-117）只以一列「╳」表示「籬笆」，以七個散置各處的「〇」表示花朵；〈進香團〉（《全集二》，頁118-119）在立體呈現與降低字義的要求下，只以三個「◀」表示不同顏色的旗子，並畫出二個冒煙的燭台；〈電影中的佈景〉（《全集二》，頁120-121）與〈進香

彰化學

團〉差不多，只多了括弧的運用與字號的變化而已；〈患砂眼的城市〉（《全集二》，頁122-123）表現手法稍多，有箭頭、方框、文字的倒立、簡單的符號，還有一些黑點「●」，比較精采的是最後一段：

●
● ● ●
●日子●
● ● ● ●

「●」在本詩中代表灰塵，此段暗示城市人「日子」就這樣包裹在漫天灰塵中，只有在第二行留有一個小小的出口。四十幾年後的今日，這些「灰塵」變成空氣污染，依然很形象化的反應了現代都市人的生活處境。〈體操〉（《全集二》，頁124-125）則利用二個大「✕」與二個大「 」來表示做體操時交叉與擴胸的動作。

（二）文字圖象技巧的展現

即使林亨泰的符號詩因為創作理論的差異而與後來台灣現代圖象詩有很大的不同，但我們仍然可以從台灣現代圖象詩的這個先行者身上，找到諸多根植於漢字特質的圖象技巧的精采發揮，例如〈房屋〉（《全集二》，頁103-104）：

　　　　　　　　　　哭　　　　　　　　　　笑
窗　窗　窗　窗　了　　齒　齒　齒　齒　了
窗　窗　窗　窗　　　　齒　齒　齒　齒

　　除了符合把文字「符號化」、「立體化」、「降低字義」
的要求之外，這首詩還表現出很強烈的圖象效果。紀弦在〈談
林亨泰的詩〉中，曾對此詩加以說解：

　　　我們為什麼不可以把八個「齒」和八個「窗」的排
　　列看作二層樓的房屋呢？八個「齒」字的排列，可說是關
　　上了百葉窗時的房屋，八個「窗」字的排列，可說是打開
　　了百葉窗的房屋，至於「齒」所象徵的「笑了」和「窗」
　　所象徵的「哭了」，豈不是除了它們本來的意味之外，還
　　可以看作房屋的煙囪嗎？[19]（頁25）

孟樊則說：

　　　這首詩恰是結構主義者分析的佳例……兩排齒代表
　　房子正背兩面的瓦，兩列窗指示屋子前後（或左右）的
　　窗，露齒以為屋在笑，見窗以為屋在哭（假如此刻雨打
　　窗戶的話），而房屋會哭會笑，自然是詩人把它給擬人
　　化（Personification）了。[20]

　　紀弦「二層樓的房屋」的說法與「窗」的視覺詮釋都相當
精采，但是底下的解釋就令人費解了。「笑了」而有「齒」，
應是大笑，笑到合不攏嘴時，可以見到嘴巴裡面的牙齒，所以
應是開窗，窗戶大開時，可以看到屋內的陳設，猶如人大笑時

19　同註15，頁226。
20　孟樊在評論此詩時所引用的文本（同註15，頁225-226），其「笑了」與
　　「哭了」二行與其他詩行是齊頭排列的，而且全詩並未分段，換句話說，
　　他所引用的〈房屋〉一詩是一首不分段、十行齊頭排列的詩。如此一來，
　　則詩的外形文字排列差異甚大，圖象性亦大為減弱，對其評論〈房屋〉一
　　詩之方向、內涵必有重大影響，則對孟樊此段評論之論述，自應將此情況
　　納入考量。

可以看到裡面的牙齒，而且窗戶打開，空氣流通、空間開闊，比較可能產生「笑」的開朗情緒與「開口笑」的視覺想像；相對的，「哭了」應是關窗，關窗後只能看到一個個「窗」，而看不到屋內的陳設了，就像人掩面痛哭，看不到牙齒一樣，而且關窗所造成的空間阻隔與封閉，比較可能產生「哭」的棄絕一切的情緒與「掩面」的視覺想像。如此一來，「齒」和「窗」二個字的使用，便產生了視覺效果，而且這個視覺效果是利用漢字的圖象性達成的，因為「齒」和「窗」在字形上都有一個框框，可以用來引起「窗戶」的視覺聯想，而「齒」的字形較複雜，「窗」的字形較簡單，特別是二個字框框內的筆畫繁簡差別更是明顯，這個繁簡的差別正好可以暗示開窗可以見到屋內的很多東西，關窗則只能見到窗簾上的簡單花紋或一橫一橫的百葉窗線條而已。除此之外，這首詩的圖象性還表現在他把二個字分別重複了八次，並且排成二列（或四行），造成樓窗的視覺暗示，這已經是漢字建築特性的初步使用了。

紀弦的詮釋另外有一個精采之處便是把凸出的「笑了」和「哭了」二個詩行看成是房屋的煙囪，如此一來，整首詩的文字排列就成了由二棟二層樓的建築（代表普遍性的「房屋」的印象）與上下對稱的兩排窗戶及二根高聳突出的煙囪所構成的完整的圖象詩了。

至於孟樊的詮釋則較為牽強：一則「正背兩面的瓦」與「前後（或左右）的窗」的說法，在視覺上實在無法詮釋詩本身在外形上的排列；一則靜態的「瓦」與「窗」也無法充分暗示動態的「笑了」與「哭了」的詩意，在詩的詮釋上不如「開窗」與「關窗」來得圓融精確[21]。不過，將此詩視為結

---

21 例如黃永武曾舉《詩經·鄘風·定之方中》：「樹之榛栗，桐梓漆，爰伐琴瑟」的例子，他說前二句的七個「木」部偏旁構成的字，「引來林木森森的畫面感覺」（黃永武：《詩與美》，台北：洪範，1992年，頁78）。這是利用漢字象形偏旁營造詩歌圖象效果的一個佳例。

構主義者分析的佳例，則是孟樊獨到的詩學眼光。

除了〈房屋〉之外，在〈ROMANCE〉中，「凸」字逆時針轉九十度後，神奇的成了一個象形字，像極了人臉的側面造形，其凸出處正像鼻子的誇張化處理，與此詩的風格，又有相得益彰之功，林亨泰這個奇思妙想，把漢字的圖象特質做了幽默而恰當的發揮；而原本即為象形字的「山」字，在加大加黑後，其象形特質也更加的明顯了。在〈騷音〉中，連續重複三次的「波浪」，形成六個「水」部偏旁的文字並列一起的畫面，在視覺上，造成強烈的暗示效果，這種圖象技巧古已有之[22]，林亨泰讓它成功的再現於台灣現代詩中，成為一種重要的圖象技巧。在〈車禍〉中，林亨泰則利用「車」字字號的變化，讓三個「車」字由小漸漸變大，由於「車」字本來就是象形字，隸定後仍然形象十足，所以在視覺上可以營造出車子由遠方疾駛而來的逼真感覺，由此也可看出林亨泰對漢字圖象特質的掌握能力。

到了〈進香團〉（《全集二》，頁118-119）一詩，林亨泰開始清晰的呈現他對漢字建築特性的掌握：

旗｜｜
　▼黃
　▼紅
　▼青

善男1　拿著三角形
善男2　拿著四角形

---

22 江萌：〈一首現代詩的分析〉，《林亨泰研究資料彙編》（同註8），頁53-81。

香束
燭臺
信女１　拿著三角形
信女２　拿著四角形

　　詩中「善男」、「信女」等直立堆疊的四行文字，代表
進香團中與各類旌旗、香束、燭台等雜遝紛立的諸多信眾，這
是繼〈房屋〉後又一次對漢字建築特性的運用。相同的技巧
在〈體操〉（《全集二》，頁124-125）中又出現了一次，詩
中「解體的手　構成的腳」與「蔓延的頭　萎靡的腰」各自重
複了二次，在二個符號群的陪襯下，四個直立的詩行暗示著正
在做體操的人們。而這種技巧更成熟的發揮則見於〈風景〉二
首，先看第一首〈風景NO.1〉（《全集二》，頁126）：

　　農作物　的
　　旁邊　還有
　　農作物　的
　　旁邊　還有
　　農作物　的
　　旁邊　還有

　　陽光陽光曬長了耳朵
　　陽光陽光曬長了脖子

再看第二首〈風景NO.2〉（《全集二》，頁127）：

　　防風林　的
　　外邊　還有

防風林　的
外邊　還有
防風林　的
外邊　還有

然而海　以及波的羅列
然而海　以及波的羅列

　　這二首，是林亨泰歷經諸多實驗之後，自認為較成熟的符號詩，也是林亨泰的詩中引起最多討論的詩，而且圍繞這二首詩的討論一直到今天仍然歷久不衰，尤其是第二首，更是大多數討論的重心。

　　暫且不論眾多印象式的批評，第一篇正式深論〈風景NO.2〉的文章，是江萌（熊秉明）發表於一九六八年十二月的〈一首現代詩的分析〉[23]，該文以一萬二千字的篇幅，對這首短詩從語法、詞彙、旋律、動靜、音樂性等各方面作了「系統」而「嚴密」的結構主義式的分析（同上，頁56），給予這首詩極高的評價，他認為這首詩將靜態的林木「用了動態的方式寫成跳躍疾走的東西」，而且「截斷在『還有』上，語意未完，懸著……。本來已具動態特性的句子更具有『待續』的特性」（同上，頁71-72）；而論其圖象表現，「這首詩之為形象化，不是擬造寫實的圖象，而是說明『幾何空間裡的關係』」（同上，頁74），「作者以語言的結構形式寫出了他所觀照的世界的結構形式；詩的結構形式吻合這一世界的結構形式。」（同上，頁75）五年後，他在《創世紀》第三十四期（1973年9月）又以八千多字的篇幅針對這首詩

23　江萌：〈一首現代詩的分析〉，呂興昌編：《林亨泰研究資料彙編》（彰化：彰化縣立文化中心，1994年），頁53-81。

的音樂性發表了〈譜「風景（其二）」一詩的示意〉[24]，對此詩可謂用情至深！其後黃慶萱先生在其所著的《修辭學》一書中舉〈風景〉二首以為「類疊」的範例，並認為這二首詩再現了「空間之廣大，時間之延綿」[25]，而蕭蕭則從「實際批評」（Practical Criticism）的角度，對第二首做了極精采的「詮釋」（Interpretation）與「評價」（Evaluation），他認為此詩「以圖象詩來造成林的層疊」，「以本然的存在狀態存在」，所以他以「形銷骨立」做為此詩的總評[26]，張漢良則說這兩首詩「藉詩行或意象語之重複或平行排列，造成無限的空間疊景」[27]。到了二〇〇〇年，柯慶明先生從「台灣意象」的探尋出發，認為〈風景〉兩首「反映了詩人對於他所生存之真實空間的感知與領受」，第一首「描摹詠歎的正是台灣在漫長日照下一年多次的收成；這既是自然之厚賜，亦是人民之勤勞的特殊景觀，誰能說這不是台灣NO.1的代表性好『風景』？」第二首則「在它的圖象化的客觀呈現之際，其實隱含了可遊可玩的主體歷覽經驗的潛能，而這一好『風景』，正又是林亨泰對台灣之自然與人文交織所形成的貌似平凡，卻是滿涵深意之地理景觀的禮讚。」[28]

這些都是對〈風景〉兩首的圖象技巧與價值的解析與肯定。這兩首詩凝聚了林亨泰由〈輪子〉起所累積的符號詩實驗的經驗，去蕪存菁的展現了成熟的風貌，體現其符號詩之價

---

24 江萌：〈譜「風景（其二）」一詩的示意〉，紀弦、簡政珍主編：《台北：創世紀四十年評論選》，頁199-207。

25 黃慶萱：《修辭學》（台北：三民，1975年），頁441。

26 蕭蕭：〈風景・其二〉，呂興昌編：《林亨泰研究資料彙編》（彰化：彰化縣立文化中心，1994年），頁113-115。

27 張漢良：〈林亨泰〉，呂興昌編：《林亨泰研究資料彙編》（彰化：彰化縣立文化中心，1994年），頁135。

28 柯慶明：〈防風林與絲杉——論林亨泰與白荻詩中的台灣意象〉，《詩／歌中的台灣意象第二屆台灣文學學術研討會會議手冊》（台南：成功大學，2000年3月11日、12日），頁1-3-4。

值，並奠定台灣現代詩圖象技巧的發展基礎。

〈風景〉兩首在第一段的結構完全一樣，只有第二段有些微差異；不過這只是指外在的文字排列而言，若論其內在意蘊，則二首的差別是相當巨大的，一般論者往往只注意到表面的相似而忽略了內在的差別。其實二首既並列為組詩，便會產生內在的關連，而且這兩首詩可以看成是一種相反相成、缺一不可的對照。

就外在的文字排列而言，第一段一方面利用漢字的建築特性，堆砌塑造一株株挺立的「農作物」與「防風林」的圖象，而「3｜1｜2｜2」不斷循環的文字結構與結尾處「還有」的暗示，則成功的將有限的文字圖象做了無限的空間延伸，創造出廣袤無垠的視覺圖象。而行中的空格，就像蕭蕭針對第二首所說的：「第一段六行中的空格，彷彿密林中偶而閃現的光芒，一閃一閃的，正是實際上防風林正常的光影閃滅現象。」[29]（頁113）在第一首裡，空格指的也是行列整齊的農作物中的空隙。這些都是兩首一致的地方。至於第二段，在第一首裡，它也是漢字建築特色的發揮，代表陽光下，特別是當太陽偏西後，所拉長的人影，「耳朵」與「脖子」只是「以部分代全體」的修辭技巧，代表的正是陽光下辛苦工作的農夫們。在第二首裡，則是透過修長細密的防風林縫隙看出去時，所看到的細條狀的海面與波浪層層推擠羅列的景象。第二首的第二段經常是全詩中最不易詮釋者，在已有的諸家說法中以蕭蕭的說法最有新意也最為精采，他說：「『然而海　以及波的羅列』應當當做『疑問句』使用，『然而海以及波的羅列？』不敢相信它們真的羅列在遠方，它們真的存在嗎？」（同上，頁115）但是如果以符號詩「降低字

---

29 江萌：〈譜「風景（其二）」一詩的示意〉，《創世紀四十年評論選》（同註1），頁199-207。

義」、「立體化」、「符號化」的基本原則來看，蕭蕭的解釋仍有過度解釋其「意義」的缺點。林亨泰曾在訪談中數度談到此詩的創作背景，他說：

> 我寫〈風景NO.2〉，是有一次從彰化坐車到二林，現在的交通發達，車速很快，這一路上原本就有防風林，再加上車快速奔馳，所以這樣看過去就是防風林之後還有防風林，一排一排的，防風林只有海邊才有，所以一排排防風林的後面就是海，雖然我坐在車上只能看到防風林，但可以利用想像力，一直看到海邊。（《全集八》，頁112）

速度讓文字來不及產生意義，讓景觀成為單純的「景物」，所以此處「透過修長細密的防風林縫隙看出去時，所看到的細條狀的海面與波浪層層推擠羅列的景象」（雖然是利用「想像力」來看，也是一樣的）的詮釋或許較能符合符號詩的理論基礎，因為如此一來，第二段的二行文字成為一個獨立存在的圖象符號，其中的每一個文字都是立體的、符號性的，並不須依賴字義詮釋或前後文意義關係才能存在，其文字的「意義」性也降到最低了。

就內在的意蘊而言，第一首的每一個文字都是漢字建築特性下的一塊磚頭，所以每一個都是「立體的」、「符號的」，也都是不需太多字義就能存在的，完全符合林亨泰的符號詩理論；但這一片「不需太多字義就能存在」的景象卻蘊含了豐富的意義，這片一望無際的農作物，就像柯慶明先生所說的，正是台灣農村的真實圖象，也是台灣土地生命力的最佳展現，農人們在其中揮汗耕種，換取三餐溫飽，但「天地不仁」，大自然並不會因為農人的辛苦而讓陽光少曬一分鐘；而且矛盾的

是，農作物要長得好，需要充足的陽光，而充足的陽光又正是農人辛苦之所在。所以，農人們便須宿命地接受陽光的曝曬，從旭日到烈日，從烈日到黃昏，直到陽光把「耳朵」、「脖子」曬長了，他們仍不得休息，他們那比陽光早起的身軀，經常必須比陽光晚回家。

第二首也是一樣，是林亨泰符號詩理論下的經典作品。防風林在台灣沿海鄉鎮都可以見到，種植的目的在於阻擋風沙，以保護農作物與沿海的居民、房屋，連綿數里的林木，經常成為海邊城鎮的特殊景觀。防風林通常以木麻黃為主，因為這種樹木耐風、耐寒、耐沙，尤其對海風中特有的「鹹水煙」（鹽份）有比一般植物更強韌的忍受力，它的林相並不美觀，缺乏優雅或浪漫的想像，但它為沿海的窮鄉僻壤，在風沙肆虐的秋冬，阻擋了不少生活中的艱辛淒楚，也在烈日高懸的春夏，帶來涼蔭、微風與寧靜。在這首詩中，雖無一字道及防風林的功能與意義，但當這典型的台灣濱海鄉鎮「風景」，以一種肆無忌憚的蔓延出現在讀者眼前時，便有一股伏流悄悄氾濫，傳播這防風林圖象本身，不待字義說明的典型意義。而這「透過修長細密的防風林縫隙看出去時，所看到的細條狀的海面與波浪層層推擠羅列的景象」，也許正是在這夾雜艱辛淒楚與清涼寧靜的生活圖象中一點點遙遠與開闊的想像。

林亨泰的最後一首符號詩為〈農舍〉（《全集二》，頁48），仍然是符號詩理論下的經典作品，而又多了一分簡潔明快；相對於〈風景〉的速度感，〈農舍〉像一幅小小的靜物畫：

門
被打開著的
正廳

神明
被打開著的
門

　　洛夫曾指出這首詩的圖象意義，他說這首詩是一種「純客觀的呈現」，是王國維的「無我之境」，並進一步加以詮釋：

　　　　「門／被打開著的」顯然是有人在裡面，只是人沒有出現，或是出去了，故門是「被」打開的。若變成「門／開著的／正廳／神明／開著的／門」這農舍可能是荒蕪的、無人居住的，但牌位仍在。所以這首詩雖說是「無我之境」，仍是有人呼之欲出。詩不只是寫單純的客觀意象，還須感覺出生命的躍動。[30]

　　所以這靜物畫，就像所有有價值的畫作一樣，在靜態的畫面中，可以領受到呼之欲出的人，可以感覺出生命的隱然躍動與寧靜祥和。全詩就像一個農村中最常見到的畫面：客廳的兩扇門完全開啟，讓人可以直視其內，一覽無遺，呈顯農村人民真誠開放的樸實心靈，而門內所能看到的，其實都是一樣的，一塊方桌，上首擺上神明的神像和祖先的牌位。整首詩像個門被打開而其中有物的造型，但這整個造型只是一個概略的形狀，而不是工筆素描的，這又符合林亨泰詩、畫有別的嚴格尺度，而這個造型的成立，依靠的，正是漢字建築特性的法則。

30　洛夫：〈林亨泰詩集研討會〉發言紀錄，收錄呂興昌編：《林亨泰研究資料彙編》（同註8），頁231-232。

結論

　　觀察林亨泰的十五首符號詩，我們可以從兩方面看出一個明顯的發展軌跡：西方影響逐漸消退，而漢字本質逐漸顯現。第一，在實驗期的十二首詩中，大多數都使用了大量非文字的純粹符號，到了〈風景〉和〈農舍〉，非文字的純粹符號完全消失，代之而起的是純粹的文字。第二，在實驗期的十二首詩中，雖然使用了大量非文字的純粹符號，但就像前文的分析一樣，代表漢字圖象特質的建築特性與字體本身的圖象特性已經出現，而且有精采的表現，到了〈風景〉和〈農舍〉，漢字的建築特性更有淋漓盡致的發揮，成為書寫呈現的主要憑藉。

　　在這個發展軌跡中，除了可以看到林亨泰個人的詩學創造力，也可以看到台灣現代圖象詩的嫩芽已悄然點綠了枝頭。在視覺接觸的瞬間，不待字義說明，而能藉圖象的呈現，捕捉剎那間的心靈直覺，這是圖象詩的藝術魅力所在，這樣的魅力，在林亨泰的符號詩中，已散發初步的光芒。

——選自《國立編譯館館刊》第30卷第1、2期

台灣現代詩史的見證者
──林亨泰詩論研究

陳秉貞

前言

　　林亨泰式開啟戰後台灣現代詩發展序幕的第一代詩人，他的詩創作歷經了「銀鈴會」時期（1947～1949）、「現代派」時期（1953～1964）、「笠」時期（1964～1970），至今一直都能掌握詩壇的動態，不斷開創嶄新的視野。這個「始於批判──走過現代──定位本土」（呂興昌，1992）的詩路歷程，正是台灣現代詩史的典型縮影。除了詩作之外，林亨泰的詩論也具有重要的地位。他從一九四九年起開始有評論性文章發表，至今已超過百篇。在「現代派」時期，它扮演的角色是冷靜睿智的理論家，讓台灣日據時代留下的新詩「球根」，得以和大陸來台詩人所帶來的新詩的球根融合[1]；在「笠」時期，他有意識地推展詩的評論，希望建立起詩壇健康完整的批評制度；近期則致力於詩史的建立，以他本身的經歷見證，再加上寬闊的世界觀和廣博的學識，使得他對台灣現代詩史的觀察能與世界文藝演變趨勢呼應，並且能用更開闊的態度，來看待台灣現代詩演變中最常發生爭論的問題。

　　正因為林亨泰是「跨越語言的一代」的詩人，他曾親身參與台灣現代詩史上具有代表性的詩社和詩運動，並且不斷地

1　「兩個球根說」是陳千武所提出的。陳千武：〈台灣現代詩的演變〉，《自立副刊》，1980年9月2日。

思索和創作，因此他所記錄下的資料和見解，相當具有參考價值，可以彌補史料不足之憾。除了詩史資料外，他還對現代詩的演變趨勢提出自己的看法，頗具有特色和代表性。但是以林亨泰詩論為主要討論對象的文章不多[2]，所談的範圍也不夠全面。所以本文針對林亨泰的詩論做研究。

　　本文的寫作，是以林亨泰已發表的詩論文章，和他在訪談及座談中所發表的意見等第一手資料為主，來了解林亨泰本人對詩人、詩作、詩史的看法。然後依據這些資料，做有系統的論述。期望能藉此闡揚林亨泰精闢的詩學見解，並且找到林亨泰在台灣評論史上的定位。

一、林亨泰詩論形成的背景

（一）個人方面

　　林亨泰[3]在小學階段，數學成績優異，曾有級任老師評其思慮縝密（呂興昌，1992），因此可說他本身就具有理性思考的特質。中學時期因為接受日本教育，對二十世紀的西方文學思潮已經很清晰了（林燿德，1988），後來養成逛舊書店的習慣，發現了日本現代派的《詩與詩論》[4]雜誌，於是對日本詩的興趣由明治、大正時代的新體詩、自由詩轉向昭和初年的現

2　筆者所見，僅有鄭炯明：〈評介《現代詩的基本精神》〉，1968年4月；旅人〈林亨泰的出現〉，1976年4月；古遠清：〈林亨泰：冷靜、睿智的前衛詩論家〉，尚未發表。以上三篇收錄於呂興昌編：《林亨泰研究資料彙編》，1994年6月。最近期的研究是成大中研所碩士論文（柯夐伶，《林亨泰研究》，1999年），其中有專章談論林亨泰詩論，但因尚未提出，未及見之。

3　對林亨泰的生平說明得最詳盡，也最完整的是呂興昌〈林亨泰四○年代新詩研究〉的第二節，1992年11月，與呂興昌〈林亨泰生平著作年表〉，1998年9月24日上網。

4　「詩與詩論」是日本一個綜合性的前衛詩（包括現實主義、立體主義、主知主義、新即物主義等）實踐運動，1928年由春山行夫、村野四郎等人領導發起。

代詩人作品,也深受《詩與詩論》的作品和理論影響。另外,對歐美現代作家和文學批評家亦特別注意。這些接觸為林亨泰此後的理論思想和實際創作,奠定了深厚的基礎。一九四四年,在彰化田尾國民學校任教時,美軍猛烈空襲台灣,林亨泰利用躲空襲的時間,在防空洞或樹蔭下廣讀教育學、哲學、社會學與心理學等著作,並且與朋友討論,激盪出思維的火花,這與他日後極力提倡「主知詩」,有密切的淵源關係(呂興昌,1992)。自從加入銀鈴會之後,尤其在現代派運動之中,林亨泰對於詩壇的動態便十分關注。以其敏銳的觀察力,提出許多獨到的見解,希望能對詩進行全面性徹底的探討,並著手詩史的確立(康原,1984)。

簡而言之,林亨泰詩論形成的個人背景,是他天生具有思慮縝密、理性思考的特質;加上受到良好的文學教育,又養成廣博閱讀的習慣,吸收了各領域的知識,建立了穩固的基礎;最重要的是他對詩壇具有使命感,不願人云亦云,而寧願盡力去探求還沒有被人所探求的地方,因此一直積極地、持續不斷地進行知性的思考和理性的評論工作。

(二)時代方面

台灣因為地理位置的特殊,使得外來的統治力量交替頻繁,也使得台灣的文化受到許多外來文化的影響。林亨泰出生於一九二四年,台灣正處於日據時代。日本自明治維新後便開始吸收西洋科學文明,詩歌也受到西方現代主義的影響,開始革新,由舊詩轉變成自由詩,又轉變成現代詩。台灣的新詩所以會接受西歐詩與詩論的影響,是透過日本,跟著日本的發展而勃興的(陳千武,1988)。也就是說,從日據時代開始,台灣的新詩人就能夠用開闊的胸襟去接受西方新思潮的影響,毫無閉塞、故步自封的思想。林亨泰便繼承了這個優良的傳統。

但是台灣的文學家在接受外來文化影響的同時，卻也意識到了自己是台灣人的身分，因此產生了本土意識和台灣精神。林亨泰也深受這個「傳統」的影響，因此他的詩論兼具了廣闊的世界觀和深厚的本土觀。

二、林亨泰的現代詩史論

林亨泰認為建立台灣文學體系必須以台灣這塊土地作為出發點，因此，在討論台灣現代詩的源頭時，他贊同陳千武的「兩個球根」說（林亨泰，1990）。他在論及現代詩的發展演變時，大致是循著兩個脈絡：（一）就詩的特質來說，是從「抒情的優位」到「知性的強調」、從「內容的訴求」到「方法的自覺」；（二）就詩的分期來說，是從「五四時代」到「象徵派」、「現代派」（這是從大陸帶來的球根），加上從台灣光復前的發展到「銀鈴會」（這是台灣留下來的球根），進入「現代派」運動、「笠詩社」時期到七、八〇年代。

（一）中國方面

1. 五四時代

林亨泰認為五四時代的新詩，就「詩體的大解放」而言，就「要以現代人的語言表達現代人的思想感情」的主張而言，可說是成功的。但就「詩體的建立」而言，卻是失敗的。像胡適、徐志摩等人，只是將詩寫成分行的散文，尚不能建立起詩體的特殊性，也尚未打出比較鮮明的主體意識，或表現出比較突出的詩風格。至於記載的工具之所以從韻文變成白話，林亨泰認為那是受到紀錄手段所影響的。在人類最原始的狀態

時，「歌謠」是最適合「口傳」的紀錄手段；到了雕版印刷時，為了不佔篇幅的考慮下，所以使用字韻壓縮的方法，產生韻文形式；等到印刷術已相當發達時，就回到自然的「白話」方式；五四運動之後，不但是小說，連詩也變成以「白話」寫出來了（林亨泰，1968）。林亨泰這個觀點相當新穎，雖然「從韻文變成白話」的原因不可能如此單純，但他的看法是一個獨特的觀察角度。

2. 象徵派時代

每當開始邁向新的里程時，「嘗試」乃是必要採取的一個步驟，雖尚不能令人十分滿意，卻能提供繼起的人更開闊的眼界與發展契機。林亨泰認為經過民初的嘗試之後，中國新詩果然呈現了盛況，各種主張的個人或文學團體應運而起。其中首先具備色彩鮮明的詩風格，並開始表現較為深邃的「精神主義」以及富有詩味的所謂「情調象徵」的，是「象徵派」李金髮、戴望舒等人（1920年代後半期）。李金髮首先把法國象徵主義的表現技巧帶進詩壇，而這種方法，被非以另一事象來比擬某事象的所謂「比喻」，亦非襯托於某人物，藉某事件來代表某意義的「舊象徵」，而是要靠每一詩句的每一客觀事物來刺激讀者的神經，讓讀者閱讀詩句的每瞬間都能激起一片片的「情緒」來（林亨泰，1976）。

3. 現代派時代

一九三〇年前半期，因為戴望舒對「詩的音樂性」有了新的覺醒，所以中國現代詩風格的發展進入了「現代派時代」。戴望舒對「詩的音樂性」的重要見解是：詩要與「韻律主義」訣別。也就是說現代詩不再運用「字的抑揚頓挫」和「整齊的字句」等「外在的節奏」來表現音樂性，而是注意到隨著情緒

的波動和語言上的節奏所形成的「內在的節奏」。只是這種節奏並非純然靠「情緒」造成的，而是在詩人有意識的創造下產生的，所以林亨泰稱之為「知性的節奏」（林亨泰，1976）。

（二）台灣方面

1. 光復前

　　光復前的台灣詩壇已頗為蓬勃。一九二四年，追風以〈詩的模仿〉為題的四首詩，是台灣最早出現的新詩。一九二五年之後，陸續有詩集的出版和文學刊物的設立。一九三三年，楊熾昌等人組織「風車詩社」，鼓吹超現實主義。台灣詩人的詩也曾刊登在日本的雜誌上，引起日本詩壇的注目，可見其創作已有相當的水準。

　　林亨泰將視野擴大到全世界來看時，發現二十世紀的文學，在政治（兩次世界大戰、殖民統治等）、經濟（世界經濟大恐慌、貧富不均、賦稅壓力沉重等）這樣的背景下，有兩股新的文學思潮興起。一個是以社會意識為重的文學運動，這是世界觀上的「革命文學」，稱為「社會派」。另一個是自我意識為主的文學運動，這是技法上求創新的「文學革命」，可稱為「藝術派」。中國大陸在「解放」之後，更是完全的一面倒。至於台灣的「藝術派」，在當時雖得不到適當的發展，但並不意味台灣永遠無須藝術派或不宜產生藝術派，反而是有待繼續發展的「未了情結」，所以林亨泰認為這是戰後台灣現代派運動不得不發生的「遠因」（林亨泰，1988）。

2. 銀鈴會

　　台灣從光復至政府遷台的這段時期中，因為一九四七年的二二八事變，文學界變得非常消沉。不過，林亨泰強調「銀

鈴會」的存在對於台灣詩壇的重要性。銀鈴會在一九四二年由
台中一中的張彥勳、朱實、許世清等三人發起,陸續有同仁加
入,到一九四九年因為「四六運動」而被迫解散。林亨泰本人
於一九四六、一九四七年之間加入,當時他滿懷著社會改革的
熱情,作品包含了「社會詩」、「心理詩」和「鄉土詩」。
銀鈴會所延續的是戰前「反帝反封建」的台灣文學精神,但一
方面也開放心胸接受世界文學,所以可說是兼顧現實性與藝術
性的主張。銀鈴會受到楊逵的指導和鼓勵很多,楊逵對銀鈴會
的期望也很大,因此林亨泰說:「假如台灣新文學的傳統是由
賴和先生所初創,再經過楊逵先生的發揚,那麼銀鈴會在那
一『時點』上,可說又跟這種大傳統匯合了。」(林亨泰,
1985)

3. 現代派運動

　　一九四九年銀鈴會被迫解散之後,林亨泰本來打算不再從
事寫作,但在一九五四年、一九五五年的某一天,他在逛書店
時發現了紀弦辦的《現代詩》季刊(1953年創刊),使他重新
燃燒起寫作的欲念。在紀弦籌組的現代派運動正式成立之前,
林亨泰早就站在「現代主義」的「原點」上了,因為他在中學
時期已閱讀過日本各種派別的前衛作品。於是他找了神原泰的
《未來派研究》和集各種前衛文學影響於一身的荻原恭次郎的
一些詩作品,寫了十幾首符號詩投到《現代詩》季刊去,受到
紀弦的注意(林亨泰,1993)。不過因為《現代詩》的篇幅
小,這些詩的發表時間大約拖延了一、二年之久。

　　一九五六年紀弦發起現代派運動,林亨泰認為其發起原
因在於:就當時情勢而論,政治遷台後,斷絕了一切與大陸的
來往,因此無法承繼大陸新文學傳統,卻也無法認同台灣本土
成長的文學,又不願參與政府推動的「戰鬥文藝」,所以只

剩「現代派」一途了。林亨泰將現代派運動分為前後兩期，一九五六年元月～一九五九年三月是「前期現代派運動」，以現代詩社為中心來推動，為期約三年。一九五九年四月～一九六九年元月為「後期現代派運動」，以現代詩社與創世記詩社匯流共同推動，為期大約十年（林亨泰，1988）。現代派運動在成立之初，便揭示了由紀弦的詩觀所主導的「現代派六大信條」，其中最主要的觀念包括：對自波特萊爾以降一切新興詩派之精神與要素「有所揚棄並發揚光大」、橫的移植、對詩的內容和形式作新的開拓、強調知性和追求詩的純粹性。其中引起爭論最多的便是「橫的移植」之說。至於林亨泰的看法，主要表現在：

（1）現代主義即中國主義

　　林亨泰大致來說是擁護紀弦的看法，但是在「橫的移植」這一點卻有所不同。林亨泰主張：中國詩的傳統，在本質上，即象徵主義；在文字上，即立體主義，所以說：「現代主義即中國主義」。這個結論乍看之下很驚人，他是如何推斷出這個結論的呢？他認為歐洲詩的傳統，本質是存在於「敘述」中的，而且以長篇為主，因此到了十九世紀象徵主義提倡短篇的主張，對歐洲來說是新的。但是中國的詩原來的傳統就是「短」的，其本質也都存在於「象徵」中的。因此象徵主義可說已是中國詩的傳統了。至於文字方面，中國文字是一種意義的符號，而非只是語音的記載，西方的文字則是「音標文字」。但是二十世紀初，法國阿保里奈爾（Apollinaire）主張立體主義，在他的詩裡，把「音標文字」當作「意符文字」運用，可說是對「中國文字」的熱烈嚮往。因此林亨泰認為從文字上來說，中國文字的傳統就是立體主義。但既然現代主義即中國主義，我們為什麼還要「橫的移植」？那是因為「青出於藍」，外國有更進步的發展，所以暫時仍是有必要學習的（林

亨泰，1957）。

（2）現代主義的實驗──符號詩

在當時的論戰中，受到批判的還有「符號詩」[5]。林亨泰認為「符號詩」的創作，一方面是新方法的實驗，是對現代主義理論的實踐，一方面是為了糾正近代詩過於「甜膩」的毛病，不得不用的激烈手段（林亨泰，1962）。這些基於中國文字的立體性與形象性，將語言的表現力高度的擴張。這種打破散文「敘述性」的句法，切斷語言本身的意義性機能，以文字行體和單詞排列造成圖示性意象的技法，在當時的確具有實驗創新性。但是林亨泰強調，手法雖然創新，但詩作的題材卻離不開「鄉土」，如〈車禍〉、〈進香團〉、〈患砂眼病的都市〉、〈農舍〉等。由此，可以看出林亨泰一貫的主張：「現代」與「鄉土」並不是衝突的兩個概念。

（3）由抒情到主知

另外一個爭論的焦點，在於「抒情」和「主知」的問題。林亨泰的解釋是：所謂「打倒抒情主義」，只是不承認「抒情」在詩中的「優位性」而已，並不是完全不要「抒情」（林亨泰，1958）。這個主張是受到「主知主義」的影響，「主知主義」（Intellectualism）主要提倡者是法國的梵樂希（P. Valery）、英國的艾略特（T.S.Eliot）等人。他們反對浪漫主義的主觀傾向以及情念偏重的態度，深信Intellectualism（知性、睿智）的優越性，提出所謂「主知的方法」，認為遍布在感情、情緒、熱情周遭的只是混沌而漠然的世界，對此，若能以「知性之光」，像探照燈一樣地予以照射，賦予方法的秩序，文學作品才不失其明晰性而流於散漫之弊。這對於「新興詩派」中另一種以感覺官能為主的耽美主義、享樂主義的一些

5　又稱為「圖象詩」。林亨泰「符號詩」的代表作：〈輪子〉、〈房屋〉、〈進香團〉、〈車禍〉、〈風景〉、〈患砂眼病的都市〉等。

傾向具有平衡乃至壓抑的作用（林亨泰，1988）。

現代詩所以會由「抒情的優位」轉變到「知性的強調」，林亨泰從創作的生理基礎和使用工具的特性兩方面來討論。在創作的生理基礎方面，他先將人的感情分成四個層次。最下層的感情是「感官的感情」，第二層次是「生命的感情」，第三層次是「心情的感情」，最高層次是「精神的感情」。然後將四個層次與詩發展的各個時期對照來看，他認為初民「手之舞之，足以蹈之」是相當於「感官的感情」層次；「民謠時期」相當於「生命的感情」層次；最後，一個相當於「精神的感情」層次的「現代詩時期」將以「主知」的姿態出現（林亨泰，1977）。在使用工具的特性方面，林亨泰認為「韻文工具」的特色較適合「抒情」，「白化工具」卻擁有「語言意義的連續性」、「思維邏輯的抽象性」、「心理意識的時間性」等特色，正適於「主知」的寫作過程（林亨泰，1976）。

對於「知性」的主張，在林亨泰的詩作中可以見到實踐。他在一九六二年完成，一九六四年發表於《創世紀》詩刊第十九期的〈非情之歌〉詩五十一首中，呈現的是愛情、宇宙、人生、社會、歷史、民族、現實等複雜的議題。在形式上，林亨泰頗受結構主義的影響，透過「黑」與「白」二元對立結構去安排其文本，並將所有「人」的情緒過濾，在主題上並沒有展示文字意義的多重性，只是如數學公式一般陳列序數，從一至五十。在內容上，去掉了「人」的內心獨語，只留下許多客觀現象的沉思，其中有一種理性的美和綿密的邏輯性，由此來展現他的人生觀。

（4）現代派的影響

林亨泰認為受到現代派運動影響最鉅的是《創世紀》詩人，因為他們剛開始時是主張「新民族詩型」，但到了第十一期卻大幅轉向現代主義。其中，風格明顯改變的詩人有：洛

夫、辛鬱、葉維廉、梅新、管管等人。如果逐一比較、對照
《創世紀》詩人在現代派運動前後的詩作,將不難發現,之後
的作品其改變之大、感覺之新穎、意境之奇特,以及意象多樣
突出都是令人驚訝的(林亨泰,1991)。若就整體來看,這次
現代派運動,不但以全面之勢席捲了台灣詩壇,而且還讓政府
支持的「戰鬥文藝」自然消失,這是在台灣文壇上一次文學排
開政治文化的影響,而純粹站在文學主體的立場獨立發起的運
動,也是在台灣文學史上罕見而極為有趣的現象。以詩的品質
和深度來說,經過這次大力推動「詩的新大陸之探險、詩的處
女地之開拓」、「新的工具之發現、新的手法之發明」之後,
台灣現代詩明顯地躍進了一大步,使得台灣現代詩的成就首次
超越了大陸(林亨泰,1990)。

4. 笠詩社

　　一九六四年六月《笠詩刊》創刊號出版,林亨泰擔任主
編。「笠詩社」推動詩運,是對「銀鈴會」和「現代派運動」
兩次經驗的適當修正而繼續發展的(林亨泰,1980)。林亨
泰認為《笠詩刊》最大的特色,就是「台灣精神」的建立,
也就是以「故鄉——台灣」作為認同目標的「民族精神」。所
謂「民族精神」,是一種認同「故鄉——台灣」的態度與自願
的選擇,是一種提到「故鄉——台灣」就會感到榮譽與自尊的
感覺。大部分的人認為,台灣文壇「關懷本土」、「台灣意
識」等的出現,是在七〇年代鄉土文學論戰之後,其實《笠詩
刊》出現於六〇年代,比鄉土文學論戰早了十年。只是在當時
的政治環境下,「台灣」兩字往往被政府視為禁忌,為了要
突破這種局面,於是在一九六四年,先有吳濁流創辦《台灣文
藝》,終於將「台灣」兩字冠在文藝雜誌上。幾個月後,「笠
詩社」同仁也以同樣心情,以象徵台灣的斗笠為刊名,創辦了

《笠詩刊》（林亨泰，1990）。林亨泰對於《笠詩刊》的希望與建議是：一、兼容並包的精神；二、增加批判精神的比重（林亨泰，1980）。

林亨泰再從現代派過渡到《笠》時期之後，對詩作的實踐，也兼具了現代主義的藝術論和關懷現實的本土論，如在《林亨泰詩集》（1984）中有許多描繪鄉土風情的詩，在《爪痕集》（1986）和《跨不過的歷史》（1990）中，則有許多對於社會現實描繪和批判的詩。

5. 七○年代

到了七○年代，林亨泰所觀察到的現象是：七○年代的詩人清一色都對現代派採取反對的態度，主張擁抱中國傳統、關懷社會、走入人群，在他們的觀念中，「現代」與「傳統」似乎是極為對立的。但是林亨泰一貫認為：「傳統」與「現代」是不可能處於對立的局面，在「現代」當中，「傳統」永遠被隱約地包含在內，而要「現代化」，就是把整個「傳統」現代化，「現代化」的真正落實，也在這個「傳統」上。他在現代派運動之初即注意到這點，寫了〈關於現代派〉和〈中國詩的傳統〉來討論他的看法。他想強調的是：第一，五、六○年代歷時十三年的現代派運動，並不是像七○年代戰後新世代詩人們所想的那樣悖離傳統，而是在運動發起之初，即深思過傳統的問題。第二，「現代主義」已成當時詩壇的共識[6]。因此，他對「傳統」與「現代」的問題在七○年代又被舊事重提感到費解。其實，這些七○年代的詩人所面對的「傳統」和五、六○年代所謂的「傳統」已經有所不同了，林亨泰所認知的「傳

6　對於這個「共識」，鄭恆雄曾舉余光中〈現代詩的名與實〉中的一段話，加以說明：台灣詩壇的意見紛雜，當時的詩人並不一定是認同現代派「橫的移植」，而是強調縱的繼承，由大陸帶來的詩學傳統，再加上或多或少的橫的移植。文見《世紀末偏航——八○年代台灣文學論》，頁139-140。

統」和當時其他詩人的「傳統」也有所不同，因為對「傳統」的各種觀念尚未能融合成新的共識，所以難免論戰。

6. 八〇年代

（1）詩壇現象

八〇年代，一批更新、更年輕的詩人出現在詩壇上，他們對於詩的看法漸漸有別於七〇年代激烈地傾向傳統，急切地回歸傳統的主張，而準備好迎向外來影響。羅青在〈專精與秩序——草根宣言第二號〉中便提出：傳統與現代的溝通，並且在文末提出「心懷鄉土，獻身中國，放眼世界」的抱負。此外，在八〇年代詩壇還出現了一些特別值得注意的詩型，林亨泰舉出：生態詩——關懷人類生態環境；政治詩——表達政治立場；台語詩；錄影詩——運用電影的手法製現代詩創作；都市詩——以都市為主題，反映都市現象；新文言詩——運用古典文學的音韻、格律、意象、風格等寫入現代詩，用字遣詞趨於艱澀，林亨泰並不贊同（林亨泰，1990）。

（2）後現代現象

對於「後現代」的問題，林亨泰認為可以把「後現代」當作「現代」的一種延續來看待，認為它們只不過是同一系統的不同樣態。尤其在目前台灣的狀況，正需要「批判」與「理想」的時候，整個社會有太多未完成、未確定的東西要去改革、去完成，在某些方面，台灣擁有「後現代」的條件似乎還未成熟，而是「現代主義」該全力發展的時候。因此，在文學上，他提出台灣文壇應同時容納「民族主義文學」和「現代主義文學」，以及「後現代主義」（如果有的話），以建立豐碩而強韌的「民族文學」（林亨泰，1990）。

（3）母語的提倡

一九八八年《笠詩刊》舉辦〈論台灣新詩的獨特性與未

來開展〉座談會，當時林亨泰認為：「要界定台灣文學，一方面以台灣意識的層面，另一方面以台語的層面來界定。在精神上是一種反抗精神，反抗統治者的精神。」後來在〈母語的發見〉（1993）中又提出他自己將嘗試以台語來寫詩。他希望今後的台灣人，可以擁有一個碩壯而偉大的母語文化，唯有在這基礎上，去學習其他非母語文化，才會有自我尊嚴與存在的真正意義。

四、林亨泰的現代詩創作論

　　林亨泰認為「關心」（Interest）對創作來說是非常重要的。「關心」是積極而且含有潛在的行為。優秀的詩人必定會去關心他周遭的社會、政治、經濟、愛情等問題，但是不能夠讓這些事物反撲過來指使、干涉詩的創作，否則詩的立場就被否認掉了[7]。當詩人具有強烈的「關心」之後，他就會自動而熱烈地開始寫他的詩。此時，詩人必須機警而主動的面對萬人共有的客觀世界。換句話說，一方面，他必須使主觀的「關心」逐漸進行「客觀化」，但另一方面，他又非把只有「可能」的東西化成「存在」不可。即必須往返於「主體」與「對象」、「主觀」與「客觀」、「內面」與「外界」之間，而在不斷的相互作用下，通過了無數次的「嘗試錯誤」之後，他的詩作品始能完成（林亨泰，1984）。由此可以看到已分化但不斷交替發展的兩個不同創作階段：一個是最基本的，外界現實投影於詩人意識、情感中的階段；另一個是往返於「現實認識」的方法層面上的（林亨泰，1985）。在第二步的創作階段中，詩人的親自「切入」是非常重要的，「切入」是用來形容

7　林亨泰曾寫了〈文字、暴力、意識形態〉一文，認為當「文字」和「意識型態」和「權力結構」形成共犯時，就是「文字暴力」。

充滿主體性的詩人行為，其意即說，詩人必須切實地介入詩的核心之中才有他的希望與收穫，詩本來就是一種發明、發現，詩中所揭開的不外就是一次嶄新的體驗，它包括了詩人如果不寫，則任何人都無法在現實生活中能夠獲得的那種東西。詩藝術的價值，毫無疑問的，都沒有必要淪為其他任何領域的既成價值的翻版、或再版的（林亨泰，1984）。

詩人寫詩，應該使詩具有「真摯性」（Sincerity）。林亨泰對「真摯性」的解釋是引用高克多（Jean Coctean，1889～1963）的話：「討論一切，曝露一切，赤裸裸的生活著。為了要彌補意欲成為一個堅強的人之不足，我想盡辦法用人類天賦的另一極限，即表示著貧弱一面極限的，這種真摯性。」就是說對於一般人所不欲言的，甚至自己的弱點（愚昧、下賤、懦弱、混亂、虛偽等）也毫無掩飾地率直地描繪出來（林亨泰，1968）。因此不必在意詩中所使用的題材之美醜，只要在那裡可以發現出一個詩人的「真摯性」的精神美，這篇作品就有了詩的美感。在此，林亨泰強調詩的「精神」和「概念」的重要性。

但是詩畢竟不是直接靠概念來表達的，而是藉著詩中意象的展現始可達成。詩之所以成為詩，主要就是靠著「詩的要素」──諸如「暗喻」、「非連續」以及其他種種手段等──來激勵想像力，使作品本身自成一具體而充足的內在秩序（林亨泰，1980）。詩人對詩語言「真摯性」的追求，消極的方面來說，應當從語言文字的一切物質條件（字義、文法、語氣、措辭法等等）的束縛逸脫出來。積極的方面來說，則必須在語言文字的本質中，讓「語言文字的存在」與「客觀現實的存在」建立起一種全新的關係，即建立「詩的秩序」（林亨泰，1962）。在此，林亨泰強調的是詩的「語言」藝術性的重要。但是詩人必須是本著精神活動的本質要求，所以用適當的語言

藝術加以表現，而不應該只是玩文字的遊戲，把詩湊成難解的東西，讓讀者困擾。林亨泰評論其他詩人的作品，都是根據此原則來評論的。[8]

五、林亨泰的現代詩批評論

一首詩經由詩人創作完成後，要面對的就是讀者，包括評論者在內。台灣的現代詩經過現代派運動之後，給人一般的印象是：難懂。林亨泰本身是詩人，也是詩論家，針對這個問題，他站在詩人的立場，解釋現代詩的難懂性，並對讀者和評論者提出建議。

林亨泰認為造就今日現代詩難懂的原因很多，包括詩人本身、詩的方法和其他非文學要素，甚至是讀者的問題。以詩人本身來說，現代詩人因為二十世紀的世界局勢動盪不安，又加上科技進步，通訊發達，在精神上已經比以前的詩人複雜得多，自然在作品的表現上也會隨之複雜化（林亨泰，1968）。因此「難懂」可以說是二十世紀文化的全盤共相，也可說是一種進步（林亨泰，1964）。而且以創作工作本質而言，是瞬息變化、浮動不定的，作品會如何呈現，詩人在完成之前並無法知曉。也就是說，從詩人這一方面無法阻止詩的難懂。就詩的方法來說，因為對某些新的表現手法之實驗，只要是詩人為了真摯的表達而使用，就應該讓詩人放手去做，而不能以讀者不懂為理由，要求詩人變更寫法。

林亨泰認為讀者也應該為現代詩的難懂負一部分的責任。因為很多人對詩的觀念仍停留在古典詩的觀念，希望能有明顯的外在韻律可以辨認；詩的題材是美好的、令人愉悅的；詩的

8　林亨泰在他的詩論中曾舉：胡適、徐志摩、紀弦、瘂弦、商禽、洛夫、張默、梅新、子凡、覃子豪等人的詩作，作為他詩觀的例證。

文字是具有邏輯的、易懂的等等。但是從前面的論述可發現現代詩已經不像以前那樣了，用老舊的觀念來讀現代詩當然無法讀懂。因此林亨泰認為讀者要從本質變換對詩的認識，應該跟得上整個時代的脈動（林亨泰，1964）。然後在閱讀詩時，要去感受詩的精神，了解詩人意象結晶的方法，體會詩中意象給人的感動，而且可以有讀者個人的見解（林亨泰，1968）。一個好的讀者應該透過閱讀行為與作者對話，才能使文學作品發揮應有的社會功能。

評論者也是讀者之一，所以也應該注意上述的問題，但是評論者對現代詩的影響是更大的。林亨泰對現今的批評界顯然並不滿意，他指出：評論者往往以過時的「知識」來衡量詩；站在「學者」的立場，一副教訓的口吻（林亨泰，1964）；僅以詩人對現實和社會外在描寫的多寡，作為判斷作品中現實觀及社會性有無的憑據，因而說現代詩脫離現實（林亨泰，1980）；甚至不管詩人寫了什麼，這些「批評家」就會這裡如何壞，那裡又如何壞地恣意指摘，使一般讀者受到誤導等等（林亨泰，1964），這些對於現代詩所造成的都是負面的影響。

林亨泰認為，在西方批評的（Critical）這一詞中，是包含有「在危機期中」、「生死關頭」、「轉捩點上的」等意思的。換句話說，在我們社會面臨一個蛻變的轉型期時，批評家們應該負起喚起正義的責任，提出有力的主張，替社會標出一個正確的方向（林亨泰，1988）。評論者應該從凝視作品開始，確實地掌握住詩所要表達的意念，依據現代詩的特質和標準，以適合於這個時代以及世代的感覺來評論。對於傑出的作品應該給予肯定，並加以解釋、闡明，使其他讀者得以明白其好處。即使「無可避免」地要判斷時，也不能拿自己預設的規範作為「至上命令」來判斷，要有接納不同聲音的胸襟。

　　林亨泰基於這樣的批評觀，並希望早日建立起詩壇健康
完整的批評制度，所以他在《笠詩刊》闢有三個專欄：「笠下
影」、「詩史資料」、「作品合評」。「笠下影」在評介詩
人，特別重視到詩人的時代背景和與同輩詩人的關係，讓詩人
的作品能定位於應有的獨特位置上。「詩史資料」是專向詩人
們徵求有關詩人創作過程與親身經歷的資料。至於「作品合
評」是因為林亨泰認為對於詩的「瞭解」，採取集體討論的方
式是最適當的，而且其目的，不在急於對詩作好壞的斷定，而
是讓參與討論的人，在彼此的切磋下獲益（林亨泰，1980）。
這三個專欄的設立，可說是林亨泰現代詩批評論的具體實踐。

六、林亨泰詩論的特色

（一）形式方面

　　林亨泰的詩論有短篇和長篇兩種，短篇的詩論只注重單
一觀念的傳達，長篇的詩論則往往都是按照詩史的發展脈絡
來論述的。在一九六八年出版《現代詩的基本精神——論真摯
性》之前的文章，大部分都是短篇。這些短篇文章在形式上
有共同的特色：以英文字母A、B、C……或Aa、Ab等為各段
編號，手法頗為新穎；各段只提出幾個扼要的觀點或引言，段
與段之間觀念常是跳躍式的，論證並不嚴密；喜歡使用排比的
句子，擅長使用比喻。長篇的詩論文章，論證比較嚴密，並將
許多早期的觀點整合於其中。另外，林亨泰詩論文章的標題訂
得都很有創意，如〈盒與火柴〉是討論現代詩的形式與內容問
題，〈幽門狹窄〉是主張要從本質上轉換對詩的見解等等。

（二）內容方面

　　林亨泰詩論的論述手法和觀點往往都具有前瞻性，符合

時代的演變趨勢。從論述手法來說，他常常引用外國的文學理論來擴大台灣現代詩的眼界，或以世界文藝演變趨勢來觀察台灣現代詩的演變，他也經常運用其他學科的知識，來解釋某些文學現象，令人有耳目一新之感。如用心理學的觀點，解釋詩人的創作過程和由抒情到主知的過程；用社會學的觀點，解釋韻文到白話的演變。這種方法的運用，和台灣文學評論的走向相符。因為台灣早期的新詩批評主要是以印象式批評為主的，對於西方批評理論和方法的引進，要到六〇年代末期，顏元叔大力提倡新批評之後，才開始受到重視。近期，更認為理論的引進和實際落實，對台灣詩學體系的建立相當重要[9]。從觀點方面來說，林亨泰提出：建構台灣文學體系要以台灣為主體；「傳統」與「現代」並不對立；「本土化」與「現代化」兼容並重；「思想內容」與「語言藝術」兼顧；對「母語」的重視等等，正是現代台灣文壇發展的趨勢和重點。

以關注層面而言，林亨泰所注意到的角度也很廣，包括了詩史、創作論和批評論，詩史更涵蓋了五四時期到八〇年代。林亨泰因為親身參與過現代派運動，所以他對詩史中現代派運動的部分討論得最為詳細，試圖矯正我們一般對於現代派錯誤的觀念。但是無可避免的，當他提出一個詩史發展的原則時，雖然會具有概括性，卻也不免有所遺漏和片面，因為實際創作的詩人那麼多，很難完全歸入同一路線；當他以他自己的經驗或以「台灣意識」為論述脈絡，就未能照顧到其他也很重要的路線，例如「藍星詩社」在台灣現代詩壇上的發展和影響。因為它是詩人兼詩論家，所以在觀察角度上，可以切入詩人的心理層面，分析得更為貼切，對於讀者和評論者也有更具體的建議。但是因為他站在詩人的立場，比較維護創作者，對於評論

9　孟樊：《當代台灣文學評論大系・新詩評論卷・導論》，頁22-44。

者的某些行為，反應比較激烈，而偏向感性的抒發，以至於影響到批評論方面的建設性意見。

至於林亨泰對台灣現代詩未來的展望，在早期時，他認為「中國現代派」的抱負，在復興古中國文學的光榮，以及爭回世界文壇上的領導權。從八〇年代回顧台灣詩潮的演變時，提出要容納「民族主義文學」和「現代主義文學」，以及「後現代主義」（如果有的話），以建立豐碩而強韌的「民族文學」。後來又認為要界定台灣文學，一方面要以台灣意識的層面，另一方面要以台語的層面來界定。由此雖可看出林亨泰看法的轉變，但是三者中前兩者的包容性是比較大的。「台語文學」、「母語文學」應該被提倡、被重視，但它也只是多元發展的其中一個選擇而已，台灣現代詩未來應該要有更開闊的揮灑空間。

（三）理論與實踐方面

林亨泰的詩論不只是觀念上的陳述、理論上的建構而已，他是將理論付諸實踐的，例如他主張現代與本土兼顧，就有「符號詩」在手法上的「創新」和題材上的「鄉土」；他主張現代詩是由「抒情的優位」到「知性的強調」，他的詩風也是知性、冷靜、具有「真摯性」的；創立「笠詩社」之後，因為主張「台灣精神」、「關懷本土」，他的詩在題材和手法上的偏重也有所轉變。批評方面，則以《笠詩刊》所設的三個專欄作為具體實踐。這種理論與實踐的高度配合，也可說是林亨泰的特色之一。

結論

林亨泰從一九四九年開始發表評論文章以來，是有意逐漸

建立起他自己的詩學體系的，雖然他自己說：「我的『詩學』尚未完全成形」（林燿德，1988），不過從本文前面各節的論述，已可看出一個架構。在現代詩史論方面，他強調書寫台灣現代詩史要以台灣為主體，肯定現代派運動的成就，提出「現代主義即中國主義」、「由抒情到主知」、「兼顧現實性和藝術性」等重要主張；在現代詩創作論方面，他以詩人的立場，對讀者和評論者提出建言，並以實際批評和創作落實他自己的理念。

透過林亨泰個人的詩路歷程，可呈現出一種觀察台灣現代詩發展的特定視角；他的詩論，也可說提供了一個觀察台灣現代詩史演變的切入角度，其詩學見解的地位已經受到許多研究者的肯定和重視。所以我們可以確定，將來，不論是台灣現代詩史或台灣現代詩評論史的書寫，林亨泰都必能佔有一席之地。

──選自《台灣人文》第四號

參考文獻

一、林亨泰的詩論文章

林亨泰：〈中國詩的傳統〉，《現代派季刊》，第20期，1957年。

林亨泰：〈談主知與抒情〉，《現代派季刊》，第21期，1958年。

林亨泰：〈孤獨的位置〉，《現代派季刊》，第39期，1962年。

林亨泰：〈詩人當他在創作時〉，《野火雜誌》，第3期，1962年。

林亨泰：〈古刹的竹掃〉，《笠詩刊》，第1期，1964年。

林亨泰：〈幽門狹窄〉，《笠詩刊》，第2期，1964年。

林亨泰：〈惡意的智慧〉，《笠詩刊》，第3期，1964年。

林亨泰：〈破攤子與詩人〉，《笠詩刊》，第4期，1964年。

林亨泰：〈現代詩的基本精神〉，《笠詩刊》，1968年。

林亨泰：〈中國現代詩風格與理論之演變〉，《詩學》，第1輯，1976年。

林亨泰：〈文學創作的生理基礎〉，《中華文藝》，第71期，1977年。

林亨泰：〈現實觀的探求〉，《詩學》，第3輯，1980年。

林亨泰：〈笠的回顧與展望〉，《笠詩刊》，第100期，1980年。

林亨泰：〈從迷失的詩〉到〈詩的迷失〉，《現代詩復刊》，第6期，1984年。

林亨泰：〈詩的創作〉，《現代詩復刊》，第7、8期，1985年。

林亨泰：〈跨越語言一代的詩人們──從銀鈴會談起〉，《笠詩刊》，第127期，1985年。

林亨泰：〈批評家的良識〉，《笠詩刊》，第144期，1988年。

林亨泰：〈新詩的再革命〉，《笠詩刊》，第146、147期，1988年。

林亨泰：〈論台灣新詩的獨特性與未來發展〉，《笠詩刊》，第148期，1988年。

林亨泰：〈文字、暴力、意識形態〉，《中時晚報》，《時代文學》，第4期，1990年。

林亨泰：〈從八〇年代回顧台灣詩潮的演變〉，《八〇年代台灣文學研討會論文》1990年，林燿德、孟樊編：《世紀末偏航──八〇年代台灣文學論》，（台北市：時報文化出版，1990年）。

林亨泰：〈台灣現代派運動的實質及影響〉，《現代詩研討會演講稿》，1991年。

林亨泰：〈現代派運動與我〉，《現代詩復刊》，第20期，1993年。

林亨泰：〈母語的發見〉，《自立晚報·本土副刊》，1993年8月19日。

二、林亨泰作品集

林亨泰：《見者之言》，（彰化：彰化縣立文化中心，1993年。）

林亨泰：《找尋現代詩的原點》，（彰化：彰化縣立文化中心，1994年）。

林亨泰：《林亨泰全集》，呂興昌編訂：（彰化市：彰化縣立文化中心，1998年）。

三、研究林亨泰的文章和訪問稿

林燿德：〈台灣的「前現代派」與「現代派」──與林亨泰對話〉，《觀念對話──當代詩言談錄》（台北市：漢光文化事業，

1988年）。

林燿德：〈林亨泰繫年〉，《見者之言》（彰化市：彰化縣立文化中
　　　　心，1990年）。

呂興昌：〈林亨泰四○年代新詩研究〉，《鍾理和逝世三十二週年紀
　　　　念暨台灣文學學術研討會論文集要》（高雄：高雄縣政府，
　　　　1992年）。

呂興昌：〈林亨泰生平著作年表〉，《台灣文學研究工作室網站》，
　　　　1998年。

康原：〈八卦山下的詩人——林亨泰〉，《作家的故鄉》（台北市：前
　　　　衛出版社，1984年）。

雁蕪天：〈現代詩人的基本精神——詩人林亨泰訪談錄〉，《創世
　　　　紀》，第47期，1977年。

四、關於台灣文學史的資料

陳千武：〈台灣現代詩的演變〉，《自立副刊》，1980年9月2日。

陳千武：〈台灣詩的外來影響〉，《笠詩刊》，第146期，1988年。

劉登翰、莊明萱、黃重添、林承璜主編：《台灣文學史》（福州：海
　　　　峽文藝出版社，1991年）。

主知・超現實・現代派運動
──台灣，一九五六～一九六九

劉正忠

前言

　　林亨泰曾將台灣詩壇的「現代派運動」分為兩個時期：
一九五六年元月由紀弦發起組派，提出「六大信條」，至
一九五九年三月，《現代詩季刊》在出版了二十三期之後突
然中斷，是為「前期現代派運動」。同年四月，《創世紀》
十一期推出「革新擴版號」，延續現代派的創新精神，直到
一九六九年一月，第二十九期出版之後，宣布停刊，是為「後
期現代派運動」。前期以現代詩社為主軸，為期約三年；後期
則以創世紀詩社為重心，持續了十年之久。[1]

　　「六大信條」之中，林亨泰認為，最重要的乃是第四
條：「知性之強調」。[2]這不僅是對付浪漫派的利器，更是取
得現代性的重要手段。然而「知性」是否能夠包容「一切新
興詩派之精神與要素」，卻也有待進一步釐清。[3]這項難題尤

1　此說首見於〈新詩的再革命〉，呂興昌編訂：《林亨泰全集・五》，（彰
　　化：彰化縣立文化中心，1998年），頁5-6。同書〈從八〇年代回顧台灣
　　詩潮的演變〉、〈現代派運動與我〉等文亦有發揮。根據他的闡釋，這種
　　斬截的斷限方式，可以把「運動」的主體與後續的「影響」區別開來，進
　　而突顯其意義。洛夫更早亦曾提到：「不論精神上或實際創作上，真正繼
　　『現代派』以推廣中國現代詩運動的是『創世紀詩社』」。洛夫：〈中國
　　現代詩的成長〉，《中國現代文學大系・詩卷》（台北：巨人出版社，
　　1972年）頁6。

2　林亨泰：〈中國現代詩風格與理論之演變〉，呂興昌編訂：《林亨泰全
　　集・五》，頁177。

3　柯慶明就曾指出：「作為移植對象的『一切新興詩派之精神與要素』，一

其表現在對「超現實主義」的態度上。對於《創世紀》改版後積極接納「西方現代思潮」的態度，林亨泰作了概括的描述：「進行得比現代派還現代派，提出『超現實主義』的主張」。[4]似乎是說後期現代派超出前期的部分，便在於對超現實主義的提倡。

然則「超現實」與「知性」之間，又存在著怎樣的辯證關係呢？它們的歷史脈絡如何？在所謂「前後期現代派運動」中，又分別居於何種地位？而「前期」與「後期」之間，除了承續之外，是否也牽涉到理念的齟齬？紀弦從一九六〇年開始，立論明顯大異於前，原因何在？本文即從上述問題出發，沿著林亨泰建構的系譜，考察若干運動主將的理論內涵，期能在一般所謂「知性超現實」的共相之外，呈現些許殊相。

一

紀弦的文壇生涯始於上海，當時施蟄存、戴望舒、杜衡等人創辦的《現代》（1932～1935）雜誌，集結了許多秀異的詩人小說家，構成所謂「現代派」群體。一九三四年，紀弦（這時還叫「路易士」）的作品始見於《現代》，從此成為「自由詩的選手，『現代派』的一員」[5]。作為一名新人，他深受「老大哥」們的影響，逐步養成自己的詩學理念與創作技巧。日後他在台北重新燃起現代派運動的火苗，若干主張便可溯源於此。

上海現代派的組織並不嚴格，但就詩而言，反新月派的

旦作了『知性之強調』與『追求詩的純粹性』的限制，則所謂『詩的新大陸之探險，詩的處女地之開拓』，新的『內容』、『形式』、『工具』、『手法』等等的追求，事實上都受偏限。」見柯慶明：〈六〇年代現代主義？〉，《中國文學的美感》（台北：麥田出版社，2000年），頁398。

4 林亨泰：〈從八〇年代回顧台灣詩潮的演變〉，同註2，頁83。

5 紀弦：《紀弦回憶錄》（台北：聯合文學出版社，2001年），頁63。

自覺則頗為一致。他們吸收的，主要是美國意象派與法國象徵派的理念。形式方面，提倡自由詩，反對嚴整華麗的格律詩；內容方面，則注重詩素，反對感情的直陳或吶喊。戴望舒在〈望舒詩論〉中指出：「新的詩應該有新的情緒和表現這情緒的形式。」[6] 施蟄存則說《現代》上的詩，「是現代人在現代生活中所感受的現代的情緒，用現代的辭藻排列成現代的詩形」[7]。杜衡為戴望舒的詩集作序，提到：「當時通行一種自我表現的說法，做詩通行狂叫，通行直說，以坦白奔放為標榜。我們對於這種傾向私心反叛著。」[8] 這些言論都反映出一種追求新感性的企圖，為主知風潮奠立契機。

其時南北兩方的詩人，對於西方當代詩學的潮流，都頗關注。《新月》介紹了利威斯（F.R. Leavis）《英詩之新平衡》一書，對艾略特（T.S. Eliot）的《荒原》頗致推崇之意，並謂：「現代詩人不再表現那單純的情緒，他們重視機智，智慧的遊戲，大腦筋脈的內感力。」[9] 幾乎同時，《現代》刊出了阿部知二的〈英美新興詩派〉（高明譯），對於主知傾向，著墨頗多：「近代派的態度，結果變成了非常主知的，他們以為睿智（Intelligence）正是詩人最應當信任的東西。他們以為，在我們周圍的某種漠然的感覺和感情的世界，換言之，即潛在意識的世界──這些黑暗之中，像探海燈一般地放射睿智，而予這混沌的潛在的世界以明晰性，予這混沌的潛在世界以方法的秩序，便是現代知識的詩人該做的純粹的工作。」[10] 按阿部知二乃是日本《詩與詩論》集團倡導主知論的代表，巧合的是，這篇文章後來又在《現代詩》被重新介紹一次。[11]

6　《現代》2 卷 1 期，1932 年 11 月。
7　《現代》4 卷 1 期。
8　《現代》4 卷 3 期。
9　《新月》4 卷 6 期，1933 年 3 月。
10　《現代》2 卷 4 期，1933 年 2 月。
11　《現代詩》第 18、19 期，1957 年。

　　稍後戴望舒結合包含紀弦在內的南北詩人，創辦《新詩月刊》（1936～1937）。對於主知觀點，續有介紹。周煦良翻譯了艾略特的〈詩與宣傳〉，文中提到詩的情緒應被理智認可；詩的美感應被思想所認可。[12]柯可（金克木）發表〈論中國新詩的新途徑〉，提倡一種「新的智慧詩」，「以不使人動情而使人深思為特點」。[13]戴望舒則曾譯介梵樂希（瓦雷里）的〈文學〉，其中提到：「一首詩應該是『智』的祝慶。它不能是別的東西。」[14]日後徐遲提出了「抒情的放逐」的口號[15]，在此已奠立契機。

　　另一方面，上海現代派對前衛思潮的推介，亦復不少。《現代》便曾刊載玄明的〈兩種主義〉，粗略介紹「大大主義」與「超現實主義」。並引述勃勒東的話說：「狂人心中的觀念頗能符合我的某種本能的假設。隨口的亂說會造成驚人的效果。我們絕對不接受什麼東西。我們相信我們能夠滅絕理性。」[16]

　　戴望舒譯介過〈世界大戰以後的法國文學〉，對「立體主義」與「達達主義」的風潮頗多著墨。[17]高明撰有〈未來派的詩〉，大幅徵引馬利內底等人的詩和理論。[18]作品譯介方面，從《現代》到《新詩》，譯介過的法國詩，有波特萊爾（Charles Baudelaire，1821～1867）、保爾‧福爾（Paul Fort，1872～1960）、耶麥（Francis Jammes，1863～1938）、瓦雷里（Plaul Valery，1872～1960）、阿波里奈爾（Guillaume Apollinaire，1880～1918）、許拜維艾爾（Jules

----

12　《新詩》月刊1卷1期，1936年。
13　《新詩》月刊1卷4期，1937年。
14　《新詩》月刊2卷1-2期，1937年。
15　《頂點》1期1939年7月。
16　《現代》1卷1期1932年5月。
17　《現代》1卷4期1932年8月。
18　《現代》5卷3期1933年7月。

Superville，1884～1960）艾呂亞（Paul Eluard，1985～1952）、比也爾・核佛爾第（Pierre Reverdy，1889～1960）等人，這個名單包含後期象徵派、立體派的到超現實派的詩人。後來《現代詩季刊》譯介許多法國詩，實際上也以這些詩人為主。[19]

抗戰中期，紀弦由香港回到上海重續文學活動。在淪陷期的上海，創辦了《詩領土》，發表了百餘首詩和數十篇詩論。他大力鼓吹「現代詩」，特別強調的是「全新的立場」，他說：「內容形式上兩者都新──這就叫全新」[20]「所謂內容的新，主要指『詩素』要放棄了過去的抒情的田園，來把握現代文明的特點，科學上的結論和數字」[21]；至於形式的新，則是「沒有固定的詩形，不押韻，以散文的句子寫。」[22]這份刊物曾公布過三則「同人信條」，「詩領土同人錄」由二十七人累積到七十餘人，[23]作風與日後在台北刊行的《現代詩季刊》頗為類似。

另一方面，日治下的台灣，由楊熾昌主編的「風車詩刊」，受到日本「詩和詩論」集團的啟發，異軍突起，較諸中國詩壇更為「前衛」。在發行宗旨上即標明「主張主知的『現

19 戴望舒等人的譯詩，不僅影響紀弦，甚至直接影響商禽、瘂弦等人，這條脈絡不宜輕忽。商禽曾說：「我自己就是從書、雜誌、大陸上的詩刊看到超現實主義詩作、詩論。大陸大約四○年代戴望舒等人已經翻譯了許多西方超現實主義、未來主義的詩……。」瘂弦也說：「超現實主義的詩，像轟魯達、阿拉貢、希伯維爾的詩，戴望舒很早就翻譯了，約是《現代》和《新詩》月刊的時代。」不過，從瘂弦援舉之例看來，所謂「超現實主義的詩」取義甚廣。此外，戴望舒並未譯過阿拉貢的詩，卻譯過另一位超現實主義健將艾呂亞（Paul Eluard）的多篇作品。無論如何，瘂弦與商禽很早便接觸到這些大陸時期的文學刊物，應當是可以肯定的，至於其管道，則是商禽趁職務之便，得自官邸圖書館。旁證之一是瘂弦早年的〈詩人手札〉與《創世紀》早年刊登的譯詩，有些資料便得自這些期刊。
20 《詩領土》5號，1944年12月。
21 《上海藝術月刊》，1943年1月。
22 《詩領土》4號，1944年9月。
23 陳青生：《抗戰時期的上海文學》（上海：上海人民出版社，1995年），頁272-273。

代詩』的敘情，以及詩必須超越時間、空間，思想是大地的跳躍。」並揚舉法國的超現實主義宣言以創作圭臬。[24] 楊熾昌不滿社會寫實主義或自然主義者的藝術表現「停滯在強烈的主觀表現而缺乏表現技巧。」因此主張：「所謂詩的才能就是於其詩的純粹上，非最生動的知性的表現不可。」他的部分作品仍然具有批判性，有意以曲折隱蔽的技法來「透視社會現實，剖析其病態，分析人生」[25]，其間嶄露的知性思維頗為圓熟。然而由於此一風潮的規模稍小，開展不足，旋為當時更加旺盛的現實主義潮流所掩蓋，「對戰後詩人並未直接有所影響」。[26]

　　林亨泰在銀鈴會時期的作品（1947～1949），主要繼承了賴和以降，批判現實的新文學傳統。但這時或更早以前，同時透過《詩和詩論》等文學雜誌，他對於日本近代詩壇的理念與方法，其實頗有認知。反抒情、主知的語言傾向在當時已見端倪。不過，嚴格來講，相關的理論陳述與創作實踐，則是五○年代中期復出詩壇以後的事情。

　　按林亨泰一九五五年春始在《現代詩》發表作品，[27] 隨後才與紀弦通信，展開理論的交流。[28] 從紀弦創立現代詩

24　羊子喬：《蓬萊文章台灣詩》（台北：遠景出版社，1993年），頁44。
25　葉笛：〈日據時代台灣詩壇的超現實主義運動——風車詩社的詩運動〉，《台灣現代詩史論》（台北：文訊雜誌社，1996年），頁27-28。
26　陳明台：〈楊熾昌·風車詩社·日本詩潮——戰前台灣新詩現代主義的考察〉，《台灣文學研究論集》（台北：文史哲出版社，1997年），頁61。
27　《現代詩》第9期，1955年春，以筆名「桓太」發表〈回憶〉。第2期以本名所刊〈第一信〉，係葉泥譯自舊作，林亨泰並不知情，張默：《夢從樺樹上跌下來》，頁213。（按：張默所謂林亨泰正式用中文發表的詩作是第11期的〈心臟之什〉，則顯然有誤）呂興昌編訂：〈林亨泰生平著作年表〉，頁186-187。
28　林耀德：作〈林亨泰繫年〉，將林、紀通信繫在1953年，殆根據林亨泰接受訪談時所言：「1953年（或者1954年？）我到彰化任教，向《現代詩》郵購方思譯的里爾克作品，直到報上刊出了出版廣告，我仍沒有收到書，就去信問紀弦。」但他在〈現代派運動與我〉中，則明確指出先以筆名「桓太」發表作品，才與紀弦通信。此外，方思譯里爾克《時間之書》開始徵求預約，在《現代詩》20期，1957年12月，林亨泰所購應為《夜》（徵求預約7、8期，宣告已出版則在第9期）。

社（1953年2月），到正式組織「現代派」（1956年1月），約有三年之久，可以視為現代派運動的準備期。這段時間，紀弦曾以筆名「青空律」發表〈沉默之聲：保爾・梵樂希〉，介紹象徵派大師崇尚知性的觀點，[29] 並發表〈把熱情放到冰箱吧〉的社論，強調新詩之所以為詩，除了利用散文以為新工具之外，尚有一大特色，那便是：

> 理性與知性的產品。所謂「情緒的逃避」，迨即由此。同樣是抒情詩，但是，憑感情衝動的是「舊」詩，由理知駕馭的是「新」詩。作為理性與知性的產品的「新」詩，絕非情緒之全盤的抹殺，而係情緒之微妙的象徵，它是間接的暗示，而非直接的說明；它是立體化的、形態化的，客觀的描繪與塑造，而非平面化的，抽象化的，主觀的嘆息與叫囂。它是冷靜的，凝固的，而非熱狂的，焚燒的。因此，所謂「熱情」，乃是最最靠不住的東西。[30]

此外，在《紀弦詩論》中，也曾引述過梵樂希有關「情緒客觀化」的詮釋。[31] 上述言論對知性的強調已經十分清晰而強烈了，這時，紀弦尚未與林亨泰見面或通信。因此，提倡知性確實是對抗浪漫派的利器，但此一策略基本上延續了上海「現代派」的舊軌，遠紹梵樂希、里爾克、艾略特等大師的理念，與二十世紀西方詩學的主潮相合。唯林亨泰來自不同背景的理論支援，經常展現比紀弦更寬的視野、更深的思維，確實使現代派運動的聲勢壯大不少。

「詩和詩論」集團，基於其具有集結當時主要的前衛詩

29　《現代詩》5期，頁31。
30　《現代詩》6期，（1954年5月），頁43。
31　紀弦：《紀弦詩論》（台北：現代詩社，1954年），頁19、頁37。

人，含各流各派大融合的混雜性格，雖以主知來統一其詩觀，事實上分為三大傾向，即形式主義方向、超現實主義的方向和新即物的方向。[32] 就五、六〇年代的林亨泰而言，對知性美學的張揚頗多，對超現實技法的提倡較少。紀林兩人對主知的主張，雖然「不謀而合」，但亦自有差距。紀弦理解的主知，主要是通過理智的作用，避免情緒的直陳，而以「詩想」為實質。林亨泰則進一步以「批判性」來詮釋「主知」的內涵。在他的理論架構中，即使用超現實主義的「非理性」技法，仍然可以展現特殊的批判性格，仍是知性的。

二

紀弦創立現代詩社，發行《現代詩季刊》（1953年2月），提倡寫作「現代化」的「現代詩」，這是繼《新詩週刊》之後，最重要的詩壇大事。稍後則有覃子豪結合鍾鼎文、鄧禹平、余光中、夏菁等人，組成「藍星詩社」（1954年3月），並借得公論報版面創辦《藍星新詩週刊》（1954年6月）。藍星諸子的「結合」，據余光中的講法，乃是針對紀弦的一個「反動」：

> 紀弦要移植西洋的現代詩到中國的土壤上來，我們非常反對。我們雖不以直承中國詩為己任，可是也不願意貿然作所謂「橫的移植」。紀弦要打倒抒情，而以主知為創作的原則，我們的作風則傾向抒情。紀弦要放逐韻文，而用散文為詩的工具。對於這一點，我們的反應不太一致，只是覺得，在界說含混的「散文」一詞的縱容下，不

---

32 同註26，頁43。

知要誤了多少文字欠通的青年作者而已。[33]

但這時現代派尚未成立，六大信條尚未提出。《現代詩季刊》已發行五期，《創刊號·宣言》雖宣稱要「向世界詩壇看齊，學習新的表現手法」，尚無「橫的移植」之說。至於倡導「自由語」（否定韻文）的「自由詩」（否定格律），覃子豪基本上是贊同的，余光中反而成了他們共同攻擊的對象。唯有反對「放逐情緒」之說（或對紀弦不滿），才算是藍星諸子初期的共識。

藍星詩社向以沙龍式的鬆散組織著稱，這可能跟他們基於反對而結合，缺乏共識有關。根據余光中的講法，創社之初，覃子豪覺得「堂堂如藍星詩社應該有一套基本的理論，因此在聚會的時候他幾度提出自己的理論，似乎希望大家接受，成為詩社的信條。幸好鼎文、禹平、夏菁屢加阻止，他才作罷。」[34] 由此看來，覃子豪確有積極推拓理念的意圖，但藍星內部的問題不少，至少余光中、黃用等人對於覃子豪的理論，便頗不能佩服。[35]

「藍星」既擺出抵制之勢，紀弦的主張更趨於斬截。組「社」創「刊」尤有不足，乃進而開宗立「派」，提出震動一時的「六大信條」。最先發動攻擊的，是代表官方立場的雜文家，譬如寒爵。從詩學內部提出質疑的，仍不得不推藍星諸子。論題除了爭論「橫的移植」與「縱的繼承」之外，主要集中於兩點：一是「主知」與「抒情」的輕重，另一則是「自波特萊爾以降的一切新興詩派」的內容。[36] 紀弦曾逐條撰作「釋

33 余光中：〈第十七個誕辰〉，《焚鶴人》（台北：純文學出版社，1972年），頁167-184。

34 同前註。

35 同前註。

36 陳玉玲：〈紀弦與「現代詩」詩刊之研究〉，《台灣文學的國度：女性·本土·反殖民論述》（台北：博揚文化公司，2000年），頁295-354。

義」，此處僅將主知一條徵引如下：

> 第四條：知性之強調。這一條關係重大，現代主義
> 之一大特色是：反浪漫主義的。重知性，而排斥情緒之告
> 白。單是憑著熱情奔放有什麼用呢？讀第二篇就索然無味
> 了。所以巴爾那斯派一抬頭，雨果的權威就失去作用啦。
> 冷靜、客觀、深入、運用高度的理智，從事精微的表現。
> 一首詩必須是，一座堅實完美的建築物，一個新詩作者必
> 須是一位出類拔萃的工程師。而這就是這一條的精義之所
> 在。37

所謂主知，排斥情緒的告白，但並不等於反對抒情。這裡
的觀點基本上延續了《現代詩》創刊以來的主張，呼應現代詩
學的主潮，可堪指摘之處不多。覃子豪的挑戰文章，與此有關
的言論如下：

> 現代詩有強調古典主義的理性傾向。因為，理性和
> 知性可以提高詩質，使詩質趨醇化，達於爐火純青的清明
> 之境，表現出詩中的含意。但這非藉抒情來烘托不可。浪
> 漫派那種膚淺的純主觀的情感發洩，固不足成為藝術。高
> 蹈派理性的純客觀的描繪缺乏情緻。最理想的詩，是知性
> 和抒情的混合產物。38

這一段話，顯示覃子豪對於現代詩的理智性格，頗有
認知。雖然在知性與抒情間試作調合之論，但以抒情為「烘

37　《現代詩》13期，（1956年2月）。
38　覃子豪：〈新詩向何處去〉，《論現代詩》（台中：曾文出版社，1982
　　年），頁128-129。

托」，實質上已與紀弦之說相距未遠，反浪漫派的觀念更是一致。因此，這裡其實不能搖撼主知的理念，只能轉而提出被稱為圓融穩當的所謂六原則。

倒是黃用針對紀弦常寫抒情詩的事實，質問他「多少有點不夠徹底現代化，有點捨不得丟棄傳統的抒情主義。」[39] 這裡並不攻擊主知的理論，而從創作與理論的矛盾著手，使紀弦有些難以辯駁，只能說自己「常寫抒情詩以練習練習我的文字、我的筆力。」[40] 相對之下，林亨泰的火力支援，便顯得十分得宜。他認為：「主知」之於「抒情」，猶如「社會」之於「個人」，都是強調前者的「優位性」，而非拋去後者。[41] 他又提出「不慰藉讀者而只給予不快的」鹹味的詩，它是「批判的」，而紀弦的「一些詩」正具有這樣的特徵。[42] 這裡一則導入艾略特「非個性化」的理念，一則強調博德（Albert Thibaudet）所謂「批判的感覺」，實質上已對「知性」作了更深刻的界定。比起紀弦提倡「理智」以對峙「情緒」的理念，是要顯得更加積極了。

實際上，林亨泰覺得，紀弦對主知的理解，也還不夠透徹。在七○年代的一篇論文裡，林亨泰回顧紀、覃的論戰說：「對於『知性』這麼一個重要的問題的探討，他們始終停止於巴爾那斯派（亦即高蹈派）階段。」[43] 這是說知性不僅是理性的純客觀描繪而已，還有更重要的東西。他認為格律工整的韻文不宜於抒情，相反的，白話工具卻擁有「語言意義的連

39 黃用：〈從現代主義到新現代主義〉，轉引自紀弦：〈多餘的困惑及其他〉，紀弦：《紀弦論現代詩》（台中：藍燈出版社，1970年），頁90-157。
40 同前註，頁103。
41 同前註，頁27。
42 紀弦：〈六點答覆〉，前揭書，頁31。
43 林亨泰：〈中國現代詩風格與理論之演變〉，《林亨泰全集‧四》，頁179。

貫性」、「思維邏輯的抽象性」、「心理意識的時間性」，這
正適於「主知」的寫作過程。也就是說，現代詩的主知傾向，
並非出自詩人的好惡，乃隨工具的特性而來。[44] 從這個觀點看
來，中國現代詩風格與理論發展，便是由抒情而主知不斷深化
的歷程。他將浪漫派、象徵派分別歸入一、二階段，從戴望舒
到紀弦的現代派則為第三階段，這時雖有「主知傾向」，但主
要由「氣質」這人格的力量統御而來。[45]（按紀弦曾說：「詩
就是通過詩人氣質所見的人生與自然之象徵。」又有「氣質
決定內容，內容決定形式」之說。）第四階段還是朝著主知
要素深入發展，但「技法」在作品中逐漸佔得優勢，「氣
質」、「個性」不再那麼重要了。[46] 這裡並援引艾略特「非個
性化」的理論為依據，並舉余光中的〈火浴〉、〈敲打樂〉，
洛夫的〈石室之死亡〉、〈長恨歌〉以為例證，詳加推論。[47]
這篇文章已大致可以解釋，所謂後期現代與前期的不同，主要
便是主知：林亨泰所定義下的主知。

　　至於另一個問題，「波特萊爾以降一切新興詩派」的內
容，紀弦在「釋義」中指出：「這些新興詩派包括十九世紀的
象徵派、二十世紀的後期象徵派、立體派、達達派、超現實
派、新感覺派、美國的意象派、以及今日歐美各家的純粹詩運
動。總稱為『現代主義』。」當時，代表官方立場的雜文家寒
爵，指其移植的乃是頹廢意識，根本是「背逆時代的反動行
為」。並譏此為「五六十年前法國炒剩的冷飯」，「現在竟有
人重新一顆顆的撿了起來，想要加火再炒，那恐怕不但攝取不
了營養，而且還有傷胃之虞的話！」[48] 紀弦這樣答覆：

44　同前註，頁180-181。
45　同前註，頁182。
46　同前註。
47　同前註，頁183-202。
48　寒爵：〈所謂現代派〉，《寒爵自選集》（台北：黎明文化公司，1978
　　年），頁125。

　　法國的現代派——主要是以興起於本世紀二〇年代至三〇年代的立體派、達達派、超現實派爲代表——目下雖無具體活動，但其精神依然遍在今日法國的詩壇，尤以超現實派的表現方法爲新銳而純正，已經超越了三色旗的國界，和美國的意象派的表現方法同樣成爲今日世界詩壇一般的方法了。[49]

　　單從這段言論看來，紀弦對於「超現實派的表現方式」是頗爲推崇的。但當藍星詩人進一步質疑：面對波特萊爾以降種種特質相異的流派，如何能取得協調？紀弦的說辭立刻有所不同。覃子豪批評：「所謂中國的『現代派』就熱中於忽視時代外貌的超現實主義」。[50]黃用則直接斷定他是一個「超現實主義者」[51]，紀弦竟以誇張的口氣回答：「確實不是！確實不是！簡直應該大聲地喊起來：確實不是。我也從未在筆端或口頭上主張過要用什麼『自動文字』來表現『潛意識』如法國超現實派之所企圖了的。在我看來，所謂『潛意識』也者，固然是真實地存在於人類心靈深處的現實之一種，但是完全不受理性控制的『自動文字』則爲事實上的不可能。」[52]幾經思索，紀弦的結論是：揚棄超現實派的「自動文字」，而取其「潛意識」與「超現實精神」；揚棄象徵派的「音樂主義」，取其「象徵的手法」及「理智主義」。總歸一句話，便是「以理性控制『超現實精神』，以象徵的手法處理『潛意識』」[53]。

49　紀弦：〈對「所謂現代派」一文之答覆〉，《現代詩》14期，1956年，頁71。
50　前揭書，頁141。
51　同註39，頁141。
52　紀弦：〈多餘的困惑及其他〉，註39，頁96。
53　同前註，頁101。

這個答案實際上是向象徵主義趨近，[54] 稍早被視為「新銳而純正」的「超現實派的表現方法」，似乎已被揚棄，至少不再提起，剩下的便只是抽象的「精神」而已。

紀弦之所以對超現實手法感到遲疑，主要應當來自於對現代派第四信條的執著。他相信「知性」乃是現代主義的本質，關係重大，不容折扣。他說：「事實上我對梵樂希的理智主義這一深深影響了國際現代主義的要素，毋寧看得比其他的因素更重。」[55] 又說：「超現實派的『自動文字』和象徵派——特別是梵樂希——受高度理性控制的文字，這其間，倒的確是相對立的，而且是兩個極端。」[56] 兩相權衡之下，只有選擇理智主義，壓制超現實技法。這些觀點原本是用來反抗浪漫主義者情緒氾濫的餘毒，卻也與超現實主義者的非理性傾向形成對峙。

林亨泰對「新興詩派」的看法，也與紀弦不盡相同。他將現代派分為三期，分別指立體派、達達派、超現實派，並謂：「『超現實』，乃是自立體派至超現實派的一連串運動所一貫的精神。」[57] 紀弦在答覆黃用的文章裡，替林亨泰解釋說：「他之無意於提倡超現實主義甚明。」[58] 林亨泰發表「符號詩」，提出「符號詩」[59]，又揚舉「阿保里奈爾的新精神」：字體的大小、排列、書寫都經過設計。[60] 紀弦在答覆覃子豪的文章裡，卻說：「對於只有破壞毫無建設表現為藝術上極端虛無傾向的達達主義，以及阿保里奈爾試作美術之行動的立體詩，現代詩是從未『標榜』過的，僅對其反傳統的勇氣寄

54　同前註，頁93。
55　同前註，頁96。
56　同前註，頁101。
57　林亨泰：〈關於現代派〉，《林亨泰全集·七》，頁6。
58　林亨泰：〈談主知與抒情〉，前揭書，頁97。
59　林亨泰：〈符號詩〉，前揭書，頁14-16。
60　林亨泰：〈中國詩的傳統〉，前揭書，頁25。

以同情而已。而這，就是有所揚棄。」[61] 由此看來，林亨泰的某些觀念或試驗，紀弦並無法充分理解。以後在所謂「後期現代派運動」中，林亨泰不斷以理論支援洛夫等人，紀弦則有譏評洛夫的言論，立場之不同，在此或可見其端倪。

三

　　《創世紀》創刊時（1954年10月），《現代詩》已發行六期，紀弦則是詩壇動見觀瞻的人物。藍星詩社雖然剛起步不久，但詩社同仁大多具備豐富的創作經驗與學養基礎。[62] 反觀創世紀詩人群卻多為未經學院陶冶的青年官兵，對於現代詩的認知尚屬有限。作為「代發刊詞」的〈創世紀的路向〉一文，提出「確立新詩的民族路線」等三項立場，便都顯得生嫩拘謹。不過，他們最大的資本也正是年輕人的理想與衝勁。「代發刊詞」中就曾提到：「我們認為現今的詩陣營還呈現著雜蕪的現象，致產生有『詩壇霸主』的怪現象。」[63] 這種「反霸」的言論當然針對紀弦而發，流露出年輕的軍旅詩人力求自主的願望。

　　整個試驗期的《創世紀》，經常浮現與主流詩壇對話的意圖。創刊號有關「新詩民族路線」的提法，與紀弦所說的「向世界詩壇看齊」，已成異趣。第二期刊頭短論則說：「我們絕不要今天的詩人還往唐宋詩人的故紙堆鑽，也絕不願看到今天的詩人專聞西洋詩人的臭屁」。同期另有洛夫的〈關於紀弦的「飲酒詩」〉[64] 批評頗多，或可視為年輕詩人對於前輩的

61　同註39，頁92。
62　這時藍星的影響力主要來自詩社同仁個別的文學活動。例如覃子豪自1953年10月起，即擔任文壇函授學校詩歌班主任，余光中則主持《文學雜誌》之詩版。
63　《創世紀創刊號》，（1954年10月），頁3。
64　同前書，頁60-62。

挑戰。不過洛夫選擇這首政治抒情詩來作文章，僅是攻其末端，並無損於紀弦的權威，唯對藝術性的強調，反而顯見年輕詩人正逐漸向前輩的主張靠攏。至於第四期製作的「戰鬥詩特輯」，則使這份詩刊與軍中雜誌無甚差別，等於向後再退一步。

《創世紀》第五期出刊於現代派成立之際，對於不能無視於這件詩壇大事的發展，在洛夫執筆的〈建立新民族詩型之芻議〉（1956年3月），把當時新詩類型分為商籟型、戰鬥型、現代型三種，並謂其中除現代型外均不值一談。他所定義「新民族詩型」，形式要素有二：

> 一、藝術的：非純理性之闡發，亦非純情緒之直陳，而是美學上的、直覺的、意象的表現，主張形象第一，意境至上。且必須是最精粹的、詩的，而不是散文的。乾乾淨淨、毫不蕪雜。

> 二、中國風、東方味的：運用中國語文之獨特性，以表現東方民族生活之特有情趣。中國人以自己的工具表達自己的思想與情感，用中國瓶裝中國酒，這是應該的也是當然的。[65]

這篇社論，顯然是對於〈現代派六大信條〉的回應，第二點所謂「中國風、東方味」正與紀弦的「橫的移植」說對立。但第一點對於「藝術」純化的追求，卻與現代派的第五信條相一致，至於對純理性與純情緒的否定，提倡「美學上的直覺」，則有修正現代派第四信條的意圖。相較於稍後覃子豪逐

條唱反調的作法，創世紀詩人的態度已顯得較為溫和，但仍傾向於反對。同一期以「本刊集體創作」名義發表的〈創世紀交響曲〉[66]亦採折衷修正的論調，例如：

> 我們絕不贊同象徵主義，／如波特萊爾，如梅特林，／如梵樂希，如魏爾崙，／他們的詩過於雕鑿，過於暗示，／愚弄讀者的感情，讀詩等於猜謎：／故弄玄虛，不可思議，／但是我們卻佩服他們，／追求新的詩想，創造新的意象，／晶瑩透剔，／自我，純粹和精練！[67]

這種觀點其實仍是「有所揚棄並發揚光大」之意，然而紀弦仍是棄其病態因素而取其技巧，年輕的軍旅詩人卻認為象徵派的技巧「過於雕鑿，過於暗示」，而僅取其求新求純的精神。由此看來，創世紀初期種種主張理論意義其實不大，卻一再透露出不肯隨人俯仰的意氣。就在公開提出「新民族詩型」之際，洛夫曾在一封書函中提到：

> 這期的內容不壞，尤其是我們自己的幾篇東西，均與我們的理論相符，我們有我們的獨立性和另一新型風格，別人看了以後，就會知道《創世紀》與別的詩刊是迥然不同的，唯一遺憾的是我們的理論基礎不夠，假若沒有什麼精闢而不同凡響的理論，那就乾脆不要，……[68]

這封私人信函實際上比公開的社論更能反映詩人當時的心理：一方面想要提出全新的路向，維持獨立性，以免被巨大

66 據張默表示此篇「原標明為集體創作，實係出於瘂弦一人之手。」張默：〈「瘂弦研究資料初編」補遺〉，《書評書目》第33期，1976年，頁90。
67 同註65，頁6。
68 洛夫：〈1956年3月12日致張默信〉，《創世紀》65期，頁337。

的陰影吞併或覆蓋；一方面又自覺理論基礎不足，難以爭雄取勝，必須在創作上多下功夫。曾經以「觀察員」身分參與現代派成立大會的洛夫，其實受到相當大的震撼。[69] 稍做嘗試之後，他便迅速發覺以稚嫩的理論與現代派對抗，並不可行，甚至有自我侷限之虞。不如改變策略，讓創作跑在前頭，或能走出嶄新的局面。因此，他雖開頭拋出「新民族詩型」的社論，但稍後數期高聲呼應此說的，反而是別人了。

美學基礎的不足，確實是年輕的軍旅詩人起步時最大的困境，他們對於西方文學現代派的認識有限，只能從調和中西優點，折衷知性與感性等常識性觀點立說。不過，儘管在檯面上《創世紀》不斷提倡新民族詩型，直到第十期，仍然登載出張默的〈新民族詩型之特質〉。私底下，詩社同仁正在努力地接觸「波特萊爾以降」的新興流派。例如瘂弦的〈詩人手札〉雖然發表於一九六〇年，卻是前數年讀書筆記的精華。這時洛夫也正在學習外文，培養閱讀原典的能力。這種美學基礎的準備與強化，奠定了《創世紀》轉型的契機。

就在軍旅詩人藝術自覺逐漸醒轉之際，詩壇情勢也有了變化。鼓動一時風潮的《現代詩》季刊，在出版了二十三期（1959年3月）之後，突然宣布停刊。《創世紀》十一期隨即推出「革新擴版號」（1959年4月），在發展取向上有了劇烈的變動。曾經極力鼓吹的「新民族詩型」，從此不再提起。根據張默事後的歸納，「世界性」、「超現實性」、「獨創性」和「純粹性」即是改版後一直提倡的方向。[70] 唯考察諸文

---

69 洛夫曾經回憶當天的心理感受：「當紀弦以主席身分宣稱，請與會四十餘位詩人以鼓掌承認入盟，並宣告現代派正式成立時，台下頓時響起一片熱烈掌聲，唯獨我在座中四顧茫然，竟然生出一種被遺棄的難堪，但隱約中似乎又有一種傲然獨立之感。」洛夫：〈詩壇春秋三十年〉，《詩的邊緣》（台北：漢光文化公司，1986年），頁8。

70 張默：〈「創世紀」的發展路線及其檢討〉，張漢良、蕭蕭編：《現代詩選讀・理論史料篇》（台北：故鄉出版社，1979年），頁426。

獻，這些方向其實很少形諸「社論」，而係直接表現於創作實踐。這種創作跑在理論前頭的發展方式，與紀弦恰好相反。

　　《創世紀》的年輕詩人，對於「純粹性」的追求，基本上接受了紀弦的主張。但對於主知說，則採取逆反的態度。紀弦用力稍懈的超現實「手法」，恰好留給他們寬廣的開發空間。經歷一連串急速而猛烈的試驗之後，《創世紀》竟然取代了《現代詩》，成為後期現代派運動的主導者。這時原本站在右邊的軍旅詩人突然向左跳躍，而現代派的首倡者紀弦則被擠到右邊，對「偽現代詩」提出猛烈的批評。稍後《現代詩》繼續推出二十四～二十六期合刊（1960年6月），紀弦的角色丕變，開始指責「現代詩的偏差」，其中最嚴重的是「虛無主張」，這又與「超現實」有關，紀弦認為：

　　　　所謂「超現實的精神」對於國際現代主義，仍是近年抬頭於中國的後期現代主義，當然不是沒有影響的。但是國際現代主義，並不等於法國的超現實主義。而我們的新現代主義，則尤其不是法國的超現實主義之同道。但在我們的詩人群中，就頗有一些人在啃著法國的超現實麵包乾而自以爲頗富營養價值，這是很不對的。[71]

　　如果說「法國超現實派」是「西洋舊貨」，那麼，「波特萊爾以降一切新興詩派」怎麼會是「新」的？紀弦的論調，令人聯想他早年面對的敵論。當現代派成立不久，寒爵就曾譏此爲「五六十年前法國炒剩的冷飯」，「現代竟有人重新一顆顆的撿了起來，想要加火再炒，那恐怕不但攝取不了營養，而且還有傷胃之虞的話！」[72] 紀弦在答辯文章中宣稱現代派的精

71　《現代詩》第24-26期合刊（1960年6月）。
72　同註48。

神「依然遍在於今日法國的詩壇」，「尤以超現實派的表現方法為純正而新銳」[73]。時移勢易，曾經認為高蹈派、立體派、超現實派早已被無情的歷史浪潮捲走的《創世紀》詩人。[74]如今竟大倡超現實性，而紀弦則反過來以他從前收到的批評，加諸年輕的軍旅詩人。冷飯、舊貨乃至營養不營養的話，簡直與寒爵如出一轍了。

這時《創世紀》有〈第二階段〉[75]、〈實驗階段〉[76]兩篇社論，偏向於強調繼續追索試驗，表現了年輕詩人求戮力球心的意圖。紀弦則提出所謂三階段說：第一階段是「自由詩運動」，第二階段是「現代詩運動」，第三階段則是「古典化運動」。[77]所謂現「古典化」，並非古典主義化的意思，而是要使現代詩成為古典，「永久的東西」，不可止於「一時的流行」而已。[78]換句話說，便是追求「典律化」。他認為「現代詩運動」已經完成階段性任務，繼續推拓，徒增流弊而已。接下來，應當進入第三階段。於是他公開宣布解散「現代派」[79]主張「回到自由的安全地帶」。但這時火勢早已燎原，不是點火人所能控制了。就連藍星詩社也展現了極為進取的面貌，覃子豪、余光中、羅門的作品都大幅躍進，《藍星季刊》、《現代詩》也曾登載關於超現實主義的介紹，稍後創刊的《笠》，對於日本現代詩學的推介最為熱心。整體而言，詩壇「現代主

---

73 同註49，頁71。

74 〈剷除詩的「錯誤思想」〉，《創世紀第9期》（1957年6月），卷前社論，頁5。

75 《創世紀》14期（1960年2月）。

76 《創世紀》15期（1960年5月）。

77 紀弦：〈本社啟事〉，《現代詩》37期（1962年）。

78 紀弦：〈回到自由詩的安全地帶來吧〉，《葡萄園》第1期，頁3-6。

79 「本社啟事」第二條：「從今年起，本社同仁，對外一律宣稱『現代詩社同仁』，而不再使用『現代派』這一事實上早已不存在的歷史性名詞了。」（《現代詩》37期，1962年2月），後來又曾主張「取消現代詩」（《星座》10期，1966年），將現代詩正名為「新詩」（《海洋詩刊》6卷6期，1968年3月）。

義」的潮流還在大舉展開。

洛夫認為紀弦是因為「後來遭到圍攻窮於適應」[80]遂宣布取消現代詩，似乎並不精確。實際上，現代派遭受最猛烈攻擊的時期早已過去。六○年代備受詬病的「晦澀」與「虛無」，多半針對以洛夫為代表的《創世紀》詩人群而發。[81]正因紀弦對於從「超現實」導向「虛無」的路數深感不滿，為了撇清關係，表明立場，乃有取消現代詩的猛烈動作。也就是說，此舉未必是屈服於保守勢力，反而是為了牽制更激進狂飆的勢力。類似言論不斷出現，至少持續了八年之久，也很難說是一時情緒反應。[82]

由上述論述可知，創世紀詩社之所以能夠取代現代詩社，成為後期現代詩派運動的核心，不僅在於《現代詩》的休刊，《創世紀》的改版而已。更因為後者作了更為「偏激」的實驗路線，引進更多的「異端」成分，從而奪取了所謂「前衛」的地位。在革命時期，激進總是比以穩健中庸自居者更能取得領導權，五○年代的紀弦如此，六○年代的洛夫亦復如此。

四

---

80 洛夫：〈詩壇春秋三十年〉，《詩的邊緣》，（台北：漢光文化公司，1986年），頁8。

81 批評者以《葡萄園詩刊》為大本營，紀弦曾以「詩神之園丁」自居，在此發表多篇清除「病害蟲」的詩論。他稱那些「打破一切文法成規」的詩，為「猴子用打字機亂打一陣」。又說某些詩人「思想錯誤」，「他們將人性裡的獸性之衝動予以神聖化。他們的內容是撒旦之勝利，是惡魔之舞蹈，是肉慾之狂歡。他們的主題是『恨』，是不斷的報復，而且是永遠的唱反調。」同註78。這一段公案，基本上在《紀弦回憶錄》裡被略過了。

82 從1960年算起，直到1967年，仍然憤慨地說：「藐視人生，游離現實，不知身在此時此地，甚至連駕馭文字的能力都還差得遠，就在那裡抹上一鼻子的白粉開口現代閉口意識流的扮演前衛狀，以及那些一個勁兒地死跟在早沒落了的法國超現實派屁股後頭跑的，那些中國的艾略特，中國的什麼什麼的，那些販賣西洋舊貨到中國市場上冒充新出品的，皆不足以言詩。」《紀弦論現代詩》，頁3。

　　洛夫有「知性的超現實主義」之說，瘂弦有「制約的超現實主義」之議，但我們將文獻略按年代排列，便可以發覺他們對於「超現實主義」的態度，基本上，呈現出逐漸修正的態勢。相對於〈深淵〉、〈石室之死亡〉這些更早完成的「超現實」作品，所謂「知性」、「制約」的說詞其實居於後者。更早提出類似口號的，反而是紀弦所謂：「以理性控制『超現實精神』，以象徵的手法處理『潛意識』」。[83] 有意識地運用象徵手法，並增強其理性成份，則所謂超現實精神自然也要為之消滅了。[84] 紀弦對於理知在詩中的作用執之甚深，勢不能高舉超現實主義的大纛。

　　但洛夫等年輕詩人則捕怪獵奇，無所顧忌，至少在超現實風潮鼎盛的十年之間（1956～1965）[85] 他們最看重的乃是直覺，而非理性或知性。在正式涉及「超現實主義」的〈《天狼星》論〉一文中，洛夫明確指出：

　　　　現代詩是非邏輯的，在創作過程中似不可能預先有所安排、有所設計，更不可能在事先蒐集知識與文字的資料，因為你根本不知道你的觀念與表現這一觀念的意象何時湧現。[86]

　　以「非邏輯」來界定一切現代詩，當然是偏見。但這種重視直覺感發，輕視理性安排的講法，卻頗能呼應超現實主義者的主張。在他們看來，唯有擺脫理性的束縛，扭斷邏輯的連

83　同註42，頁101。
84　布勒東：〈第一次超現實主義宣言〉有謂：「它是思想的謄寫，完全不受理性控制，也不受一切美學觀或倫理的支配。」。
85　張漢良：〈中國現代詩的「超現實主義風潮」〉，《比較文學理論與實踐》（台北：東大圖書公司，1986年），頁75-83。
86　洛夫：〈天狼星論〉，《詩人之鏡》（高雄：大業書店，1969年），頁108。

鎖，才能使人們從習以為常的麻木狀態下驚醒過來，感受到更高層次的真實。借用紀弦的話來說：「超現實派無視於邏輯，除了一個所謂『潛意識』的夢境或囈語，便沒有什麼要說的東西。」[87] 洛夫指出余光中的〈天狼星〉「面目爽朗，脈動清晰」，「流於『欲辯自有言』，『過於可解』的事的敘述」，乃是構成它「失敗」的基本因素。[88] 這顯然是以一家一派作為普遍文學法則，自然難以服人，頂多表達出個人在創作取向上的主觀抉擇而已。

　　在超現實主義者慣用的手法中，「自動寫作」（Automatic Writing）經常被視為核心。但此一技巧不難上手，卻也是最容易引發流弊。紀弦很早便指出：「所謂潛意識，固然是真實地存在於人類心靈深處的現實之一種，但是完全不受理性控制的『自動文字』則為事實上的不可能。」[89] 因此他明確主張此一技法應在揚棄之列。由於他一貫採取反對態度，未蒙其害，卻也未獲其益。至於年輕的軍旅詩人，一開始即採取比較開放的態度。瘂弦和洛夫都曾引用過高克多下面這一段話：

　　　　此種潛意識世界極為混亂，未經整理，亦無法整理。詩人為「傳真」此一未「過渡到理性」的世界，每每不再透過分析性思想所呈備的剪裁和序列，便立即採取快速的自動語言，將此種經驗一成不變地從它自身的繁雜荒蕪中展現出來。[90]

87　同註82。
88　洛夫：《詩人之鏡》（高雄：大業書店，1969年），頁109。
89　同註86，頁96。
90　瘂弦：〈詩人手札〉，收錄《創世紀四十年評論選》（台北：創世紀詩社，1994年），頁21。洛夫：〈天狼星論〉同註86，頁106。

從未及徵引的前後文看來，瘂弦與洛夫對於此說，都是抱持著同情與嚮往的態度。不過瘂弦一方面固然嚮往超現實主義者對於「無意識心理世界」的揭露，一方面也警覺到「假冒製造者每每在詞彙的胡亂排列與刻意地打破語意間之合理關係中喬裝了自己」。[91]洛夫更激進些，甚至以此說來否定「有人認為〈天狼星〉某些部分具有超現實主義的趨勢」的說法[92]。在這個階段裡，「知性」與「超現實」顯然未能融合無間，余光中就曾反詰洛夫：「一方面私淑高克多即興的自動語言，一方面又佩服梵樂希審慎的、循序漸進的、耐心處理的方式，多麼矛盾！」[93]

隨著藝術體驗的深化以及外界批評的轉劇，他們逐漸發現不能全盤而盲目的接收外來的影響，必須有所選擇或改造。在〈詩人之鏡〉一文中，洛夫主張：「『自動語言』並非超現實詩人必具之表現技巧。」[94]這段話實際上並未採取絕決反對立場。他一方面指出：「對於超現實主義的詩人，邏輯與推理就像吊刑架上的繩套，只要詩人的頭伸進去生命便告結束。」[95]另一方面也開始認識到此說潛在的問題，下面一段話，或可視為對余光中的答覆：

　　　　我們也會憂慮到如果純訴諸潛意識，未經意志的檢查與選擇而將其原貌赤裸裸托出，勢必造成感性與知性的失調，及生命的枯竭，而語言技巧對於詩功能亦無從顯示。然而我們仍認為唯有潛意識中的世界才是最真實最純粹的世界，如純出於理性，往往由於意識上的習俗而使表

91　瘂弦：〈詩人手札〉，前揭書，頁24。
92　洛夫：〈天狼星論〉，前揭書，頁106。
93　余光中：〈再見，虛無！〉，收入氏著《掌上雨》（台北：時報出版公司，1986年），頁171。
94　洛夫：〈詩人之鏡〉，收錄《創世紀四十年評論選》，頁43。
95　同前註。

現失真。因此，我們主張一首詩在醞釀之初，獨立存在之前，必須透過適切的自我批評與控制，如此始可達到「欣賞邊際」而產生一種如艾略特追求的介於「可解與不可解」之前的效果。[96]

這裡已採取折衷的立場，對於「純訴諸潛意識」及「純出於理性」的弊端皆有批評。「未經意志的檢查與選擇」，其弊在於混亂失調；但經過「意識上的習俗」過濾之後，則有「失真」之虞。兩相權衡，洛夫主張在騎上潛意識的虎背之後，應當適度控制以理智的韁繩。也就是說：「批評與控制」，達到「超現實主義的修正」[97]這裡雖然還沒正式打出「知性超現實主義」的旗幟，相關的概念已見雛型。至於正式把「知性」、「制約」安裝在「超現實」上頭，則差不多是七○年代的事了。

瘂弦所謂制約或約制，首見〈美國詩壇的新流向〉：「美國新超現實主義者不像舊日超現實主義者那樣，主張意象的刻意遊戲和語字的揮霍，而主張節度的發揮，故有人稱他們為約制的超現實主義者。」[98]再見於〈中國象徵主義的先驅〉：「用絕對的超現實主義觀點來創作，事實上是不成熟的『制約的超現實主義』之出現，可以說明布氏理論的偏頗而有修正之必要」[99]這裡原是採用轉述筆法，介紹外國文學的情況，或許瘂弦本有類似的觀念，至此仍正式使用其語。

洛夫則在〈超現實主義與中國現代詩〉一文中說：「一個廣義的超現實主義者究竟不是一個人鳥或夢遊者，他不時會在創作中以知覺調整感覺，清醒而適切地操縱他的語言，在感情

---

96 同前註，頁54。
97 同前註，頁57-58。
98 瘂弦：〈美國詩壇的新流向〉，《幼獅文藝》第182期，1969年，頁23。
99 瘂弦：《中國的新詩研究》（台北：洪範出版社，1981年），頁100。

中透露出知性的光輝。」[100] 這是他首度提到「知性」在「超現實」中的作用。在這篇文章中，他對於自動寫作的表現技巧，同樣是一方面強調其魅力，一方面則是提出修正制約的立場。數年後在《魔歌·自序》〈我的詩法與詩觀〉中則說：「我對超現實主義者視為主要表現方法的『自動語言』，尤為不滿，但我卻永遠迷惑於透過一種經過修正後的超現實手法所處理的詩境，我不否認我是一個廣義的或知性的超現實主義者，『知性』與『超現實』也許是一種矛盾，我企圖在詩中使其統一。」這裡才是「主支的超現實主義」的正式提出。斷然宣稱對自動語言「不滿」，論調大異於前期。[101]

綜上所述，洛夫對超現實主義的態度，大致可依這幾篇論文，區分為三段：從開始寫作《石室之死亡》到發表〈《天狼星》論〉（1961）為止，強調非理性成份（包括虛無感與自動性），持論最猛。翻譯范里（Wallace Fowlie）的〈超現實主義之淵源〉（1964），發表〈詩人之鏡〉（1964），逐漸修正與調整，但虛無思維依然強烈。從〈超現實主義與中國現代詩〉（1969）到〈我的詩觀與詩法〉（1974），所謂「知性的超現實主義」正式定調，將「超現實技巧中國化」的理想，逐漸完成。

從創作實踐來觀察，發表〈《天狼星》論〉（1961年7月）時，《石室之死亡》初稿已寫出一半以上。[102] 這時他持論

---

100 同註70。頁165。

101 精確來說，洛夫對「自動性」（Automatism）技巧的態度，並非全然「不滿」而是在有所約制的前提下，適度乘用。張漢良甚至認為：「洛夫自己可能不知道，他1970年以後的作品，有相當自動語言的運作。」（同註85，頁156）。驗諸「把妻子譯成爐火／把乳房譯成茶杯／把鏡子譯成長髮／把街道譯成冰雪」這類詩句（〈翻譯秘訣十則〉，《魔歌》，頁164），張漢良的判斷當非無據。這種傾向在洛夫五、六○年代的作品中，同樣歷歷可尋。

102 在推出〈《天狼星》論〉時，以「石室之死亡」名義發表者雖僅27節，但若計入以其他提名發表者，則在36節以上。例如〈致A.卡西〉（結集時修

激切，強調詩的非邏輯性與非意向性，立場與《石室》完稿後所寫的〈詩人之鏡〉並不相同。也就是說，〈詩人之鏡〉以下的修正觀點未足以涵蓋整部《石室》的寫作實況。在〈關於「石室之死亡」〉（1987）一文中，洛夫就曾如此回顧：

> 藝術創作之成。有其天機因素，也有其人機因素。早年寫《石室之死亡》時。一直隱隱感到有一隻無形的手操縱著我，意象之湧現。有如著魔。人機失去控制。自己未能成為語言的主人。[103]

創作時得利於天機的狀態乃是許多詩人藝術家共有的經驗，這其實便是一般所謂的「靈感」，就此而言，超現實主義者的自動寫作理論不過重申了歷代作家的經驗之談。不同的是，靈感乃是一種突然而至的的契機，狂迷之間，意識仍悄悄運作。但在超現實主義者那裡，自動寫作則是一種「表達思想的真實活動情況」的可靠途徑，也是一種追求自由，擺脫成規，解放創作潛能的有效方法。天機壓倒人機，這絕非主知的路數，自己未能成為語言的主人，實已接近於自動寫作的狀態。「石室之死亡」之所以獨多渾沌難解的片段，此即關鍵因素，但也由於未經理智的污染，使得全詩富於原始的生命力，血氣淋漓，天機獨具。[104]

即使在「知性的超現實主義」定調以後，洛夫依然說：「以純技巧觀點來看，超現實主義不僅不是洪水猛獸，且

訂為兩節），〈早春〉（三節）、〈睡蓮〉（四節）等。

103 侯吉諒編：《石室之死亡及相關重要論述》（台北：漢光文化公司，1988年），頁200。

104 原詩發表以後，洛夫曾屢次興起「修改」的念頭，1965年結集的版本與原始版本便有很大的不同，直到1986年，還曾「許下全面改寫的宏願」。或可旁證這組詩永遠是「知性超現實」未定調以前的作品。

自有它特殊的、非其他主義所能取代的優點,主要的是它突破了知性的範疇,豐富了表現的方法。」[105]看來上了轡繩之後的蠻牛,可堪珍視仍是蠻野之力,不是轡繩。紀弦再三護衛知性,洛夫則以突破知性為可貴,這當中確實是有些距離的。

結論

林亨泰不僅是現代派運動的推動者,更是重要的詮釋者(無論當時或事後)。他在所謂「後期現代派」中的理論介入,大抵已譯出《保羅·梵樂希方法序說》為起點,以《現代詩的基本精神:論真摯性》(1968)為初步的總結。後面這篇長文,以真摯性統合紀弦、瘂弦、商禽、洛夫的作品,解釋現代詩的發展。所謂「真摯性」,對照林亨泰的理論脈絡,其實是知性精神的另一種講法。後續的總結性詮釋,尚有〈我們時代裡的中國詩〉、〈中國現代詩風格與理論之演變〉、〈現實觀的探求〉等數文。其間一貫而強烈地流露出歷史發展的觀念,論題雖有真摯性、批判性、現實觀等變化,而皆以知性的深化為理論的核心。詩例由上述四人擴及張默、余光中、錦連、桓夫、白萩等人,也就是說,後期現代派雖以創世紀詩刊為主要場域,實際範圍則遍及三大詩社。

超現實主義只是達成知性的手段之一,在林亨泰的理論中可以,在紀弦的觀念中則有困難,林亨泰甚至發明「大乘的寫法」一詞來取代超現實的字眼。相對下,洛夫則認為優秀的現代詩差不多都具有超現實主義的精神,超現實比知性更能籠罩全局。洛夫又將超現實導向純詩或純粹性。[106]他所理解的純詩,路數較接近葉維廉,與林亨泰所謂知性相比,一主退離,

---

105 同註80,頁24。
106 同註94,頁41-46。

一主介入，理論型態其實有些不同。而無論林亨泰或洛夫，有意無意間都在建構（或想像）前衛運動的系譜，林亨泰主要通過論述。洛夫及其同志，則除了創作、論述、詩刊之外，又有選本的編訂：《六〇年代詩選》（1961）、《七〇年代詩選》（1967）、《中國現代詩論選》（1969）。這些書具有收編（或封神點將）的功能。落實了所謂「後期現代派運動以創世紀詩社為重心」的講法。

——選自《台灣詩學學刊》第2期

· 129 ·主知·超現實·現代派運動──台灣，一九五六～一九六九·

想像「現代詩」：
以林亨泰五〇年代的「現代主義」建構為例

林巾力

前言

> 我們非獲得中文寫作的能力不可，我們來日方長，
> 文學之前的東西──中文我們非精通不可。必須再作一次
> 語言的苦鬥！語言上我們也必須贏得時間性與空間性的勝
> 利，而再獲取另一個表現的世界。
>
> ──林亨泰1949年3月6日[1]

> 對於「名詞」，甚至附有洋文的所謂「術語」也
> 罷，如果只懂得「字義」而已，這仍然無足以言談詩的。
> 關於詩的討論，如果只是由你拿出一張上面記了什麼「名
> 詞」的牌子打過來，或者只是由我抽出一張上面寫了什
> 麼「名詞」的牌子打過去，如果討論的範圍這樣止於「名
> 詞」（或說「術語」）的「字義」而已。那麼，我想：異
> 邦的一些大都市如巴黎、倫敦、紐約、東京等地的書局小
> 店員，恐怕比我們強得多了。
>
> ──林亨泰1963年2月

一、台灣現代主義的論述難題

在面對台灣的現代主義文學現象時，我們似乎可以相對

1　原載於1949年春季號的《潮流》，原文以日文寫成。

比較容易指出哪些詩人或作家是屬於現代主義的創作群，但卻很難釐清楚究竟什麼是現代主義。也正是這樣的緣故，當我們個別深入探討台灣所謂的現代主義詩人或作家的作品時，對於究竟是什麼特質或元素足以讓我們來斷言其「現代主義」的身分，則不免令人感覺困惑躊躇。

　　而造成這種現象的原因，也許正與台灣現代主義的某些特性有所關連，首先，早期台灣的現代主義是以「橫的移植」的姿態進入文學藝術的場域，換句話說，現代主義並不是、也無法在台灣固有的文學藝術「傳統」中自然生成。其二，現代主義在傳播上乃是帶有著一種集團的性格，如三〇年代的《風車》詩社、一九五六年推動現代派運動的《現代詩》成員、一九五九年在改版之後的《創世紀》詩人群、以及以台大外文系為主體的《現代文學》等等。這些文學集團大多有著宣示性的文學行動綱領，他們發行自己的雜誌，也因此造成了一股磁場，如此一來，不但容易吸引理念相近的作家，並且在相互的影響下形成風格或美學上的類聚性。其三，是前兩項因素的綜合，亦即，各個詩人或作家對於這外來文藝思潮的自覺性。也就是說，既然現代主義並不是從台灣的文藝「傳統」中自然生成，因此現代主義的形跡並不會「自然而然」地出現在創作的過程之中，而是作家們（於不同程度上）在各種翻譯的「主義」或「名詞」的自覺影響下，援引並融合他們所認知的現代主義概念和技巧來進行文藝的創作。

　　這些特點使得研究者在探究台灣的現代主義時，可以根據各個文學磁場、作家個人的文學理念、自我宣稱或所屬集團來「辨認」其現代主義作家的身分。所以，從《風車》詩社中我們可以循線找到楊熾昌與林修二的超現實主義，《現代詩》中紀弦的象徵主義、林亨泰的未來派，《創世紀》成員瘂弦與洛夫探索內心世界的超現實，以及《現代文學》表現疏離、焦

慮、自我放逐的白先勇、王文興、歐陽子、陳若曦等等小說家。循著這些線索的延伸擴展，一個現代主義的台灣版圖似乎是隱然可見了。

但是，當我們將視線轉移到：什麼是台灣的現代主義？在怎樣的基礎下我們可以將之統括在同一個現代主義的名稱底下？由這些詩人或作家們所建立起來的台灣現代主義的實質內涵究竟為何？等等問題的時候，就顯得千頭萬緒起來了。台灣的現代主義之所以難以掌握，主要是源於「現代主義」一詞根本就是一個外來的詞彙，是一個透過翻譯而引介到台灣的詞語，不但如此，它還是透過不同語言——諸如日、英、法、德語等等——從不同的管道、不同的時期，以及在不同的政治、社會背景、以及相異的文學對抗前提之下而被引介到台灣。因此，關於什麼是「現代主義」，恐怕即使是對於那些曾經置身於歷史現場的所謂現代主義詩人或作家們而言，也都未必有著一致的認知或共識。更何況，「現代主義」不但是一個後設的詞語，就算是在它的發源地歐洲，本身就是一個內容涵蓋甚廣、定義歧異的概括性名詞。即使同在「西方」文化圈內，巴黎與柏林、莫斯科或哥本哈根所展現的現代主義風貌是大不相同的，而紐約與位於亞洲的東京甚至是台南的「現代主義」也是各有各的風情和曲調。作為一種以全球為規模而流動的文學藝術現象，現代主義的駁雜性恐怕是在越晚出現、或是離「西方中心」越「邊陲」的地方越是更加明顯，更何況，台灣向來就是一個因歷史、政治、地理諸多因素而不斷衝擊著多股文化勢力的地方，在這裡出現的現代主義，恐怕很難僅僅是以幾個簡單的指標或說法所能夠掌握的。

然而，在台灣發展的這股應該是萬般複雜的現代主義文藝思潮，在後來的論者那裡卻往往以一種相當化約的方式呈現。這緣於，現代主義最早既然是以「橫的移植」的面貌出現在台

灣，而非在「傳統」的脈絡下自然生成，因此，當論者在面對台灣現代主義時，最常引用的策略恐怕也就是葉維廉所不以為然的：「用討論西方現代主義得來的一些指標（Markers）作準，來衡量、訂定在東方文化出現的現代主義作品」（葉維廉2）。也的確，一般在提到現代主義時，如技巧方面大抵是意識流、拼貼、語意的斷裂；而現代主義的內容特質，也不外是疏離、焦慮、逃避現實、無根放逐或去政治化等等，而這些形式或內容上的「指標」幾乎可以說是已經成了一種固定的標籤，甚少受到質疑或挑戰，進而成為判斷現代主義「身分」的基準。

　　誠然，台灣現代主義典範概念的形成之所以有著揮之不去的「西方」身影，究其原因，除了源自論者多是以西方現代主義為討論的主要參考座標之外，當然更是與台灣現代主義創作者們對於自身之「乞靈於西方」的明白宣示是大有關連的。台灣的現代主義創作群大多都曾透過刊物媒介直接或間接昭告讀者，謂其創作的出發點不但是要向「西方」看齊，並且「西方」的文學脈絡亦是他們所力圖繼承的對象。[2] 然而這種透過宣示的「西方」身分，卻也在後來的鄉土論戰中成為批判的對象，尤其自七○年代初期以來，由於外交的受挫以及台灣社會內部政治、經濟的變革，更是觸發了人們以民族、國家與社會整體為單位來思考文學的議題，因此，現代主義這種帶有濃厚「西方」與個人主義色彩的文學，在當時國家與民族的大敘

2　如紀弦在現代派運動的六大信條中，關於「西方」的部分就佔了兩條：「第一條：我們是有所揚棄並發揚光大地包容了自波特萊爾以降一切新興詩派之精神與要素的現代派之一群。第二條：我們認為新詩乃是橫的移植，而非縱的繼承。這是一個總的看法，一個基本的出發點，無論是理論的建立或創作的實踐」，1956年4月。另外，《現代文學》在創刊詞中儘管再三強調對於自國文學與傳統的尊重，但也強調以西方為「他山之石」：「我們打算分期有系統地翻譯介紹西方近代藝術學派和潮流，批評和思想，盡可能選擇其代表作品」，1960年2月。

述底下,便與鄉土文學呈現一種相剋卻又相生的關係——儘管鄉土論述的批判矛頭指向現代主義,但也因為早期鄉土文學論述的成立主要是透過對於現代主義文學的反省,因此在很大的程度上還是經由了「西方」或「帝國主義」這個他者而獲得自身立論與建構的基礎。[3]於是,現代主義便在當時的氣氛中,以內外、傳統外來的方式與寫實主義相互對峙成為論述的兩極,[4]而這種對峙的觀點也在後起的本土或後殖民論述中獲得進一步的闡述。

因而在台灣現代主義的各種討論中,「西方」依舊是縈繞在正、反見解的兩邊陰魂不散的幽靈,其出沒的方式,首先,由於它的「權勢者西方」與「現代化」的印記,使得台灣的現代主義儼然以「高級的」、「進步的」姿態將自己放置在相較於「本土」更為優勢的地位上;但是在另一方面,卻也在「西方/台灣」這個不對等的文化權力位階關係中,又被視為是「落後的」或「亞流的」而被擺在相較於「西方」的劣勢位置。可以說,台灣現代主義典範概念的建構,是不斷在這兩股勢力的拉扯之間逐漸獲得自身的形貌。

於是,這意味的是,台灣現代主義在典範概念的建構過程中,「西方」成了觀看的絕對參照點,而這也使得一連串的問題無法避免地在「西方」的論述框架中自我增生,諸如現代主義的時間問題、發生的物質背景、以及它的表達策略等等,「西方」作為台灣現代主義的比較基準向來是如影隨形。所以,在時間的討論上,台灣勢必永遠有著落後於西方的焦

3　如王拓曾經說過:「因此所謂的『鄉土文學』事實上是相對於那些盲目模仿和抄襲西洋文學、脫離台灣的社會現實,而又把文學標舉得高高在上的『西化文學』而言的。」(王拓,頁116)。

4　以內/外或傳統/外來的方式來看待現代主義其實早在鄉土論戰之前便已然存在,如蘇雪林等學者在新詩論戰中所提出的觀點,便是在如此的架構下而展開,只是這種論述方式一直要到了七○年代初期的關傑明與唐文標以及鄉土論戰時才更有系統且更有影響力地被加以提出。

慮。而在發生的物質基礎上，由於一般的說法是認為西方現代主義是產生於資本主義社會之中，所以，台灣的現代主義便存在兩種可能：如果台灣還未達到西方所謂之成熟的資本主義社會的發展標準，那麼，台灣的現代主義必然是「純粹的文化菁英份子的前衛藝術運動」（張聖誦，頁8），或是「既是遲到的，也是早熟的」（陳芳明，2003年1月）；但是如果台灣在當時已達成熟的資本主義社會發展標準，那麼，台灣的現代主義即有可能是「西方」（美援、西方帝國主義資本主義社會）依賴發展下的一個「邊陲範形」（蕭新煌，頁196-197）。也因而在如此的論述框架底下，不管台灣的物質基礎或文學的發展脈絡究竟為何，論者們所看到的台灣現代主義總不免是從「西方」這個平滑的參照鏡面所折射出來的映照物，「西方」無形當中成了台灣現代主義論述所無法跳脫的理論限制，換句話說，「西方」的魅影是現代主義打從進入台灣那一刻開始便無法擺脫的宿命。

而造成這種持續複製「西方」觀點的論述困境，正是源自酒井直樹所指陳之「西方發光體」的想像。酒井指出，「西方」向來被看成是地理上遠離亞洲的統一體，而這個統一體被視為猶如發光體一般具有向外照射與擴張的能耐，因而作為歷史運動的現代性，也循著這種發光的原理而被想像成是一個向外照射和擴展的過程（酒井直樹，頁131-132），同時，這種不可逆反的「發光體」想像也將文化的流動看成是從「西方」流向「其他地方」的結構，也因此在如此的結構之下，「西方」所代表的是絕對握有影響力、具有改變能力的一方；相對的，「其他地方」卻只能永遠是被動的接受者。但是，酒井質疑，現代性豈是僅以單一原因、過程或地方所能解釋的？因此他進一步將「接觸」與「翻譯」所可能產生的社會關係帶進思考現代性的視野之中。

　　只有在無視於地域、文化、社會距離的情況下，多個地區的人物、工業、政治有機會互相接觸，現代性才會產生。所以現代性一定要與翻譯同時考慮。在這角度來看，現代性首先是人們將多種文化距離轉化，讓互相溝通變得可能的狀態。（頁133）

　　也的確在這種西方發光體的想像中，光的穿透性幻象被賦予過多的信任，反而忽略它在不同介面中所可能折射出的類似於像差（Aberration）與色差（Chromatic Aberration）的現象。因此，亦如劉禾（Lydia H. Liu）在《跨語際實踐》中為我們所揭示的，文化如何脫離原來的環境而在另一個社會脈絡中進行新的變異與創造？進而，在異文化的接觸、匯集與翻譯轉化的過程中，主體的位置究竟為何？而這作為異文化交會點的主體究竟如何投射自己的困境、慾望從而改寫外來的思潮影響？等等的問題也應該是值得進一步思索的面向（Liu Xv-xx，頁1-42）。因而，若以台灣文學的研究為例，這個在接受者眼中儘管是源自「西方」的現代主義，在經過了輾轉的旅行，透過了不同接受者的轉譯、甚至是根據自身所處之不同位置而有意或無意的誤讀與挪用，甚至是寄生在不同語言文字結構中而傳播開來的結果，其所具體展示出來的現代主義實踐，其實已然成為一種既是「面目全非」同時也是「重新創造」的產物了。更何況，當初從「西方」所四散傳播開來的現代主義本身，也因其帝國的擴張背景而早已摻雜了各種異文化的交匯，因而「西方」如何能夠作為現代主義本源性母體進而成為關照台灣現代主義的絕對座標軸，在方法上亦是有待商榷的。

　　也因此我們要問，長久以來在「西方」的框架下──換個角度也可以說，正是拜「西方」這個框架之賜──而（得以）將台灣現代主義視為一個具有固定、普遍有效意義的同質性美學集團而進行論述的結果，是否容易讓我們忽略了各個詩人或

作家在「現代主義的實踐」上所呈現的差異？亦即，儘管同樣
是接受了「西方現代主義」為影響來源的台灣詩人或作家，由
於他們所身處的文化場域位置與歷史條件的不同，而必然使得
這些詩人或作家在遭遇西方現代主義時，反身從其文化場域
位置與歷史條件所能提供給他／她的「工具」或「材料」來
選擇、切割、重組並進而創造發明一種截然不同的現代主義。
也因此在前述的問題意識底下，本文嘗試以單一的創作者為探
討現代主義的切入點，而以跨語言詩人林亨泰為考察對象，並
將討論的焦點置於詩人在五〇年代中期於《現代詩》的活動
情形。而之所以將林亨泰引為本文的考察對象，除了緣於他在
現代派運動中所佔據的特殊位置之外，其以「跨語言」同時也
是「跨文化」的方式躋身五〇年代現代詩的創作場域，無疑可
以幫助吾人觀察各種異文化如何在作為主體的詩人之中進行匯
流與角力的競逐，並循其跨語的軌跡，也能夠提供我們對於五
〇年代的現代詩及現代主義的建構過程的一個側面性的瞭解。[5]

5　有關林亨泰在五〇年代詩壇的存在位置，本文審查人之一指出：「林亨
　　泰的詩，在當時詩壇並非是最重要。就詩藝與詩論而言，也不是最醒目
　　的。林亨泰受到注意，全然是後來受到『典律化』所造成的結果」，因
　　此審查人認為以林亨泰為例來討論「現代性的焦慮」並不是一個恰當的舉
　　證。關於這一點我是部分同意的，誠然，以五〇年代為例，若比起當時活
　　躍於詩壇的紀弦、覃子豪、余光中等詩人，林亨泰的詩論與詩作品無論在
　　數量上或篇幅上的確是相對「貧乏」得多的。然而這也正是我的論文要旨
　　所在，也就是說，林亨泰在創作上的最大焦慮乃是來自於語言的轉換，他
　　在五〇年代的中文程度只能令他寫出如學者陳芳明所說的：「以隨筆札記
　　方式申論，較不具系統式的推理。」（陳芳明，2001年，頁145），也正
　　因為如此，他必須以「另類」的方式來突破語言的困境。但儘管如此，我
　　們若仔細檢視從「現代派」發起的《現代詩》第13期而至停刊前的第23期
　　內容，除了紀弦本人之外，唯一佔過社論版面的僅有林亨泰的文章（〈談
　　主知與抒情〉21期），並且，如果就非翻譯自外文的詩論作品來看的話，
　　林亨泰的文章在數量上亦是僅次於紀弦的（分別刊登於17，18，20，21，
　　22期）。此外，紀弦也在《現代詩》第14期中，專文為林亨泰的符號詩進
　　行辯護（〈談林亨泰的詩〉），這也是紀弦在《現代詩》13到23期之間以
　　專文論評台灣當時詩人絕無僅有的一篇，而他在文中提到撰文的目的時說
　　道：「林亨泰的詩，有人說他太新，太怪，有人乾脆說看不懂……我曾在
　　信札上應允幾位熱心的讀者，說要寫一篇文章，去幫助他們瞭解林亨泰的
　　詩」（1956年，頁66），足以可見林亨泰的詩的確在當時引起了不小的迴

二、現代主義與詩人的跨語言實踐

　　林亨泰生於一九二四年，是屬於他所自稱的「跨越語言的一代」，但是其在語言上所必須進行的跨越，並非源於美學或智識上的自由選擇，而是來自於國家力量的強制。戰後的林亨泰在一九四七年加入了文學團體「銀鈴會」，之後正式開始了創作的生涯，當時的作品主要是發表在銀鈴會的同仁雜誌《潮流》以及新生報的《橋》副刊。他於這段期間內的創作大多是以日文書寫，或是從日文翻譯成中文的方式發表作品，「真正」的中文作品僅僅是少數。[6] 林亨泰在銀鈴會時期所呈現的風格，明顯受到指導者楊逵的影響而帶有濃厚的左派色彩，詩中的主題不乏各色各樣的社會底層人物，不但顯露了對於弱勢者的人道關切，並且對於原住民文化也有著烏托邦式的嚮往。[7] 他曾在一九四七年二二八事件後不久，寫下了反抗意味鮮明的作品〈群眾〉：「青苔／看透一切地/坐在石頭上久矣／從雨滴／吸允營養之糧 久矣／在陽光不到的陰影裡／綠色的圖

　　　響，才會使得紀弦覺得有必要撰文回應。而紀弦在同文中對林亨泰的介紹是：「他是本省人，現在服務於教育界，和我同行。早在日據時代，他就經常用日本文在當時的各報章雜誌上發表作品，而且已經出過日文的詩集了。本省讀者，差不多都知道他。光復後才開始學習祖國語文；而用中文寫詩，乃是近年來的事情。」（66期）。另外，紀弦本人也曾在後來的第十五屆世界詩人大會中提到：「由於我們組派之故，乃引起單子豪與我之間一場有名的『現代主義論戰』。他那邊，有余光中助陣；我這邊，林亨泰的一枝筆也是夠鋒利的。」（紀弦，1994年3月，同樣的敘述也可見於紀弦發表在1996年5月31日《聯合報》的〈我的第二故鄉〉一文之中）。因此，我同意所謂「典律化」或許使得林亨泰的作品受到多於以往的注意，但這並不代表他在「典律化」之前就不重要。只不過，在這裡我仍回應審查人的意見，而將原本的「重要位置」改成「特殊位置」，以突顯本論文所欲探討的台灣現代主義現象中的一個特殊面向。

6　收錄於《林亨泰全集一》的四〇年代作品共有近六十首詩，當中「華文詩」僅有五首，分別是〈靈魂的秋天〉、〈鳳凰木〉、〈新路〉、〈歸來〉、〈女郎與淚珠〉，但其中〈女郎與淚珠〉亦為日文中譯，因此目前僅知的中文詩作只有四首。

7　如林亨泰的〈山的那一邊〉則是包括了九首有關烏來原住民的系列詩作（1998年，頁13-24）。

案／從闇秘的生活中 偷偷製造著／成千上萬無窮無盡／把護城河著色／把城門包圍把牆壁攀登／把兵營 瓦覆沒／青苔 終於燃燒起來」（1998，頁90-91）。

　　然而隨著政治的影響籠罩台灣文壇，同時也在六四事件的陰影下，銀鈴會於一九四九年之後形同解體，成員四散，有的潛逃大陸，更不幸的被捕入獄（林亨泰1995，頁65-71），而其他在這次恐怖波潮席捲後還能全身而退的成員，也大抵因為語言跨越的障礙以及對於政治的恐懼而選擇了沉默，林亨泰也因此停筆了有六年之久。而使得林亨泰再度提筆創作的契機，是在一九五四年的某一天，當他逛書店的時候偶然發現了紀弦所主編的《現代詩季刊》，這才使他終於又找到了某種新的可能，並且「重新燃燒起寫作的慾念來了」（1998，144期）。但是，當林亨泰面對這樣一本打著「現代詩」為名號的刊物時，他所謂的「可能性」究竟是什麼？林亨泰在〈現代派運動與我〉一文中提到當時的情形：

> 　　當我第一次接觸並完全瞭解到《現代詩季刊》風格時，我腦中突然並且快速地重新浮現出中學時代曾經「亂讀」過那些錯綜複雜但相當有趣的各種派別前衛作品的影像，於是，我知道我該寫些什麼樣的詩作品了。（1998年，145期）

　　那麼，在面對《現代詩季刊》我又能扮演怎麼樣的一種角色？我開始在我的藏書中尋找這方面的資料，立刻找到的是神原泰的著作《未來派研究》（1925）與集各種前衛文學影響於一身的荻原恭次郎的一些詩作品。（頁145-146）

　　也就是說，當林亨泰在面對一本標榜著「現代」的刊物時，他的反應，首先是轉身朝向他的「過去」，他打開屬於

日治時期的那段記憶，以及在當時所蒐集而來的日文書籍。於是，他找到的是那些曾經「亂讀」過的、包括未來派在內的前衛作品，其中當然是混雜了透過日語轉譯的有關西方前衛運動的介紹，還有以日文為實踐媒介的前衛作品。所以，當面對「現代」的概念並開始思索他自己在其中所可能扮演的實踐角色時，詩人所找到的，是經過了時間與空間壓縮的現代主義綜合體。

「現代詩」這個在晚近已經是十分普遍的用語，在五○年代中期仍然是一個新穎的詞彙，即使紀弦當初在一九五三年以「現代詩」來為他的詩刊命名時，「現代詩」這個名稱在台灣詩壇仍尚未取得固定的、普遍性的用法。[8]而即使到了推動現代派運動的一九五六年二月（《現代詩》13期），紀弦在他所撰寫的〈現代派的信條〉（封面）及〈現代派信條釋義〉（頁4）當中，亦是以「新詩」來稱呼他心目中所構思的理想新詩類型，而在行文之間完全沒有出現任何「現代詩」的詞彙。同樣的，與《現代詩》同時出現的其他較具代表性的詩刊諸如《藍星》與《創世紀》，也多是沿襲五四以來的「新詩」稱呼。[9]當然，「新詩」這個名稱是必須針對「舊詩」才

8 在《現代詩》創刊號的宣言當中，只出現一次「現代詩」的用法：「只要是詩，是好詩，是現代詩，無論其為政治的或非政治的，都是我們所需要的」。而紀弦在自傳中雖然提到了《現代詩》季刊的創刊經緯，但是至於為何取「現代詩」為名，則未有交代，僅僅描述：「在『暴風雨社』不聲不響的關門大吉之後，我就開始籌劃獨資創辦一份新的詩刊了，於是第一步，我決定名這即將誕生的季刊為《現代詩》，第二步，我試著用二號畫筆（畫油畫的，而非中國毛筆）寫了「現代詩」三個字，覺得還不難看，就製好了一塊鋅版備用。第三步，寫信徵稿。」（紀弦，2001年，頁48）。從紀弦的回憶文章看來，「現代詩」的命名似乎是頗為隨興的，不過值得注意的是，紀弦曾在《現代詩》第16期的「社論」中提到，他從創刊的第二年春季號開始，便在詩刊的封面印上The Modernist Poetry Quarterly 的英文，直到組派之後，才更名為The Modemist Poetry Monthly，因此紀弦強調，從英文命名可以看出，他打從一開始就有結合「現代主義」作為創作方向的意圖了（1957年1月）。

9 如《創世紀》在創刊號（1954年10月）的發刊詞〈創世紀的路向〉一文中，當陳述其課題與使命時，亦是以「新詩」這個詞彙來指稱：「『新詩

能成就其存在的意義，也因此，從新與舊的對比名詞中我們不難看出，在五〇年代中期之前，「新詩」所欲進行的對話與對抗目標，主要仍是中國傳統的舊詩，因而其最大的關懷與挑戰，也不外乎是如何與舊詩分道揚鑣並拓展出自己的道路。

所以，當林亨泰在書店偶然邂逅《現代詩》這份刊物時，「現代詩」這個名稱尚未在台灣詩壇中取得明確或合法的地位，而這同時也意味著，「現代詩」這個包括了「現代」與「詩」的中國語彙依舊是一個在內容上有待填補的話語空間，因此也充滿著各種想像與創造的可能。不過，「現代詩」這個語彙對於以日文為主要閱讀工具的林亨泰來說，卻已然有了一個相與對應的內涵。這緣於，同樣是「現代詩」這三個漢字所構成的語彙，已於戰前的日本文學脈絡中取得了一定的位置，其所指涉的具體範疇，大抵是指第一次世界大戰後崛起於日本詩壇的一股新動向，也就是在西潮影響下所推展開來的諸如未來派、達達派、新精神、超現實主義、表現主義等等文藝運動（山本捨三2；陳明台，頁17-21），因此，（日文意義脈絡中的）「現代主義詩」（モダニズム詩）[10]的崛起，是標誌了日本從「近代詩」跨入「現代詩」的分水嶺，根據日本學者澤正宏的看法，日本現代主義大約始於一九二〇年。若從較具代表性的詩歌運動來看，日本現代主義的前半期是前衛詩的時代，而後半則是「新精神」（エスプリ・ヌーヴォー）的全盛時期（澤正宏，頁525-526）。[11]也因此，一種由名詞所帶來

往何處去』？這是今日擺在我們面前的一大課題。而如何引導新詩向正確的方向前進，毋庸推諉的，這是今日的詩陣線所要負起而必須付起的一大責任。」（2頁）。另外，即使是1957年8月所出版的《藍星詩選》叢刊第一輯中，首篇覃子豪的文章標題亦是：〈新詩向何處去〉，這多少可以窺得在當時，「新詩」仍是一個比較普遍的說法。

10 日本文學中的「モダニズム」（Modernism）一詞指的多是詩歌的範疇。

11 在日本文學史的時代劃分上，在「現代詩」之前是「近代詩」，而「象徵詩派」則是屬於「近代詩」的階段。日本的象徵詩始於明治三〇年代後期（約1902年前後）。因此林亨泰認為：「至於象徵主義，在日據時代的台

的歷史弔詭是，儘管「現代詩」一詞在五〇年代中期的台灣仍不具有明確的意涵，但我們卻已然可以在更早的三〇年代如楊熾昌等台灣詩人的論述中看見有關「現代詩」的想像與討論。於是，當紀弦以較大範疇的「我們是有所揚棄並發揚光大地包容了自波特萊爾以降一切新興詩派之精神與要素的現代派之一群」（〈現代派的信條〉第一條）來想像他的現代派與現代詩的時候，對林亨泰來說，波特萊爾則是屬於「近代詩」的範疇，因此他傾向於有所區隔地將未來主義等的前衛派作為他「現代詩」的實驗起點。

不過，令人好奇的到底還是，林亨泰對於前衛詩的接觸明顯是從高中時代便已經開始，但何以前衛詩的語言與形式實驗卻不曾在銀鈴會時期留下任何明顯的足跡，而是必須等到當他邂逅了一本叫做「現代詩」的刊物之後，才讓他開始思索「現代詩」是什麼、及其可能的實踐又是什麼？還有，為何在思考「現代詩可以是什麼」之際，他所找到的是包括了未來派在內的前衛作品而不是其他？誠然，這裡所突顯的，除了是台灣現代主義的翻譯性格之外，極端一點來說，也揭示了台灣的現代詩或現代主義在各個詩人或作家那裡的源起，多少是帶有著一種偶然、任意並且充滿各種變異的特質。但是這種現象並非台灣的專屬，類似的情形即使在歐洲也是不遑多讓的，根據現代主義研究的重要論著《現代主義》（Modernism）的作者布雷伯里（Malcolm Bradbury）與麥克法蘭（James Macfarlane）描述，作為文學運動的現代主義在世紀之初的歐洲以目不暇給的姿態跨越文化邊界：「在現代主義的時代中，知識的通行以前所未見的速度往來於國家之間，但是，名詞本

灣不可能有人會提倡此類主張的，因為自從受到上田敏譯詩集《海潮音》（1905 年）的序與譯作的影響，象徵主義早已成為日本詩壇的主流……所以，日據時代的台灣可能會有人提倡超現實，也不會看到會有人主張象徵派的，其主要原因即在此。」（1998年，頁168）。

身跨越疆界的速度卻往往比它所內涵含的哲學或技術還要更快」（Modernism，頁200）。亦即，當時透過日新月異的傳播技術以及數量驚人的翻譯，各種新興的流派與文學運動可以快速地跨越不同語言，並在標誌語言邊界的國境之間穿梭旅行，而對於新興藝術的熱切渴望也使得文化在國際之間頻繁交流，那種佔為己有的轉借也空前盛行（頁201）。當中，尤其是「名詞」似乎是比起概念而更能夠輕巧地遷徙，只是名詞先行的現象，卻也造成了同一個名詞底下的概念往往是參差不齊的情形，也因此，《現代主義》的作者特別指出，這些新興藝術與各種文藝運動的「名稱並非風格的最終指南」（頁198）。如此的情形在歐洲尚且如此，遑論繞過地球大半圈之後的台灣。

於是，在這裡我們要問的是，詩人在面對「現代」或「現代詩」這些詞彙的召喚時，他如何從身處的場域位置與歷史脈絡來折射出他的呼應與想像？值得注意的是，林亨泰的「現代詩」實踐，正是和他的「跨越語言」嘗試同時並進的，在面對「現代詩」的召喚時，林亨泰的「跨語言」情境成了那一面凹凸不平、既使他感到焦慮困惑卻也暗藏轉機的鏡子。對於已屆成年之齡復又必須重新學習另一種語言卻又不甘放棄寫作的詩人或作家來說，文學的追求無疑是一條坎坷的漫長路途。林亨泰在一九四九年所發下的豪語：「語言上我們也必須贏得時間性與空間性的勝利，而再獲取另一個表現的世界」說來雖是一派展望未來的語調，但這句話正也道出了跨語言作家們在語言上俱失「空間性」與「時間性」的窘境。而這種因歷史的轉折所造成的語言縫際，竟與威廉斯（Raymond Williams）所描述的西方前衛運動的語言情境如此類似，他在一篇有關語言與前衛派的文章中指出，當時參與前衛運動的成員多數是帝國都會的移民，是都會的異鄉人，於是，「語言在這樣的

情況下，便呈顯為一種新的事實：如果不是成為一種中介、美學或工具——既然語言中那因長久的社會安頓而歸化的連續性是不存在的——不然就是一種帶有距離的、甚至是異己的事實」（Williams，頁78）。而儘管語言在這些背景各異的前衛派成員那裡各自帶著不同的社會與歷史印跡，但相似的情況是：「一方面，舊的語言或是被壓抑、邊緣化、甚至完全被丟諸腦後，而主導語言（Dominant Language）如果不是為了新的語言效果而與從屬語言互動，便是以新的方式被當作是可塑或任意的，一個異己但卻可以接近的系統。」（頁78）而這正是前衛運動在語言實驗上的一個相當重要的背景因素。

在林亨泰的例子當中，縱使他並非由於遷徙而造成語言上的斷裂，然而因為國家的強勢介入而必需面對語言的陌生感，卻是與威廉斯所描述的情形是如出一轍的。於是，林亨泰在語言上所失去的「時間性」（文化記憶、歷史的連續性）與「空間性」（可以分享並散佈的溝通性、社會性或美感共鳴），正也使得林亨泰企圖從前衛的語言實驗中找到跨語創作上的策略結盟可能性。亦即，當他面對一個由國家所強力投擲過來的新的主導語言——中文——時，其難以穿透的異物性，使得這位跨語詩人一時還難以將之「內化」成為足以承載傳統厚度的、可以普遍分享的「民族」語言，[12]但是反過來說，也正是其難

---

12 不容忽略的是，「民族」在五○年代的新詩論述中仍是佔據一個無比重要的地位，若比較同期的《創世紀》於1954年創刊時所提出的：「詩人乃是民族正氣的象徵。」（1954年10月，頁2），或1956年提出的「新民族詩型。」（1956年3月），都是以「民族」作爲詩創作的一大前提。即使是覃子豪在回應紀弦組「現代派」時所撰寫的〈新詩向何處去〉（1957年8月）一文當中，也提到：「風格是代表自己的，不屬於西洋詩的任何一個流派或任何一個主義。要使讀者從新詩的形象裡能窺見中華民族精神的全貌，從新詩的節奏中聽見中國時代脈搏跳動的聲音。」（覃子豪，頁9）。不難看出，詩歌語言在五○年代被賦予了濃厚的民族共同體期待，這對才從另一民族「掙脫」出來的跨語言詩人林亨泰來說，中文所承載的民族想像，恐怕還是相對令他難以潛入其中的。

以穿透的異物性格，倒也使得詩人在面對語言時可以相對不受其所負載的歷史與意識型態——或說「時間性」與「空間性」——的拘束，而將注意力轉移到語言本身，以「語言異鄉人」的姿態將語言從過多的感性負載中剝離，並將之轉化為類似於物質材料（Material）般的存在，一種能夠以另類的方式拿來把玩、形塑的媒材。而這新的語言素材（中文），也誠如威廉斯所提到的，往往與舊有的從屬語言（日文、甚至是台語）交織互動並發展出新的語言效果。

這也足以說明為什麼當林亨泰在沉潛了數年之後所再度展開的文學實踐，明顯是集中在語言形式上的實驗，而實驗的具體展現，則是包括了一系列的符號詩與圖象詩，如〈第20圖〉是刊登在《現代詩》14期的作品（1956，頁46）：

機械類的時代
充滿著
　易於動怒的電氣

＋＋＋＋＋＋

－－－－－－

笨重的「世界文化史」
在第20圖上的原料
已有美麗的配合了
在「」之內
電燈
是夜之書上的
　　　，
　　　。

，

。

　　這首詩無疑投射了林亨泰對於「現代」與「詩」的想像，首先，他將世界文化的進程比喻成一張接著一張的圖象，因此二十世紀便是第二十張圖。在這第二十世紀的圖景中，充滿的是機械、電氣與工業原料的意象，而科技的進化，也為亙古以來的黑夜帶來了光明的可能。這首詩明確地描繪了詩人的現代進化觀點，並連結科技的意象於美感的呈現。因此林亨泰對於「現代性」的想像也包括了對於科技現象的密切關注，[13]另外值得注意的是，林亨泰除了將文化進程的概念導向以視覺方式來表達（以圖像比喻時間進化）之外，在詩的語言方面也進行了許多新的嘗試。例如，他將一般書寫中僅僅處於邊緣、附屬位置的數學與標點符號，提升至擁有獨立性格、且與文字同等價值的地位，甚至是超越文字意義所能承載的限制，而令之擔負起意義與形象的傳達功能。如詩中將「夜」比喻成「書」，而標點符號的「，。，。」就像是夜裡燃亮的燈火，不僅如此，這些「，。，。」更是來自於「＋＋＋」與「－－－」（「正電」與「負電」）的美麗配合。如此一來，把原本必須以一連串精確或美麗的字詞來堆疊出的「萬家燈火」或「動態的人工城市夜景」意象，就這麼以幾個標點符號生動而諧趣地表達了出來。

　　這首讚美科技現象的詩作，無疑是透過未來派的實踐

13　林亨泰在《現代詩》時期的詩作中有不少是有關現代生活的景觀與意象，如描繪速度的〈輪子〉、〈ROMANCE〉、〈車禍〉、〈患砂眼的城市〉，有關生活中的噪音：〈誕生〉、〈騷音〉，或從科技角度關照人的存在樣態的〈遺傳〉、〈人類身上的鈕釦〉、〈手術台上〉、〈電影中的布景〉等等，詩人明顯企圖將科技所帶來的各種生活現象入詩，這樣的題材在當時可以說是相當罕見的。《林亨泰全集二》。

結果。未來派的創始者，也是義大利人的馬里內蒂（Filippo Tommaso Marinetti）於一九○九年二月在法國Le Figaro報紙以法文頭條刊登〈未來派創立與宣言〉（Fondation et Manifeste Futurisme），宣告了未來派的正式成立。這種將藝術活動當作是一則社會「事件」並藉助大眾媒體來傳播訊息的創舉，果然使得未來派的理念迅速地擴展到世界各處（塚原史，頁52-79），日本也在兩個月之後，由知名作家森鷗外將之翻譯成日文的〈未來派創立宣言〉，並刊登於文藝雜誌《スバル》（1909年5月）。但森鷗外的翻譯並不是唯一的版本，截至一九二四年神原泰的〈未來派宣言書〉問世為止，藝文界至少出現過五種不同的日文版本，足以可見日本對於未來派運動的高度關心（千葉宣一，頁43）。也因此，三○年代的楊熾昌已對於未來派多有著墨，並給予相當高的評價（楊熾昌1995，頁167-175），只是他未曾將未來派的實驗帶進自己的作品當中，直到戰後才有林亨泰的進一步嘗試。而林亨泰所看到未來派是：

> 　　未來派是二十世紀初義大利詩人馬里奈蒂（Marinetti）所創始，曾在米蘭、巴黎、莫斯科三地幾乎同時發起的一種藝術運動。提倡快速美，並從永久運動的視點出發，認為時·空的同時存在的一元表現是可能的，也極力讚美著機械的力動美與噪音等。尤其我特別感到興趣的是「自由語」的創造與運用，諸如不同字體（約二十種）、大小不同字號、不同顏色（用了三、四種之多）、擬聲詞（噪音等模仿）、數學記號（×＋÷－＝＜＞等）、數字感覺、樂譜、歪斜顛倒字形、自由順序等，簡單地說就是印刷技巧的運用。法國詩人阿保里奈爾（Apollinaite）的立體派作品也是屬於這一項實

驗。（《全集五》，頁146）

　　看得出來林亨泰對於未來派的關注主要是集中在語言，尤其是自由語（Parole in Liberta）所企圖的詞語自由。馬里內蒂的未來派主張是十分激進的，如他在第一次的宣言中所揭櫫的十一條綱領中，除了大力讚美速度、機械、工業之美與夜晚的燈火輝煌之外，更倡言：「我們要歌頌戰爭──清潔世界的唯一手段，我們要讚美軍國主義、愛國主義、無政府主義者的破壞行為⋯⋯我們稱讚一切蔑視婦女的言行」、「我們要摧毀一切博物館、圖書館和科學院，向道德主義、女權主義以及一切卑鄙的機會主義者和實用主義者的思想開戰」（馬里內蒂，1990年，頁 44-50），而馬里內蒂的這些激進宣稱，對當時的共產黨員、法西斯份子，甚至是工人階級卻是有著巨大的魅力，一時間吸引追隨者頗眾。但是這種激進的言行在台灣那充滿政治肅殺之氣的五〇年代則是斷然不可行的，林亨泰對於未來派的援引，因而是一種迂迴隱晦、不直接訴諸政治的另一種激進企圖。而較為明顯可見的，是我們可以從林亨泰的有關未來派的實驗中看出，詩人從中所欲尋求的是「詩的現代性」──其中包括了現代詩之所以是現代詩的形式追求、以及詩中所呈顯的現代生活世界，也因此，他從馬里內蒂激進的言論中，看到的是對於語言形式的翻轉以及現代生活世界的各種意象。

　　若我們將林亨泰的前衛實驗對照以五〇年代官方在文學和語言上所進行的機構性介入，便不難瞭解他為何將語言實驗作為創作的主要關懷。一般台灣文學史的劃分通常是將五〇年代視為反共文學大行其道的年代，而反共文學的成立背後所不可忽略的當然是國家體制的積極涉入，由官方直接或間接推動的藝文事件有一九五〇年中華文藝獎金委員會以及中國文藝協會

的成立；一九五三年蔣中正完成《民生主義育樂兩篇補述》；一九五四年立法院院長暨文獎會主委張道藩發表〈三民主義文藝論〉[14]、中國文藝協會成立「文化清潔運動促進會」、一九五五年蔣中正提倡「戰鬥文藝」等等。這意味的是官方有意透過國家機構的力量來左右文學的價值標準與發展方向，而縱使所謂廣義的「反共文學」或「抗戰小說」可能更還包括了一種「集體療傷」的面向，或就女性書寫的角度觀之，亦不乏足可稱為「女性成長小說」的類型（邱貴芬，頁223-234），但是就語言角度來看，反共文學也可能是官方試圖透過文學版圖來建立以「國語」做為書寫標準依據的可能，並藉由提升「國語」書寫所生產之敘述風格的優越性，進一步鞏固官方語言作為「語言共同體」（Linguistic Community）的勢力。

　　法國社會學家布爾迪厄（Pierre Bourdieu）在論及官方語言（Official Language）時指出，官方語言是由具有寫作權威的作家所創造，並由文法家與負責灌輸其優越性的教師們所定型、密碼化的（Bourdieu，1991，頁45）。換句話說，光是靠官方政令或政策來推動還不足以確立官方語言的優勢地位，更進一步的做法，是製造一種標準的、美的或好的書寫風格，凝聚一種語言的標準腔調，使得社會大眾都能自然而然地以此

14　張道藩：所撰寫之〈三民主義文藝論〉乃是根據蔣中正在《民生主義育樂兩篇補述》所提示的文藝政策而完成的「官方」文藝論述，張道藩在文中高舉「現實主義」乃為反共抗俄復國建國的大時代中所亟需，並列舉西洋乃至中國新興文藝各流派的缺陷，斥西洋的浪漫主義為「從個人出發，尚主觀，縱情而反理性，對社會傳統與秩序，有破壞而無建設」，中國的頹廢派作家「逃避現實，沉湎於色情」，中國的象徵派文藝「偏於把握空幻的心靈，而失去事物的真實形象，呈露了朦朧的境界，並無和諧氣氛，亦使人們感覺惆悵」，而自然主義「流於機械的分析」，未來派「著力於物質的表揚，忽略了人性的尊嚴；或轉為英雄主義的飛揚跋扈，仍含權力崇拜的毒液」，超現實乃為「大率流於虛誕」，其他如立體派、達達派等文藝是「雜取而不調和，可說偏蔽得更屬害了」（1999年，頁628-86）。張道藩極力宣揚寫實主義為民族之理想文藝，並對於「大眾」與「通俗」的重要性多有闡述，其觀點也可見於後來的鄉土論述之中。

為鑑、奉此為尊。而這也可以有效解釋，何以五〇年代的女性書寫可以是如此傑出，無論她們是在民族大敘述底下進行寫作，或是專注於個人處境與時代互動的描寫，其對文字語言的塑造仍然是有助於國家語言標準化、密碼化的大方向，尤其是女性作家們在文字上的細膩經營，對於以「國語」為主要書寫標準的鍛鑄與精緻化可以說是提供了一種更容易親近、可堪模仿的典範。相對的，林亨泰在這塊由官方、作家與學校教育所編織起來的語言交換市場及其所建立起來的文化價值網絡中，若要比起女性作家，則根本是處於絕對劣勢與不堪的位置。於是，現代主義或前衛所主張的革命性與破壞性，倒是提供詩人一個翻轉語言劣勢的可能。林亨泰曾在《笠詩刊》第五期（1965，頁2）的〈笠下影〉中評論錦連五〇年代的詩作品，他說：「如果以善於駕馭文字的優點可以寫詩，那麼相反地，利用拙於造詞砌字的缺點當然也可以寫詩，尤其對於那些因歷史的重寫，而必須重新學習一種文字表現的人，這種方法就成為其唯一的出路了。可是碰巧的是，二十世紀是所謂『惡文的世紀』，就是說，『優美性』成為其短處，而『拙劣性』卻成為其長處了。……錦連就是在這樣能失去的都已失去，只剩下極有限的極少數語彙的狀態之中，不是憑著其過剩，而是憑著其不足來寫詩的一個人。」（1998，頁109）

　　這段話指的雖然是同為跨語言作家錦連的五〇年代作品，但更是林亨泰自身的絕佳寫照。對於林亨泰跨語實踐的可能性，布爾迪厄對於文學場域精闢的分析倒是值得引為觀照。布爾迪厄在不同的著作中花費相當多的篇幅論述法國文學場域的變遷，他尤其是將焦點集中於福樓拜（Gustave Flaubert）與波特萊爾（Charles Baudelaire）——同時也是廣義現代主義萌生——的時代，來探討文學場域機制的動態構成。他指出，十九世紀中葉隨著市場機制的日趨成熟，使得文學藝術不時處在

出版社、劇場經理、藝術商人或銷售數字的壓力之下，但也正是在藝術成為商品的趨勢之中，為「藝術的純理論」（作為藝術的藝術）提供了滋生的土壤。許多文學家與藝術家們開始拒絕布爾喬亞式的美學，並藉由強調作品獨一無二的創造性來否定藝術作品「可交換」的商業價值，並將自身與一般大眾區隔，也因此拒絕了普通讀者的閱讀期待（Bourdieu 1993，頁112-120）。而福樓拜與波特萊爾的「為藝術而藝術」的主張，也正是藉由否定商品買賣的市場邏輯而將藝術推向一個純粹的空間，這樣一來雖然造成經濟上暫時的無所回報，卻無形中提高了文學的純粹與自主，同時也提高了它的文化資本，於是，一個擁有自身特殊運作邏輯的文學場域便由此形成。而布爾迪厄指出，這樣的文學場域是一個「顛倒的經濟世界」（頁164），它的邏輯則是一種「輸者為贏」（loser takes all）[15]的遊戲規則。

布爾迪厄有關文學場域「輸者為贏」的闡述與林亨泰「拙於造詞砌字也能寫詩」或「拙劣性卻成為其長處」的邏輯策略可以說是有著一定程度的相仿，儘管布爾迪厄主要是將文學場域放在一個日益發達的資本主義經濟市場中來進行分析，而林亨泰所面臨的首要文學危機並非來自商業市場的因素，而是受制於國家在語言政策上的強勢逼近：詩人所賴以表達的語言資本在國家政策底下完全貶值而淪為「語言的無產階級」。因

---

15 布爾迪厄在許多著作中對於福樓拜的《情感教育》進行細密的分析，他藉由小說情節中的愛情關係來揭示隱藏在底下的社會結構，並認爲福樓拜透過主角佛德列克（Frédéric）對於阿努夫人（Madame Arnoux）非理性的、一反商業邏輯的愛情來闡述他自身「爲藝術而藝術」的立場。而這種翻轉資產階級商業價值的「爲愛而愛」或「爲藝術而藝術」，布爾迪厄則將之稱爲「輸者爲贏」的邏輯。（Bourdieu，1993年，頁145-211，1996年，頁21）。又，此「輸者爲贏」的法文原文是à qui perd gagne（參見Les règles de l'art: Genèse et structure du champ littèraire. 1992年，頁44），原意應是指「輸的人獲得」或從英譯文loser takes all 的中譯應是「輸者全拿」，但這裡我取「輸者爲贏」的中譯，以突顯布爾迪厄所欲表達的「文學場域爲經濟世界的顛倒」（1993年，頁164）的倒錯關係。

此，若借用布爾迪厄的分析，可以幫助我們看到，在林亨泰的情況中，是一位能動者（意圖延續創作生涯的詩人），利用其文化資本（日治時期透過日文所廣泛涉獵的文學知識以及有關現代主義的概念）而將貶值的語言劣勢翻轉成為一種特權（二十世紀乃是「惡文的世紀」，將語言的溝通性與民族性退位給由想像力或真摯性所建構的純粹性）。也就是說，詩人因政治的變換而在一夜之間失去所有的語言資產，但儘管如此，如果想要延續創作生涯，詩人的可能路徑，其一是投資更多時間，努力融入主流語言；而另一條途徑則是揚棄主流形式，創造自己獨特的美學價值，並進一步尋求嶄新美學的合法地位。也因此，當林亨泰在面對「現代詩」這個仍是有待建立的話語空間時，他並不是（恐怕也不容易做到）像紀弦那樣將實踐的重點置於象徵主義的技法與概念之上，而是轉身回溯日本的「現代詩」概念來做為他的出發點，利用日本現代主義詩對於語言的各種摸索與實驗，並援引、重組未來派的自由語技巧與科技意象來展示他自身對於「現代」與「詩」的想像。

有關自由語的方法，是馬里內蒂在第二次宣言——也就是在一九一二年的〈未來派文學技術宣言〉中才有了具體的陳述，宣言中他提出許多驚世駭俗的語言革新主張：諸如必需「毀滅句法」、「消滅形容詞」、「消滅副詞」、「每一個名詞都應當是成雙重疊」、「消滅標點符號」（1990年，頁51-57）等等。神原泰在一九二五年出版的《未來派研究》一書當中，便花費了七十頁的篇幅來闡述未來派的自由語概念，並列舉了多首的翻譯詩作（神原泰，頁161-231），但是真正將未來派自由語概念推向極致的，恐怕就屬林亨泰的這首〈房屋〉了（1956，頁14）：

　　　　　　　　　　　　　　　　笑
　　　　　哭　　　　齒 齒 齒 齒 了
窗 窗 窗 窗 了　　齒 齒 齒 齒
窗 窗 窗 窗　　　　齒 齒 齒 齒

　　這樣一首既消滅了形容詞與副詞並以疊字構成的詩，剔除了語言在意義溝通上的可能。然而，儘管這首詩並不意圖表達任何固定的意義，但卻絕非全然無法理解或領會，這緣於漢字的形象負載仍被詩人留下來作爲視覺效果的營造。林亨泰在這段期間的符號詩創作，可以說是在新舊語言之間來回激盪的具體展示，而他也在中文這個完全以「漢字」（亦即表意或圖像文字）構成的語言，找到了有別於日文與台語的特色，而集中在視覺效果上進行了許多的發揮。儘管日本學者三木直大指出，〈房子〉的構想可能是來自於荻原恭次郎的〈拉斯可尼可夫〉，（〈ラスコーリニコフ〉[16]）詩中的一個片段（三木直大，頁25）：

【窓】──窓●窓●窓●窓
　　　　　　　窓●
　　　　●窓
　　●窓
鉛貨よりも青つ白い空気●●流動する空気
戦慄する動脈
突走する血液

16　〈ラスコーリニコフ〉是收錄於荻原恭次郎詩集《死刑宣告》中的作品。詩名與《罪與罰》的男主角同名，詩中描寫因勞資爭議而起的暴力事件，而詩人亦明白透露其無政府主義傾向（荻原，頁32-34）。

　　這裡所觸碰到的，或許是一個「究竟是影響或是模仿」的問題，在台灣的現代主義實踐中，最受抨擊之一的還有「模仿」的質疑。但是，語言之間的跨越即使是就其物質性（語言學）的層面來看，也不必然是可以輕鬆地相互化身成為另一個對等的形式或內容。若以日本語文為例，這個看似與中文有著部分相似性的語言，其在書寫上，其實除了包括表意的「漢字」之外，更還包括了表音的「平假名」和「片假名」。因此在詩創作上的語言操作、韻律構成與美感表達等各方面，中文與日文在根本上是截然不同的。若取中文與日文詩作的相似性作為「模仿」的論據，則是預設了日文與中文之間存在有不證自明的可通約性，而忽略了在不同語言條件下的創作，其所動員的美學條件其實是牽涉廣泛的。[17] 若以荻原恭次郎的這首〈拉斯可尼可夫〉為例來分析的話，詩中雖然以重複排列的方式將「窓」（亦即中文的「窗」）的點狀錯落感覺呈現出來，但是這首詩與其說是訴諸視覺，倒不如說是透過文字意義的延展，來傳達城市、抗議群眾、工廠與憤怒的意象。如「鉛貨よりも青つ白い空氣」（比鉛幣還要青白的空氣）、「流動する空氣」（流動的空氣）、「戰慄する動脈」（戰慄的動脈）、「突走する血液」（快速奔馳的血液）等等，其文字的重點並不在於圖像的喚起，而是經由文字的音韻與意義的經營，來表達荻原恭次郎對於資本主義的抗議，而這與林亨泰試圖透過怪異的文字排列而將詩的形構推向極端的臨界演出，兩

---

17 這也說明，同樣是「詩」的範疇，在「日文」其語言自身的歷史與物質條件下，是發展出了諸如俳句、和歌或連歌等等的詩歌形式，而這是中文或是歐洲語言所難以充分表達的藝術形式。反之亦然，中國沒有發展出像是從歐洲語言所精煉出來的十四行詩，而歐洲語言也不容易達到生成於中國文學脈絡中的詩詞歌賦的境界。

者在文字策略與表達的意圖上是大相逕庭的。

　　而正是對於語言本身的關注，林亨泰認爲「西方」透過拼音文字所進行的符號詩實驗，由於受限於自身的形式結構而說不上是成功的，他引阿保里奈爾（Guillaume Apollinaire）的《卡里葛拉姆》（Calligrammes）將表音文字當作意符文字來運用的方式爲例，而「籠統」地歸結出：中國詩的傳統乃爲「（一）在本質上，即象徵主義。（二）在文字上，即立體主義」（林亨泰，1957，頁35-36）。不但如此，他更進一步大膽提出：「現代主義即中國主義」（頁36）的說法。這樣的作法，無非是試圖從對於「西方」的挪用中，一方面補足「西方」的不足（西方前衛實驗中以表音文字來表達圖畫形象時的限制），同時亦將自身從新語言（純粹由漢字所構成的中文）的困境中解放出來。林亨泰將現代主義看成是一種與自我在相互補足、相互指涉中相互完成的文學契機，這可以從底下的一段話中窺得一二：

　　　　我們正希望著台北將成爲未來的巴黎，正如巴黎已代替了過去的佛羅倫斯那樣。我們也正希望於我們的後代也有這麼一本書，其開頭幾句即這麼寫著：「現代主義運動的歷史，完結於中國。然而這一段歷史，引導我們從法蘭西到美麗寶島的淡水河畔的台北。但是，現代主義運動的開始，在很重要的意味上說，也在這中國。」[18]

18　晚近的許多論者對於當時「中國」的稱呼方式大表不以爲然，如詩人曾貴海則因此將五〇年代的林亨泰定位爲「中國種族文化主義與文學信仰者」（2006年，頁192），我認爲這是言之過當，正如林亨泰自身所提及的：「在這裡我必須附帶說明的，文中所謂的『中國』，只是按照一般習慣用法而稱謂的，有時指『中國』有時指『台灣』而用得相當紛亂，並沒有把『中國』與『台灣』兩種概念釐定得很清楚。」（1998年，頁175）。但是撇開「名詞」的爭議，這段文字的重要含意乃是在於詩人掌握「現代主義」的方式，亦即，林亨泰並不是將之視爲一個擁有固定本質形貌的文學內容，而是將之作爲一個有待塡補、同時也具有改變「中國」語言潛力的

──林亨泰，1958年5月

　　但無論如何，〈房子〉畢竟是一個極端的例子，像這樣一首看似半開玩笑的詩作品當然免不了要引來許多批評與嘲諷（趙天儀，頁13），只不過，接踵而來的批判與爭議卻也開啟了另類美學的可能性，無疑也為詩人帶來對於「詩」的解釋權。試想，當面對刊登在一本叫做「現代詩」的詩刊上的一首總共只有兩個動詞與兩個名詞的「詩」的時候，無論是驚嘆或咒罵，這首怪詩恐怕也拋給了讀者一連串有關詩的基本問題：什麼才是詩？怎樣才是「現代詩」？詩一定要歌詠美麗的事物或抒發內心的情感嗎？詩人與讀者的位置又該怎樣來看待？而我認為，林亨泰對於自由語的運用，表面上是意圖破壞舊有的詩歌語言以及美感經驗（或說，由於沒有傳統負擔因此可以置之不理），但這並不是林亨泰的最終意圖，他反而是要藉由否定既成的詩歌形式，而企圖在「現代」這一個大框架底下、或藉「現代主義」這種外來的不定式來建立自身的獨特美學。

　　詩人的語言實驗重點是在於從「破壞」來尋找「建立」的可能──這一點我們可以從林亨泰的「主知」概念中看出端倪。我認為「主知」或「知性」的概念是台灣現代主義詩歌的重要元素之一，我們可以從楊熾昌對於超現實主義的闡述、[19] 紀弦〈現代派的信條〉第四條中的「知性的強調」以及

　　的文學空間。也因此，他不僅將台北的淡水河（「在地」的象徵）期許為「現代主義」的終點，同時更是希望透過變異與創造，而成為另一種文學的新起點。

19　楊熾昌多處提到「主知」與「知性」，首先他自詡在台灣建立起主知主義的的超現實：「過去之詩作品的功過姑且不論，經由《風車》四期的超現實主義系譜在台灣成為主知主義，新即物的水源地帶，終於變成神話的定論。」（1995年，頁253）。另外他也提到類似的說法：「現代詩的完美性就是從作詩法的適用來創造詩，非創造出一個均勻的浮雕不可。所謂詩的才能就是於其詩的純粹性上，非最生動的知性之表現不可。」（1995年，頁142）。

洛夫心中所構畫的理想超現實：「是感性的也是知性的」[20] 等等信手拈來詩人對於「主知」與「知性」的推崇。儘管「主知」或「知性」在每一位詩人那裡各有不同的指涉，但是相較於未來派馬里內蒂的：「讓我們從理智的可憎外殼鑽出來吧！」（1990，頁 45）、或超現實主義的布魯東（André Breton）將詩的追求直指夢境、潛意識甚至是錯覺、幻象的探索（A・ブルトン，頁6-50），「知性」或「主知」的概念非但不是「西方」的未來派或超現實主義所追求的，甚至是意圖予以瓦解的對象。但台灣的前衛詩人卻不盡然如此，在林亨泰那裡，「主知」佔有著無比優越的地位，他將「主知」與「抒情」對立來看，他在〈鹹味的詩〉中提到，抒情無非是一種「慰藉讀者的糖」，但是作者的任務並不是在於慰藉讀者而是予以「不快」，這就是作品的批判性。林亨泰引用法國文評家提博德（Albert Thibaudet）的話說：「這種批判的感覺使讀者害怕，也使讀者激憤依我的看法，沒有一件比這種作者與讀者的鬥爭更健康的事」（1958，頁 5）。而他進一步認為紀弦的詩也就是這種批判的詩，是有別於「抒情主義」的，因此，「（紀弦的）這種詩是意志活動佔去了優位的，所以也可以說：這就是抒情的崩潰，也就是主知的抬頭！」（頁5）。「意志活動」乃是林亨泰「主知」的重要內涵，也因此，他的語言實驗的最終目標並不在於追求未來派無政府主義式的激越、混亂與破壞性，而是藉由瓦解一般對於詩歌語言的既成觀點與一反讀者的閱讀期待，而將箭頭指向詩歌的內在精

---

20 即使洛夫也在他最富於「超現實主義」風格的作品《石室之死亡》中強調，就算不使用「自動表現」的手法，依然可以透過暗示、隱喻、或象徵等等來產生價值的壓縮與意象突出的效果。因此他所追求的是一種「修正」的超現實主義：「未經意志的檢查與選擇而將其原貌赤裸裸托出，勢必造成感性與知性的失調，詩生命的枯竭……因我們主張一首詩在醞釀之初，獨立存在之前必需透過嚴格的自我批評與控制。」（洛夫，頁1-32）。

神活動。關於這一點，其實與楊熾昌在一九三四年所提出的看法是十分接近的：

我們怎麼裁斷對象，組合對象，就這樣構成詩的。這是詩人的精神秘密。在那裡詩會作暴風雨的呼吸，我認為被投擲的對象描繪的拋物線即是詩，然而我強求其組織體的不完全。我認為詩的組織就是不完全的意義的世界走到完全的世界。這才是詩的本質。（1995，頁 129）

這段文字裡的「對象」指的是語言和它所對應的「自然」或「現實」，對楊熾昌來說，詩人所關心的並不是那個被投擲的「對象」本身，而是「對象」被投擲時所畫下的「拋物線」過程。不難看出，這裡所謂的「拋物線」既是一條語言的差異軌跡（Traces of Differences），亦是詩人在這不斷擴散與綿延軌跡中所試圖介入的內在思考過程，換句話說，「拋物線」指的就是詩人透過投擲「對象」（語言操作）所開展出來的心智動態過程。而這個心智動態過程本身才是「詩的對象」，同時也是「詩的內在事實」。也因此，詩人所關切的，是如何投擲那個「對象」，以及「怎麼裁斷對象，組合對象」。此外，詩人所欲強求的乃是「組織體的不完全」，亦即，語言與現實對應之間的斷裂而造成的莫可名狀，而這種莫可名狀的對應缺口則是有待想像力來加以填補的。可以說，這種創作時的內在心智動態過程也就是楊熾昌所謂的「主知」概念，「主知」因此是一個透過語言操作而喚醒想像力的心智過程。於是，在詩歌的創作活動中，詩人將語言意義的可對應性及可溝通性讓位給想像力與內在的精神活動，而這正也就是「詩人的精神秘密」所在。不但如此，讀者也必須被羅織到「不完全的組織體」中一起參與詩的思考過程，這樣一來，作品的「不完全」才能夠過渡到彼岸那「完全的世界」之中。

林亨泰有關「拙於造詞砌字」或「惡文的世紀」的說法，

其實與楊熾昌的「組織體的不完全」有著近似的內涵。而這也
呈顯出這兩位台灣詩人對於「前衛」的援引，除了是想要藉助
其破壞的力道之外，更意圖重編「美」與「惡」、「完整」
與「缺陷」的疆界，並從中建立一套新的美學思考。縱使他們
將自己的詩作放在「前衛」的範疇，或是以「現代主義」來稱
呼自己，然其作品實際上是揉雜了更為廣域的各種觀點，我們
不難在詩人的論述中看到浪漫主義所鼓吹的想像力、象徵主
義對於「交感」（Correspondance）之語言內在形式的追尋，
甚至是後現代式的破碎語言外觀，以及表意與表音文字的混雜
及轉換，所有這些，均被融合到「主知」的概念之中，與「破
壞」的語言技術攜手並進，共同參與「現代詩」的打造，填充
他們所想像的「現代主義」的話語空間。

　　如前所述，「主知」在不同的詩人那裡是存在著相異
的認知與詮釋的，關於這一點需要另文進行系譜式的考察才
可能釐清楚它的各種面貌，但若是籠統概括來說的話，「主
知」的意涵在許多台灣的現代詩人那裡，大概也就是如詹冰所
說的：「詩人如小島任憑自然流露的情緒來歌唱的時代已過
去……我的詩作可以說是一種知性的活動。簡言之，我的詩法
是『計算』。我計算心象的鮮度。計算語言的重量。計算詩感
的濃度。計算造型的效率。以及計算秩序的完美。最後的目標
是要創造前人未踏的詩的美的世界。」（1998，頁 66）。在
這裡，詹冰所謂的「知性」既是創作活動中的精神狀態，同時
也是一種語言操作的精神過程，一首詩的完成不再是藉由情感
的流湧，而是必須透過「語言技術」的理性操作來加以趨近。
這因此使得「主知」帶有一種工具性與技術性的意涵，而這正
也符合當時詩人們對於「現代」的想像與期待。詹冰的看法想
必會令人聯想起法國詩人梵樂希（Paul Valéry）所說的：「現
代的詩人再也不是一個狂亂的瘋子，在一個發熱的夜裡寫下一

整首的詩；他應該是一個冷靜的科學家，幾乎就像幾何學家一樣，為敏銳的夢想家服務。」（Valéry，頁315）。梵樂希推崇理智與科學的方法，而他所強調的知性詩觀在台灣或日本[21]是如此地受到廣泛的挪用。在台灣，無論打的是超現實、未來派或是象徵主義的旗幟，也無論是有過大陸文學背景或走過日治歲月的台灣詩人，我們都不難看見梵樂希的隻字片語被鑲嵌在詩人的自我主張中閃閃發著光芒，這無疑是一個耐人尋味的現象。[22]

也因此，一般對於西方現代主義所概括描述的「放逐理性」乃不足以涵蓋台灣現代主義詩人的精神傾向。現代主義誠然是被挪用來作為對於主流文學及詩歌的反動，但詩人們所通過的路徑卻未必是以否定理性的方式。或許，較貼切的說法應該是：詩人仍是企圖透過「理性」的語言操作來打破由主導文化（傳統）所認可的美學合法性，並相信藉此可以達到一種自由。因此語言在這裡成了鬥爭的場域，那裡匯集了新跟舊、「東方」與「西方」、過去與現在的各種勢力的角逐。也誠然，主知或知性的概念之所以不曾受到台灣詩人的「唾棄」，或許緣於台灣（其實也包括日本）整體的焦慮主要還是來自於西方大舉壓境的科學與工具理性，而即使是新文學的誕生也自始便承載著理性能夠帶來文化變革的誠摯盼望，因而普遍對於技術、工具、以及「形式或體制的突破可以帶來精神與

---

21 根據《前衛詩運動史の研究》作者中野嘉一的說法，首次將Intelligence（主知）的概念引進日本文壇中的是《詩と詩論》的主編春山行夫，而服膺於「主知美學」的詩人或學者亦以《詩と詩論》、《文學》與《新即物性文學》等詩誌為中心而展開活動，當中包括了許多重要的詩人如西脇順三郎、北川冬彥、村野四郎與文學理論家阿部知二等等（渡邊正彥，頁25）。

22 當然我還是得強調，「知性」、「主知」、「理性」、「理智」或「科學思考」等等名詞在意義上雖然有重疊的部分，但彼此之間不見得是可以通約的，其意涵還是必須還原至詩人或作家所使用的脈絡中才有可能被理解。

內涵的改變」等看法，也仍然有著一種樂觀的期待。即使紀弦也不免將「新詩」與「科學」類比，[23] 並將現代詩的崛起視為中國詩的「現代化」。也因此，當「西方」透過廣義的現代主義表達對於科學與理性的質疑時，「現代化」或「現代性」的概念在台灣（也包括日本）仍是與自由、民主、科學、自我的覺醒等等想像緊扣交纏，因此在文學場域中仍然保持著難以動搖的合法地位。尤其是曾經淪為殖民或半殖民的台灣與日本，擁抱現代性的欲望恐怕還是強過於思索其所可能帶來的毒害。

結論

　　林亨泰在語言轉換的困境中找到現代主義與前衛的語言實驗作為他的跨語策略，並藉此投身參與正待崛起的「現代詩」的概念建構，但是在五〇年代的政治氣氛下，林亨泰對於前衛概念的援引是不可能直接作為衝撞政治的激進主張，而是以迂迴的方式，在形式上指向語言的破壞，並透過這種破壞來翻轉主流的美學價值。然而這種僅在語言上的挑戰卻也不能因此說是「非政治」的，緣於，台灣在五〇年代正是官方語言尋求一統與標準化的時期，因此文學場域當然也是官方語言建立其優勢地位時所必然覬覦的目標。而語言的政策既然是透過國家的意志來執行，並由人民主動配合，因此所謂「好的」或「美的」語言已是不可避免地滲透了國家的意識型態，由是，語言的破壞同時也隱含了對於國家主流價值的挑戰。尤其不可忽略的是，林亨泰乃是經過了四〇年代的另一種前衛——左派思想

23　紀弦：在〈現代派信條釋義〉第二條中提到：「既然科學方面我們已在急起直追，迎頭趕上，那麼文學和藝術方面，反而要它停止在閉關自守，自我陶醉的階段嗎？須知文學藝術無國界，也跟科學一樣。」；第四條則有：「一首新詩必需是一座堅實完美的建築物，一個新詩作者必需是一位出類拔萃的工程師。」《現代詩》13期，頁4。因此「新詩」在紀弦的想像中也是帶有著濃厚的「科學」與「技術」色彩的。

的洗禮而走向五〇年代，縱使當時的批判鋒芒不再是指向社會外在的各種現象，但詩人轉而探求創作的「精神自由」，而具體的方式便是「主知」的實踐。也因此，語言的破壞並非林亨泰的終極關懷，而如何從語言在「時間性」與「空間性」的匱乏中，重新打破時空的束縛而壓縮、打造自己的美學並進而尋求合法化的過程，才是詩人的關注所在。於是，就像本文開頭的引文中所提到的，光只是對於外來名詞的引介與字義的辨明是不足以討論詩的，詩人的真正目標，則是志在參與「名詞」內涵的創造。也因此從西方出發的這些「名詞」，在不同的文化場域中遊走、打滾、變容而輾轉到了台灣之後，恐怕已不是歐洲的「原初」意義所能予以規範的。

只是，我們既無法將林亨泰透過現代主義或前衛概念所展現的具體實踐簡單地還原至某個原初型態的「西方」，也不能以林亨泰的現代詩實踐來涵蓋至所有的台灣現代詩人。而這也意味著，如果我們將現代主義放到各個主體的實踐過程中來觀察，我們恐怕得說，台灣的現代主義難道不是在每一個主體的實踐過程中，透過翻譯、想像、有所吸收、有所揚棄、有所變形或重新排列組合而折射出來的形象各異的創造？或許我們可以將這些由個體所建構的現代主義集合成為一個叫做「台灣現代主義」的複數集合體，然而，若是要從這樣的一個複數集合體找出某些固定的框架反身來規範或定義個體所呈現的現代主義實踐的話，那我們所能看到的，恐怕將只會是一幅單調的台灣現代主義圖景。

──選自《中外文學》第40期

引用書目

- Bradbury, Malcolm, and James McFarlane. 1991年. "Movements, Magazines and Manifestos: The Succession from Naturalism." Modernism: 1890~1930. Ed. Malcolm Bradbury and James McFarlane. London: Penguin. 頁192-205.
- Bourdieu, Pierre. 1991. Language and Symbolic Power. Trans. Gino Raymond and Matthew Adamson. Cambridge, Mass: Harvard UP.
  ——. c1992. Les Règles de L'art: Genèse et Structure du Champ Littèraire. Paris: Seuil.
  ——. 1993. The Field of Culture Production. Ed. Randal Johnson. Cambridge: Polity.
  ——. 1996. The Rules of Art: Genesis and Structure of the Literary Field. Trans. Susan Emanuel. Stanford: Stanford UP.
- Liu, Lydia H. 1995. Translingual Practice: Literature, National Culture, and Translated Modernity—China, 1900~1937. Stanford: Stanford UP.
- Valéry, Paul. 1985. "On Literary Technique." The Art of Poetry. Trans. Denise Folliot. Princeton: Princeton UP. 頁315-23.
- Williams, Raymond. 1989. "Language and the Avant-Garde." The Politics of Modernism: Against the New Conformists. London: Verso. 頁65-94.
- 三木直大：〈林亨泰中文詩的語言問題——以五〇年代現代詩運動前期為中心〉，《台灣詩學季刊37期》，（2001年11月），頁17-30。
- 王拓：〈是現實主義文學，不是鄉土文學〉，《鄉土文學討論集》。尉天驄主編：（台北：遠景，1978年），頁100-119。
- 呂興昌編：《林亨泰全集》一、二（彰化：彰化縣立文化中心，1998年）。
- 邱貴芬：〈《日據以來台灣女作家小說選讀》導論〉，《後殖民及其外》（台北：麥田，2003年），頁209-57。
- 林亨泰：〈文藝通訊〉，《潮流第二年第一輯》（1949年4月），頁36。
- 林亨泰：〈房屋〉，《現代詩13期》（1956年2月），頁14。
- 林亨泰：〈第20圖〉，《現代詩14期》（1956年4月），頁46。
- 林亨泰：〈中國詩的傳統〉，《現代詩20期》（1957年12月），頁33-36。

- 林亨泰：〈鹹味的詩〉，《現代詩22期》（1958年12月），頁4-5。
- 林亨泰：〈紙牌的下落〉，《創世紀詩刊18期》（1963年6月），頁2。
- 林亨泰：〈銀鈴會與四六學運〉，《台灣詩史「銀鈴會」論文集》（彰化：磺溪文化學會，1995年），頁65-71。
- 林亨泰：〈山的那一邊〉，《林亨泰全集一》，呂興昌編：（彰化：彰化縣文化中心，1998年），頁90-91。
- 林亨泰：〈群眾〉，《林亨泰全集一》，呂興昌編：（彰化：彰化縣文化中心，1998年），頁13-24。
- 林亨泰：〈現代派運動與我〉，《林亨泰全集五》，呂興編：（彰化：彰化縣文化中心，1998年），頁143-53。
- 林亨泰：〈《現代詩》季刊與現代主義〉，《林亨泰全集五》，呂興昌編：（彰化：彰化縣文化中心，1998年），頁154-75。
- 林亨泰：〈笠下影：詹冰〉，《林亨泰全集六》，呂興昌編：（彰化：彰化縣文化中心，1998年）：頁66-74。
- 林亨泰：〈笠下影：錦連〉，《林亨泰全集六》，呂興昌編：（彰化：彰化縣文化中心，1998年），頁103-12。
- 洛夫：〈詩人之鏡（自序）〉，《石室之死亡》（台北：創世紀詩社，1965年），頁1-32。
- 紀弦：〈現代派信條釋義〉，《現代詩》13期（1956年2月），頁4。
- 紀弦：〈談林亨泰的詩〉，《現代詩》14期（1956年4月），頁66-69。
- 紀弦：〈社論：自反而縮雖千萬人吾往矣〉，《現代詩》16期（1957年1月），頁1。
- 紀弦：〈關於台灣的現代詩——為第十五屆世界詩人大會的專題演講〉。「第十五屆世界詩人大會」宣讀稿。（1994年8月13日），頁3。
- 紀弦：〈我的第二故鄉〉，《聯合報》副刊。（1996年5月31日）。
- 紀弦：《紀弦回憶錄》第二部（台北：聯合文學，2001年）。
- 馬里內蒂：〈未來主義的創立與宣言〉吳正儀譯：《未來主義 超現實主義 魔幻現實主義》。柳鳴九主編，1990年，頁44-50。
- 馬里內蒂：〈未來主義文學技巧宣言〉，吳正儀譯：《未來主義 超現實主義 魔幻現實主義》。柳鳴九主編，1990年，頁51-57。

- 酒井直樹：〈文明差異與批評：論全球化與文化國族主義的共謀關係〉，黃念欣譯：《中外文學》34.1（2005年6月），頁127-37。
- 現代文學編輯委員會。〈發刊詞〉。《現代文學》1（1960年3月），頁2。
- 張道藩：〈三民主義文藝論〉。《張道藩先生文集》。道藩文藝中心主編。（台北：九歌，1999年），頁628-86。
- 張誦聖：《文學場域的變遷》（台北：聯合文學，2001年）。
- 陳芳明：〈橫的移植與現代主義之濫觴〉《聯合文學》202期（2001年8月），頁136-48。
- 陳芳明：〈現代詩與早期現代詩學的引進——紀弦詩論的再閱讀〉，「文學傳媒與文化視界國際學術研討會」，2003年國立中正大學主辦。
- 覃子豪：〈新詩向何處去？〉。《藍星詩選》獅子星座號叢刊第一輯（1957年8月），頁9。
- 創世紀詩刊編輯委員會。〈創世紀的路向：代發刊詞〉1（1954年10月），頁2-3。
- 曾貴海：〈台灣戰後反殖民與後殖民詩學〉。《文學台灣》57（2006年1月），頁175-217。
- 葉維廉：《解讀現代・後現代》（台北：東大，1998年）。
- 楊熾昌：〈燃燒的頭髮——為了詩的祭典〉。《水蔭萍作品集》。呂興昌主編（台南：台南市立文中心，1995年），頁127-33。
- 楊熾昌：〈土人的嘴唇〉，《水蔭萍作品集》，呂興昌主編：（台南：台南市立文中心，1995年），頁135-39。
- 楊熾昌：〈新精神與詩精神〉，《水蔭萍作品集》，呂興昌主編：（台南：台南市立文中心，1995年），頁167-75。
- 楊熾昌：〈《紙魚》後記〉，《水蔭萍作品集》，呂興昌主編：（台南：台南市立文中心，1995年），頁251-53。
- 趙天儀：〈論林亨泰的詩與詩論〉，《台灣詩學季刊37期》，（2001年11月）頁9-16。
- 蕭新煌：〈當代知識份子的「鄉土意識」——社會學的考察〉，《知識份子與台灣發展》中國論壇編委會主編（台北：聯經，1989年），頁179-214。
- 澤正宏：〈日本のモダニズム詩〉，《モダニズム研究》。モダニズム研究・編（東京：思潮社，1994年），頁526-43。

・神原泰：《未來派研究》（東京：イデア書院，1925年）。

・千葉宣一：〈前衛芸術との遭遇〉，《近代文・5》。三好行雄、竹盛天雄編：（東京：有斐閣，1977年），頁41-50。

・陳明台：《「詩と詩論」研究――昭和初期日本前衛詩運動の考察》（台北：笠詩社，1990年）。

・塚原史：《言葉のアヴァンギャルド》（東京：講談社，1994年）。

・荻原恭次郎：〈ラスコーリニコフ〉《荻原恭次郎詩集》。伊藤信吉編：（東京：彌生書房，1973年），頁32-34。

・A・ブルトン〈シュールレアリスム宣言（1924年）〉，《シュールレアリスム宣言集》，森本和夫譯：（東京：現代思潮社，1975年），頁6-50。

・分銅惇作：〈詩の歴史〉，《近代詩現代詩必攜》，原子朗編：（東京：學燈社，1988年），頁18-24。

・山本捨三：《現代詩の史的展望》（東京：櫻楓社，1975年）。

・渡邊正彥：〈詩における「知性」〉，《近代文學9》，三好行雄、竹盛天雄編：（東京：有斐閣，1977年），頁24-34。

我的想法與回應
——針對曾貴海的論點

林亨泰作

林巾力整理

　　我絕對同意，「去殖民」或「反殖民」的確是目前在台灣仍然必須進行的工程，不過我想問的是，在「去殖民」之前，是否要先釐清台灣的「殖民」是怎樣的內涵？並且在這樣的工程之中，我們要「去除」或「反對」的究竟又是什麼？但是曾幾何時，許多有足夠的言論自由與反省能力的評論者們，不再細緻地研究殖民政府如何運轉它的國家機器，不去對於殖民者與被殖民者之間的複雜糾葛與心理幽微的光影進行抽絲剝繭的分析，卻轉而檢閱被殖民者在不自由的情況之下究竟犯下了怎樣的錯誤，究竟說了些什麼不該說的話，甚至責難他們為何什麼都沒說。

　　我在十年之前因為腦血管栓塞（俗稱中風），因此造成半身癱瘓，語言能力幾乎喪失。於是，開始了漫長的復健，我學著寫字，練習開口說話。多麼諷刺！就在人生接近最後的階段，我必須再度嘗試寫作，努力尋求另一次語言的跨越。雖然後來依舊可以勉強執筆寫作，但是這已經是一件十分吃力的工作了，所以也因為行動與表達的困難，我離開文壇好長一段時間了。

　　只是文壇似乎還沒有忘記我這個老朽，最近這一兩年，連續在《文學台灣》與《台灣文學評論》看到了有關現代派的批判，也拜讀了曾貴海先生的大作《戰後台灣反殖民與後殖民詩學》、以及郭楓先生的許多文章，顯然兩位先生都是學識淵

博之人，也非常感謝對我的指教，但是這些文章也使我深深感慨，先生們的論述在旁徵博引之間，卻有著太多與事實不相符合的地方。於是，身為當事人之一，我拖著這殘敗的身軀，顫抖而不靈活的手，我想我還是有必要撰文回應，讓我再次回到歷史的現場，深怕的無非是在我畢生的文學志業中留下了一些沒有解釋清楚的遺憾。

首先，我必須很清楚的交代，從荷據、日治、國府統治到解嚴，如果這是台灣文學界一般所定義的殖民時期，那麼，身為土生土長的台灣人，我便算是當了整整六十三個年頭的「被殖民者」。另外，如果就我個人的詩創作歷程來看，雖然我不是一個多產的作家，但是從戰後的四〇年代到二十一世紀的現在，一直都有詩作的生產。而在詩的風格上，也隨著個人的生命歷程以及時代變遷有所變化。為了敘述的方便，請容我對自己那微不足道的文學生涯進行如下簡單的分期：

（一）銀鈴會時期：

戰後的四〇年代，在四六事件遭到打壓之前，我加入銀鈴會，受到楊逵先生至深的影響，此時主要以日文寫作，中文詩作僅有五首，詩作多是發表在銀鈴會同仁誌《潮流》以及《橋》副刊等等。這個階段的詩作風格多是傾向於社會現象的描繪與批判，如〈圍牆〉、〈按摩者〉、〈群眾〉、〈鳳凰木〉、〈新路〉等等。

（二）五〇年代：

銀鈴會被驅散後，成員遭受白色恐怖的侵擾，而我也不例外，至此不再在寫作。直到五〇年代中期發現《現代詩》，之後加入紀弦所主導的現代派運動。在這段期間我先是出版了台灣意象濃厚的詩集《長的咽喉》，然後約在五十五年的時候，

僅僅花了前後約一個月的時間寫下「形式怪異」的符號詩，但我的目標多少是在於嘲弄中文，同時也是藉由這樣的方式來摸索中文的種種可能性。

（三）六〇年代：

我擔任《笠詩刊》的首任主編，當初在所有同仁的共識底下，我們決定為這即將誕生的詩誌取一個具有「台灣意象」的名稱，於是由我提出「笠」這個名字，並獲得了大家的支持。我在六〇年代唯一的詩作品便是內含五十一首組詩的《非情之歌》，內容主要是採取「黑」與「白」的意象來貫穿，由於當時是冷戰正熾的時刻，整體的社會普遍瀰漫著二元對立的思考結構，因此我藉由黑與白對立的意象來質疑人類歷史永無止盡的衝突與犧牲。

（四）七〇到八〇年代：

七〇年代以來與病魔纏鬥，十年的光陰多在病榻中度過。在詩作方面傾向對於生活情境所進行的內省，而八〇年代如《爪痕集》，則是在原本單一大歷史逐漸崩解後，各種大歷史與小歷史突然以鮮明但紛雜的方式在吾人眼前展開，這驅使我對於那未必總是趨向理性的發展也不盡然是直線前進的歷史過程、以及人類在這龐大而無方位的生命驅力中的處境展開思索。此外，這段期間我也寫了許多諷喻政治人物與社會百態的詩作，如〈主權的更替〉、〈力量〉、〈老腒朒獸〉、〈一黨制〉等等。

（五）病後時期：

一九九五年一場大病之後，語言能力受損，但後來仍然勉強進行寫作，詩作散見於各報章，詩作內容則多是回歸於對生

命與生活的凝視關照。

而接下來，也請容我在這裡，針對那些關心台灣文學的朋友們對於我的批判，展開如下三點的簡單回應。

一、有關「中國種族文化主義與文學信仰者」說的辯駁

曾貴海先生（以下敬稱從略）引述我寫於五〇年代的〈關於現代派〉[1]以及〈中國詩的傳統〉[2]中所提到的「中國人是世界上最優秀的民族之一，現代派第二次高潮必須由我們中國人開始」等等內容，斷定我是「中國種族文化主義與文學信仰者」。這段話甚至在後來李永熾教授的回應文〈殖民、反殖民與詩學〉當中，成了「納粹主義」[3]。我認為這樣的指控，實在是非常嚴重，不是我這個無法像前述幾位先生那樣可以擁有某些優勢的學術資源與社經地位的老朽所能承受的。

我必須先解釋，我寫於五〇年代的兩篇文章是有針對性的，當時現代派孤軍奮戰，因為其他陣營的詩人對於紀弦所提出的「新詩乃是橫的移植」非常反感，[4]認為這是一種崇洋媚外、放棄自我主體性的立場。因此我才會針對這些鋪天蓋地而來的責難，發表我的看法。

當時一般的論者對於在台灣所展開的現代主義，其所最無法接受的，便是來自於它自身所宣稱的「移植西方」的說法。但是在我的想法裡面，現代主義並不是「西方」的專屬，而我

1　林亨泰：〈關於現代派〉，《現代詩》17期，1957年3月，頁32-34。
2　林亨泰：〈中國詩的傳統〉，《現代派20期》，1957年12月，頁33-36。
3　李永熾：〈殖民、反殖民與詩學——讀曾貴海《戰後台灣反殖民與後殖民詩學》〉，《文學台灣59期》，2006年7月，頁323。
4　「現代詩」這個概念在五〇年代尚未取得合法的地位，當時不僅是官方大力推動的「戰鬥文藝」當道的時代，其他的詩社如《創世紀》倡行的是「新民族詩型」，而以覃子豪與余光中為主的《藍星》詩社亦屬了反對現代派的說法而與之展開筆戰。

們也無須一味地認定現代主義必然是西方的產物，或將所有文學上的「影響」都歸給「外來」。

在〈中國詩的傳統〉一文中，我提出了「現代主義即中國主義」的說法，但是這裡所謂的「現代主義即中國主義」主要是強調，盛行於二十世紀初的前衛詩實驗，或者說，那些歐美的現代主義詩人所「發現」的許多現代詩技法，其實在中國的漢詩傳統中早就已經存在了。在這篇短文當中，我從現代詩的「本質」與「文字」兩個方面來趨近「現代主義即中國主義」這樣的概念。

首先，歐洲的詩，佔據經典地位的偉大詩作，向來都是浩瀚長篇的史詩，如《伊里亞德》（Iliad）一萬五千五百行、《奧德賽》（Odyssey）一萬兩千行，而十四世紀的但丁《神曲》也有一萬四千兩百多行。這意味的是，自荷馬以來的歐洲詩傳統，其本質乃是存在於「敘事」之中。如此的概念不但主導了歐洲的詩學傳統，同時也是詩之所以被視為偉大的地方。但是到了十九世紀，人們開始對於短詩情有獨鍾，如愛倫坡就曾經說過：「詩是越短越富刺激而越能激動人心，其可能發生的效果也越大」。

因而，比較起來的話，傳統漢詩實在是相對「短」得許多，也正因為篇幅的短小，因此它的本質就必須凝聚在它精練的「象徵」效果上，而不在於以篇幅取勝的「敘事」功能。然而，這樣的現象在中國倒是有著一個饒富趣味的翻轉。仍是處於摸索階段的五四新詩，「大眾」成了文學的關懷焦點，對於現實的陳述反而成了人們對詩的主要期待，因此五四初期的新詩，就某種程度上來說，是從「象徵」走向「敘事」的過程。

另外在「文字」方面，如法國的阿保里奈爾為了實現立體主義詩集主張，寫了《卡里葛拉姆》（Calligrammes），這本詩集的企圖正是在於將文字圖像化與視覺化的實驗，雖然與漢

詩的概念不盡相同，但他主要的目的是打破西方文字的限制，而將「表音文字」當作「表意」的符號來使用。而類似於阿保里奈爾的作法，更可見於其他的新興詩派如未來派等等的作品之中。

　　我要說的是，就某種意義上來說，所謂「西方」的新興詩派，當中其實有許多是在接觸了歐洲以外地區的文學美感呈現與文字表達之後，而將之原引作為翻轉自身詩學傳統或文字限制的靈感。所以說，現代主義與漢詩的關係，無不與中國的傳統語言文字或文學美感表達，呈現一種「互補」的關係。因此我提出：「中國詩的傳統，在本質上，即象徵主義；在文字上，即立體主義。」主要是說，「西方」所發現的，其實早就已經存在於漢詩的傳統之中，因此在面對現代主義的時候，根本不需要將之作為純粹來自「外部」的東西，也無須將現代主義的美學創造一味地都「歸功」給西方。

　　只是我的這個有著前後脈絡的「中國詩的傳統」說法，卻被簡單地曲解成為「中國主義者」，這樣的曲解實在是欠缺將時代脈絡做一個立體的參照。首先，對於整體社會的壓制最為明顯而直接的五○年代，「台灣」是一個禁忌的字眼，即使是吳濁流先生在將近十年之後的六○年代中期堅持將「台灣」這名稱帶進文壇的當時，也是再三地受到警備總部的刁難。我想，「去殖民」或「反殖民」的工作不在於把過去的某些現在看來「政治不正確」的隻字片語抽離出來然後予以譴責或要求加以淨化，也不能將後來被賦予某種合法性的「台灣」來反照當時「中國」說法的不可原諒。

　　相信當時很多人所說的「中國」，跟現在所意味的「中國」是很不一樣的，文字的意義有其隨著時代變化而移動的特色。若要以「後殖民」作為觀照，不是應該去探討表象背後所盤根錯節的權力關係、或是兩者在一來一往之間所造成的困境

與突破嗎？為什麼不去深入探討那些在「民族語言文字」的不對等關係中處於弱勢位置的作家們（如我所提出的「跨越語言的一群」）如何尋求突破困境的因應對策，而僅僅是尋求字面上的「正確」或「不正確」呢？

我雖然以「中國現代派」稱呼當時出現在台灣的現代派，但是我在另一篇同樣是提到「中國現代派」的文章〈鹹味的詩〉，是這樣來總結的：

> 我們正希望著台北將成為未來的巴黎，正如巴黎已代替了過去的佛羅倫斯那樣。我們也正希望于我們的後代也有這麼一本書，其開頭幾句即這麼寫著：「現代主義運動的歷史，完結於中國。然而這一段歷史，引導我們從法蘭西到美麗寶島的淡水河畔的台北。但是，現代主義運動的開始，在很重要的意味上說，也在這中國。」5

我當時所期待的正是現代主義的本土化，雖然所用的字眼是「中國」，但這裡的地理位置明顯地只提到了「台北」與「淡水」，換句話說，即使心理所思考的實質內容是「台灣」，但卻只能以「中國」這樣的字眼來呈現，同樣的情形也可以倒過來說，那就是，儘管所使用的詞彙是「中國」，但是心中所投射的卻是「台北的淡水河」。

這只能說，「台灣」若從三〇～四〇年代的角度來看，是一個被壓抑甚至是被遺忘的詞彙；但是若從七〇～八〇年代的角度來看，則是一個尚未得到明確意義與合法地位的詞彙，這種語言與意義對應的缺乏，只能說，是一種集體的「症狀」。

那麼，究竟哪些人患有這樣的症狀呢？是不是有必要來

5 林亨泰：〈鹹味的詩〉，《現代詩》22 期，（1958年12月），頁4-5。

看一下白色恐怖的「疾病」還感染了誰呢？就算是我們最為敬重的台灣文學耆老。好吧，就來找一下當白色恐怖已經不若五〇年代那麼嚴厲的六〇年代的文字好了，[6]例如開啟戰後台灣文學的吳濁流先生曾在一九六四年《台灣文藝》創刊號的〈台灣文藝雜誌的誕生〉中提到：「我們中華民國有五千年的悠久文化，它曾經在世界上開過燦爛輝煌的花朵。」[7]另外，獨鐘「漢詩」的吳老也在創刊號中提倡漢詩的復興，他如此憂心漢詩之被視之如敝屣，因此力言：

> 可憐，五千年來漢詩之文學精華，遂被人視為贅疣，等如垃圾，不屑一顧。或僅為一部分有心人之嗜好而已。可是漢詩是中國文學之結晶，有傳統，有精義。有靈魂，有血液，有骨髓，可與民族共存榮，哪可置之不問，其寶貴實在此。……並且漢詩具有中國固有文化的特色，是漢民族最高智慧的表現……漢詩的價值還有一個寶貴的理由，漢詩是我民族創造文化的精華，所以沒有模仿性，不比現在的新詩受到外國文化影響而產生，難免帶有牛奶味，兼之散漫。[8]

再看到七〇年代激起鄉土文學論戰並且奠定往後台灣文學史的葉石濤先生，他在一九六五年的〈台灣的鄉土文學〉是這樣說的：

> 政府的遷台收拾了這紛亂、迷惑的局面……真正

6　五〇年代有關台灣作家的文獻難尋，這也突顯了五〇年代正是台灣作家最受壓抑的年代，一方面是在語言跨越的幽谷之中，另一方面則是失卻了表演的舞台。

7　吳濁流：〈台灣文藝雜誌的誕生〉，《台灣文藝》1 期，（1964年4月），頁46。

8　同上註，〈漢詩需要革新〉，頁63-68。

屬於中國文學一環的鄉土文學，迅速地茁壯、開花、結果。……年輕的一代既沒有日文的羈絆，他們當然更少吟詠的觀念，自然地熔化在中國文學裡，……能發掘這些特質，探求個體的特殊性，我認爲可以給我們中國的文學添加更廣的領域。[9]

在此我想說的是，這些現在看來似乎是十分礙眼的「中國」或「祖國」、「中華民族」等等用字，相信怎樣都不能掩蓋這兩位先生對於台灣文學重大貢獻的事實。沒有他們當時以「中國」來稱呼（或說掩護）「台灣」，恐怕也不會有後來對於「台灣」必須成爲它自己的切身體認。而以上只是我信手拈來的資料，其他的例子太多了，更別提蔣經國去世的八〇年代，還有多少台灣本土詩人或作家紛紛寫了哀悼的文章。

二、五〇年代對於國民黨獨裁統治持有異議的台灣詩人究竟在哪裡？

曾貴海，以三位曾經獲得諾貝爾文學獎的詩人聶魯達、米洛舒、索因卡來與台灣五〇年代的余光中、洛夫、瘂弦、林亨泰進行類比，因而得出四人對於國民黨的獨裁統治是抱持「支持配合」或「無異議」的態度。這樣的並置比較，首先，實在是讓我與有榮焉；第二，我認爲這樣的類比，在批評的方法上是一個很大的陷阱，因爲，如果真的要突顯在台灣這四位詩人的「墮落」，不是應該列舉同樣活躍在同一個時代環境並且在同一個集權政體下的作家來相互比較，才是趨近這個議題設定的第一步嗎？

9　葉石濤：〈台灣的鄉土文學〉，收錄《葉石濤作家論集》（高雄：三信，1973年），頁1-12。

　　聶魯達原本是智利的官員，後來因為反對極端右翼的政權，因此被流放，輾轉待過蘇聯、義大利與美國等地，而米洛舒同樣也是在美國這個自由而民主的國家「流亡」了三十多年。但是反觀台灣的情況，我想當時的國民黨政府如果能夠「流放」楊逵、或是那最後被追捕而亡命的呂赫若，以及成千上萬的台灣菁英與人民，那麼，國民黨可能還算得上是仁慈的政黨吧？但是請想想，台灣當時的實際狀況是怎樣呢？五〇年代對於國民黨獨裁統治持有異議，而且能夠大聲說出來的台灣詩人在哪裡？不是遭遇不測，就是在監獄，當然，能夠流亡國外、獲得批判政府自由的，真的算得上是一種福氣。但是重點是，在反殖民或去殖民的工程中，怎能輕輕放過那個讓聲音消失、讓人「沒有異議」的集權機器？怎麼能夠不去深入探討集權的掌控？如何影響這些處於不同社會位置與文化資源的詩人們？並且我要質疑的是，將那些與殖民者處於同一位置的大學教授或軍人，又怎能與痛苦地學著殖民者語言的台灣作家等同視之呢？

　　所以，尤其在「去殖民」的論述中，將我和余光中、洛夫與瘂弦相提並論，這是多麼奇怪的類比。余光中等幾位先生，當時是在文化霸權底下擁有豐富的語言和文化資產的詩人，然而我在日本戰敗的一九四五年之時，已屆二十二之齡，到了這樣的年紀開始才要重新學習中文，甚至以之來創作，其困難的程度應該是可以想見的吧？而我在五〇年代所寫出來的文章，直到現在還不斷被嘲笑是「拙劣」的，[10]可不是嗎？比起外省

10　如作家郭楓先生一改過去對林亨泰作品的「讚美」如〈感覺靈光的詩美投影──評析林亨泰詩作藝術〉，2001年《台灣詩學季刊》第37期，文末還總結道：「無論如何林亨泰在台灣當代詩史上的位置，誰也無法抹去。」（頁43），怎麼才過不了幾年，最近卻開始高分貝批評林亨泰、錦連、詹冰等跨語世代的詩人是「仿東洋詩」的詩人，甚至在《台灣文學評論》六卷四號的訪談〈一生沉醉文學、友誼、愛情──專訪詩人郭楓〉中不但對林亨泰的詩作引用錯誤，並認為林與其他幾位跨語詩人作品拙劣不可取，

的作家，我的五〇年代也只有被嘲笑的份了。但是這種文字上的拙劣，不正是我痛苦跟轉機的來源嗎？

　　由於語言的障礙，以及生活上的種種原因，台灣的跨語言詩人當中，在五〇年代尚有作品發表的，可以說是非常少數，我算是當中稍微較具「能見度」的詩人之一（但這也是我老被某些評論者批判的原因）。但是試想，一個被迫跨語的創作者，如果不想放棄他的寫作生涯，其可能的路徑，或是努力融入官方所主導的主流文化，寫愛國詩、反共詩，不然就是揚棄官方所規範的價值，另闢蹊徑。我在現代主義時期的怪異書寫，多少也是對於中國「傳統」與「文字」的嘲弄。但是話說回來，五〇年代是外省作家獨壇勝場的時代，於是我不得不開始思考，如何在滿滿都是外省作家的文學空間中佔據一個位置的問題，而至少我的確是以「語出驚人」的方式，讓他們知道文壇中還有「本省人」的存在。

　　紀弦曾在《現代詩》的第13期中，以專文〈談林亨泰的詩〉評論我的詩作，這是他在《現代詩》第13期～第23期中對於當時台灣詩人絕無僅有的一篇評論，他寫道：

> 　　林亨泰的詩，有人說他太新，太怪，有人乾脆說看不懂……我曾在信札上應允幾位熱心的讀者，說要寫一篇文章，去幫助他們瞭解林亨泰的詩……他是本省人，現在服務於教育界，和我同行。早在日據時代，他就經常用日本文在當時的各報章雜誌上發表作品，而且已經出過日文的詩集了。本省讀者，差不多都知道他。光復後才開始學習祖國語文；而用中文寫詩，乃是近年來的事情。（頁66）

這種種說法實在令人十分困惑。

　　文壇被「佔據」是事實，但起碼在被佔據的情況下，想辦法不要被認為，「本省人」沒有過去、沒有文學、沒有詩歌。當然，等到時機成熟，擁有著相同歷史命運的「本省詩人」，也終於可以不必仰人的介紹與讚許，而集結自己的力量來肯定自己，那便是一九六四年《笠》詩刊的誕生。

　　另外我想，「中國種族文化主義與文學信仰者」這個頭銜在我的耳裡聽來是很荒謬的，五〇年代的時候，我連中文都寫不好、看不懂中國古文，不曾去過中國，而且在日治時期便被日本人灌輸中國人的各種醜陋形象，何來讓我成為「中國種族主義者」的材料？再者，我的確厭惡國民黨當時的集權與跋扈，我更是當中的受害者之一，但是請明白一件事情，當時「中國」並不完全等同於「國民黨」，而「外省人」、「中國人」跟「國民黨」也並不是那麼清楚地可以劃上等號的關係。換句話說，當時等同於霸權的是「國民黨政府」，而非中國。「中國」的形象逐漸與國民黨、外省人、霸權等等形象連結在一起，進而被「台灣人」所厭，是更後來的事情。

　　所以這裡甚至不是「認同」的問題，在我心中從未浮現「我與對岸那個大陸」有任何瓜葛的想法，我只認識台灣這個地方，我的想像力也僅及於此地。只能說，語言的「穿透力」是很厲害的，只要提筆寫字，只要寫的是中文，便不知不覺、同時也別無選擇地稱呼自己是「中國人」，而無「台灣人」或其他的選項。這就是國家機器透過語言來建立意識型態，而且如此穿透人心的地方。不過我還是必須強調，我肯定的是集體的「人民」，不管是「中國人」或「台灣人」，但是我從未肯定過霸權，我也從來都沒有說過讚美國民黨政府或領袖英明之類的話。

　　「台灣意識」並不是老早就明明白白、堅實而巍峨地聳立

在那裡，毋寧說，是一群擁有相似命運的人們，在他們所走過的曲折歷史、在大時代的思潮影響洗禮底下，以及共同面對命運困境的過程之中，逐漸被賦形、鍛鑄出來的。所以，如果我真的是「中國種族文化主義與文學信仰者」，那又何必大費周章另立《笠》詩刊？難道不是一種「共同命運」的召喚因而形成了笠詩社的凝結基礎嗎？而《笠》詩刊後來逐漸走上台灣自主性的立場，難道不是一開始就萌芽內發於其中的嗎？

我想台灣文學的成立也是一樣的吧？雖然我是長於日治時期的讀書人，我熱愛閱讀，但是說真的，我當時對於台灣的詩人與作家所知非常有限，而當我逐漸瞭解到台灣文學竟然是如此多采多姿，其實也正是在許多勤奮的學者如葉石濤、呂興昌、林瑞明、陳萬益以及張良澤、彭瑞金等教授們可敬的努力之下，在歷史的荒煙蔓草中，將遺落的碎片一一拾起，耐心而熱情地為我們逐一地拼湊、並且強化了台灣文學的圖像嗎？

三、林亨泰的作品不只有形式主義的作品

如前所述，我從四〇年代到二〇〇〇年之後的現在，一直都有作品生產，而每個階段的風格也都很不一樣，但是有一件讓我很困擾的事情，那就是，不知曾幾何時，評論者們老愛擷取我固定的那幾首詩，反覆徵引、並加以評論。對於這個現象，一方面欣見自己的作品有人關心，但也十分不解，我其實還有其他許多不同風格的詩作。就以五〇年代為例，如後來收入「鄉土組曲」的詩作，歌詠的大多是台灣鄉村的景致。奇怪的是，這些富於台灣意象的詩作為何鮮少被提起？

我的疑惑是，這難道不是落入「殖民者」——如果按照曾先生的修辭與理論脈絡來說的話——所設下的圈套嗎？「殖民者」的評論家們喜好「形式主義」（＝默認霸權）的作品，所

以他們多是擷取那固定的幾首擁有「形式主義」外觀的詩作來加以評論，但是，有著反省能力的本土評論者們，為何不去發掘其他面向、或與台灣相關的作品，而卻只是一再「複製」殖民者的喜好、追隨他們所設定好的框架呢？這讓我百思不解。

當然了，我的詩不像余光中、瘂弦或洛夫幾位先生那樣受歡迎，大型出版社不會對於我的詩集感到興趣，反正也看不到商機，而由呂興昌教授苦心孤詣所主編的《林亨泰全集》出版數量稀少且取得不易，所以這似乎造成在評論界或研究者那裡，總是喜歡反覆引用不斷出現的那幾首詩，尤其是《風景NO.2》，可以說是曝光率最高的一首。

而曾貴海也提到了這一篇，不過我必須說，我對於《戰後台灣反殖民與後殖民詩學》以及相關系列文章中的寫作策略感到十分不解與難以接受，文中只提到林亨泰五○年代的三首詩，然後就可以得出一個對我而言很沉重的結論，那就是「文化種族主義者」。我想問，到底是什麼理由，不去列出我在五○年代其他充滿台灣農村特色的詩作？為什麼連看都不看一眼我在其他年代明顯具有「反抗」意味的作品？但是在這樣的操作下，卻可以輕易而方便地滑入曾先生自己早已設定好的「大前提」，那就是，林亨泰對獨裁政權沒有反抗，因此是一種馴服。

但是在論到「反殖民」或「去殖民」的時候，卻不吝於引用陳黎、李敏勇等等寫於八○年代之後的作品，甚至是引用曾貴海自己在二○○四年所寫的「批判詩」，來標誌新一代的「新生與啟航」，反襯自己的勇敢與正義。這讓我覺得很殘忍，八○年代或二○○四年的政治環境能夠與五○年代的高壓威脅相比較嗎？對於我們這些曾經在恐懼中寫作的人是如此苛責，但卻為二○○四年能夠自由寫作的自己賦予反殖民的光環，這根本就像是把以前受過殖民壓迫的人們揪出來再剝削

一次、再扒掉一層老皮，然後責怪我們在那時候沒有英勇的表現，不能指著獨裁者的鼻子大罵，不像現在的他們，是有自覺的一群。

最後，我想附上我的四首詩作，算是一種記憶的喚回。

在應去的路上
擲下了應棄掉的歌
要說這是心變了嗎？
不，愛著正義的心仍依舊
變了的只是眼睛

從前不時流著淚
像日本少女底脆弱的眼睛
而今，眼睛的最深奧
有著一把嚴肅的火炬在燃燒
像從遠處回來
台灣正揚起她年輕的芳香
而把那火炬向整個樂土照照看
尋求有過苦難沒有
也要讓那火炬亮得使罪惡無處可逃
　　　　　　——〈新路〉，《新生報·橋副刊》

這首詩，算得上是我戰後初期「去殖民」的心路歷程吧！對當時的我而言，正是揮別「不時流著淚」、並且像「少女底脆弱的眼睛」的日本時代鄭重告別，而整裝待發後所踏上的嶄新旅程，則是「揚起她年輕的芬香」的台灣時代。期望以詩為火炬，驅趕「樂土」上的苦難。這是年輕時的熱情，只是萬萬想不到的是，此時尚能入詩的「台灣」這兩個字，不久之後，

就要被塗抹成為空白了，而只能化作「意象」，出現在詩作之中。以下兩首寫於五〇年代的詩，記錄的是台灣庶民生活中很讓人熟悉的兩幅畫面，一是每逢大拜拜的「鬧熱」，另一則是描述故鄉農民歸途的景象：

　　　村戲鑼鼓已鳴響……
　　　親戚從各地回來，
　　　而笑聲溫柔地爆發……

　　　村戲鑼鼓再鳴響……
　　　又有一批親戚回來，
　　　而笑聲更溫柔地爆發……

　　　村戲鑼鼓又鳴響……
　　　最遠的親戚也都到齊，
　　　而笑聲終於點燃花炮……
　　　　　　──〈村戲〉，《長的咽喉》

　　　與工作等長的
　　　太陽的時間
　　　收拾在牛車上

　　　杓柄與杓柄
　　　在水肥桶裡
　　　交叉著手

　　　喀噔　嘩啦嘩啦
　　　嘩啦　喀噔喀噔

穿過黃昏
回來
了……

——〈日入而息〉，《長的咽喉》

　　台灣村戲在演出之前，通常會先來一段大約三、四十分鐘
以鑼鼓為主的前奏，在這段前奏的進行當中，分散各地的親戚
們一批接著一批回來團聚，大夥們在這熱鬧歡樂的氣氛中談笑
家常，最後，爆竹一響，眾人們就座開始用餐。這是〈村戲〉
所描繪的場景，相信當時大部分的台灣人都會瞭解詩中所欲表
達的情景與氣氛。另外一首〈日入而息〉，寫的是農民隨著太
陽的西下而結束一天的勞動，裝盛水肥長短不一的杓柄以及水
桶農具，在牛車的前進之中交響著美妙的樂章，這樣的聲音在
黃昏時刻響遍整個農村，穿過黃昏的暮色而伴隨農民回到家
中，是對農民與勞動的一種禮讚。

　　另外，六〇年代初期的〈非情之歌〉，觸及的是對於二元
對立的不滿：

爲的什麼啊？
白的你
恨

爲的什麼啊？
黑的你
恨

在可愛的清晨裡
你們對立著

在莊嚴的黃昏裡
你們對立著

清晨流出的淚滴
濕遍了山河
黃昏流出的血液
染紅了海空
　　　　　　——《非情之歌》，〈作品第三十四〉

盲目的白與黑
這部悲慘的人類史
記述著無明與庸闇

啞者的白與黑
這部悲慘的人類史
記述著陰險與暴戾

聾者的白與黑
這部悲慘的人類史
記述著虛僞與冷酷

盲啞聾者的喜劇
這部悲慘的白與黑
記述著惡運與災禍
　　　　　　——《非情之歌》，〈作品第三十五〉

　　〈非情之歌〉寫於一九六二年，發表於一九六四年的《創世紀》。這一系列的詩作主要是採取了「黑」與「白」的意

象來貫穿，當時是冷戰正熾的時刻，整體的社會普遍瀰漫著二元對立的思考結構，而「非情」其實是日文，意思是「冷酷」、「無情」或「麻木不仁」的意思。也就是說，在〈非情之歌〉裡，一方面是意圖以黑白的意象結構來觀看世界與人生的百態，但更重要的，也是藉黑與白的對立，來質疑人類歷史永無止盡的衝突與犧牲。當然，就詩的效果來說，這黑與白就像「代號」一樣，在那言論還不自由的年代，可以任讀者來代換、投射他們心中的想像。

　　至於八〇年代，要寫批判詩，再也不是什麼需要隱晦的事情了。

　　　力量來自哪裡？
　　　　不是咬牙　　不是搥胸
　　　　不是埋怨　　不是流淚

　　　力量來自哪裡？
　　　　不必發誓　　不必焚身
　　　　不必廝殺　　不必流血
　　　力量來自哪裡？
　　　　什麼也不必做
　　　　只要輕輕地
　　　　但，堅定地　　說聲：「不！」

　　　三五個說，或許沒有什麼
　　　　但，如果是幾萬人
　　　　幾十萬人、幾百萬人
　　　　齊聲說：「不！」
　　　啊！

只要請你輕輕地
　　　　堅定地
請你說聲：「不！」

啊！
好好地保持你的生命
　　　　愛惜你的生命
等到適當的時候
請你說聲：「不！」
　　　　——〈力量〉

最後我想補充的一點是，反抗的形式有很多種，這或許是需要深究與定義的。我在五〇年代為何不用我的破中文寫「新民族詩型」或「愛國詩」，而是寫下了形式怪異的符號詩與描述台灣鄉村的詩作？這本身，難道不是一種「反抗」、或藉機突顯「台灣」的現實嗎？還有，我想問的是，縱使我們目前在修辭上傾向於將中國、外省人、國民黨、現代主義與霸權連結在一起，並且將台灣人、本土、現實主義、反抗推向論述的另外一端，但是，我們是否有足夠的理由相信，在殖民與被殖民複雜而幽微的關係底下，如此簡單的二分法，真的能夠幫助我們達成「去殖民」的工程嗎？我想，這是有待具反省能力的評論家們，必須為我們找到有足夠說服力的論述的地方。

（編按：曾貴海曾於二〇〇六年一月發表〈台灣戰後反殖民與後殖民詩學〉，《台灣文學》第57期，文中論及林亨泰，林亨泰撰此文以回應。）

——選自《文學台灣》第61期

凝視鄉土，心繫台灣
——林亨泰詩中的台灣圖像

柯玫伶

一、林亨泰之文學脈動

　　林亨泰，筆名亨人、桓太，一九二四年十二月十一日誕生於日據下的台中州北斗郡北斗街西北斗三百七十九番地，即今彰化縣北斗鎮七星里「奠安宮」媽祖廟附近。祖父林朝宗，家境富裕，曾任甲長。祖母王氏鍛。外祖父傅仲輝為一漢詩人。外祖母陳賢氏，為武館館長之女，精於武藝技擊。父親林仁薯[1]，母傅氏白瑜。其父原為糖廠之糖分檢驗員，後因不願在日人紅旗下服務，故辭職改習漢醫與西醫，在通過醫師資格考之後，正式掛牌執業。

　　林亨泰從小即接受嚴格的日文教育，在十四歲北斗公學校畢業前夕母親因難產而辭世。父親在百日內又續絃，林亨泰在心裡極度悲傷與沮喪的情境下，文學與閱讀成為其抒發哀傷最溫馨的臂膀。高中時即接觸到「新體詩」再加上此期間罹患惡性瘧疾，在缺課之時逛書店成為最大的享受，在此他發現了日本現代派的舊雜誌《詩與詩講》，對於歐美現代作家及文藝思潮相當傾心，雖然閱讀之時只是一知半解，然對他日後詩論思

　原名仁慈，戶籍登記時因諧音而誤寫爲仁薯，以致林亨泰從小被戲稱爲「蕃薯囝仔」，此後亦以自己有的富有台灣風味的綽號而竊喜。呂興昌：〈林亨泰四○年代新詩研究〉，收錄於《林亨泰研究資料彙編（下）》，頁378-446。關於林亨泰先生之成長背景與文學脈動之相關資料，呂興昌教授編訂之《林亨泰全集》〈共十冊〉，1998年出版。

· 187 · 凝視鄉土，心繫台灣——林亨泰詩中的台灣圖像 ·

考及實際創作，有相當程度的啟蒙。而他對日本說的興趣也漸從明治、大正時代的新體詩、自由詩轉向昭和初年的現代詩人作，如：西順三郎、春山行夫、北園克衛、荻原恭次郎等。另外他對「新感覺派」如橫光利、川端康成、申河與一等人的作品與理論也有所涉獵。甚至在太平洋戰爭躲空襲時，亦在防空洞中廣讀教育學、哲學、社會學與心理學，這些時期的閱讀，成為林亨泰先生往後創作與思考的養料。而其創作之風格與詩論的思考邏輯，吾人由其閱讀的興趣與方向亦可略見其所受到之啟蒙與影響。

而後他在一九四七年加入銀鈴會之時即以現實主義的手法，用日文創作了許多關懷社會的作品，如：社會苦難的描繪、現實政治的揭露、女性典型的塑造、原住民生活經驗的刻劃等，收錄在一九四九年出版的《靈魂の產聲》中，然《靈魂の產聲》未必能代表四〇年代創作的全貌，尚有收錄在《爪痕集》為避免白色恐怖，在一九八六年才發表的作品，《爪痕集》中所收錄的作品皆以漢譯成中文有〈圍牆〉、〈按摩者〉、〈被虐待成桃紅的女人〉、〈人類的鄉愁〉、〈忘卻〉、〈人間的悲哀〉、〈鳳凰木〉、〈年輕人的歌〉等。

在進入五〇年代因戰鬥文藝的風行，林亨泰曾有輟筆的念頭。直至發現紀弦的《現代詩刊》之後，發現了另一個創作的契機，也開始將其怪詩「符號詩」寄給紀弦。直到一九五六年二月紀弦正式宣告現代派成立。林亨泰列名於第一批「加盟」名單，其以前衛的詩觀，提出並發表了許多顛覆性、前衛的詩論與詩作。自《現代詩》十三期至十八期中發表了許多令詩壇戰慄、驚嘆的「符號詩」[2]，如〈輪子〉、〈房屋〉（第13期）；〈第20圖〉、〈Romance〉、〈噪音〉（第

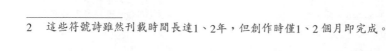

2　這些符號詩雖然刊載時間長達1、2年，但創作時僅1、2個月即完成。

14期）；〈車禍〉、〈花園〉（第15期）；〈進香團〉、〈電影中的佈景〉（第17期）；〈患砂眼的城市〉、〈體操〉（第18期），並引起詩壇的爭議與抨擊。並在十八期上發表〈符號論〉一反傳統詩觀對詩之抒情性及音樂性的強調。

發動現代派運動之時，林亨泰以縝密、冷靜的思考邏輯為現代派運動提供了理論建構的穩固根基，他認為現代派與象徵派是可以並進的，且現代主義乃是重拾中國文學傳統精華。即「對於傳統的再檢討，也就是純正的現代主義的必然結果」，並強調大多數的好詩皆是「主知主義」的知性詩，並澄清對紀弦所言「詩乃橫的移植，而非縱的繼承」，指出現代派在方法論上形成了「橫的移植」，在本質論上，即形成了「縱的繼承」等富有建設性的觀點。對於現代派的推動，林亨泰不只在詩論上倡導，亦落實在實際創作中，吾人從他富實驗色彩的符號詩即可發現他將象徵派理論及未來派、立體派的精髓融合並實踐在他的創作中，雖然符號詩在詩壇上引起了相當大的震撼，評論也呈現兩極化的傾向，然而若將符號詩的創作放至時代的脈絡來看，此亦是台灣詩壇上文學形式的創新與改革，這影響了白萩〈流浪者〉、〈蛾之死〉；桓夫〈雨中行〉；詹冰〈雨〉、〈水牛圖〉、〈二十支的試管〉等人圖象詩、具象詩的創作，亦是促成新詩創作多元化的觸媒。況且，林亨泰在現代派運動之前出版的詩集《長的咽喉》（1955）有對鄉土風情、人物的客觀描繪，可見對鄉土的關懷與眷戀早在五〇年代即在林亨泰敏銳的心田中萌芽。

一九六二年五、六月，林亨泰以黑與白的意象創作了知性色彩濃厚的《非情之歌》五十一首組詩，一九六四年發表在《創世紀》十九期。此後約有十年時間停止創作，但評論則未中斷。到了一九六四年，林亨泰與一群熱愛新詩，欲肩負起振奮當時昏昏欲睡的詩壇之使命的詩人們，如：桓夫、詹冰、

錦連、吳瀛濤、白萩、趙天儀等人[3]共同策辦笠詩社後，即被推選為首任主編。笠詩社成員多為本省籍詩人，以「笠」為名，具有相當濃厚的鄉土氣息，並以現實主義與鄉土關懷，為笠詩社的主要精神。因此，在笠詩社成立之時，林亨泰一方面仍未放棄現代派的前衛精神，並不斷在呼應世界文學潮流，一方面則融入台灣本土精神，在地緣關係上強調對本土的認識與關懷。他在《笠》詩刊中開闢了「笠下影」詩評、「詩史資料」、「作品合評」三個專欄，使詩人們由創作者兼具評論家，如此一來有助於詩人創作觀的多元化。作品合評專欄的開闢；激發了詩人的創作動機，亦促使詩人們在創作理念、技法上有所思考與反省，詩壇上因此也能容納各種不同的理念與聲音，此舉也加速促進詩人們的成長，而「詩史資料」則將新詩的發展脈絡紀錄下來，對於史料的收集與保存相當有貢獻，因此在笠詩社時期詩壇上呈現了一股前所未有的生命力與創造力，這股由詩人們共同凝聚起來的活力，使六○年代的詩壇因而活絡了起來。其六○年代的創作主要以《非情之歌》為代表，《非情之歌》將人生的複雜現象簡化成黑、白二個意象，為一知性色彩相當濃厚的知性詩。詩論仍以現代派理論的揭櫫及詩史的建樹為主，如：〈詩人當他創作時〉、〈概念的界限〉、〈非音樂的音樂性〉、〈台灣詩壇十年史一～二〉等探討詩人的創作觀、詩之本質與概念及詩的音樂性等問題，其在一九六八年出版了第一本評論集《現代詩的基本精神──論真摯性》，從詩人與讀者的角度來思考詩的創作、存在與價值，其中有對詩的真摯性之深刻探討亦有對詩人真摯之心的期許，更熔鑄了林先生獨特的美學觀點。

　　七○年代林亨泰先生因慢性腎臟炎而停止創作，但詩

3　笠詩社發起人共12人，除上述7人外，尚有古貝、黃荷生、薛柏谷、杜國清、王憲陽等人。

論則未中輟，發表的詩論有：〈我們時代裡的中國詩一～七〉、〈詩的三十年上～下〉、〈中國現代詩風格與理論之演變〉、〈意象論批評集一～五〉。此時期林亨泰的詩論延續了六〇年代探討現代主義的議題。如：現代詩的形式與內容及詩的音樂性等問題有更深入的探析。

八〇年代至九〇年代由於台灣國際情勢的變化與鄉土文學論戰的影響，鄉土意識逐漸在人們的心中生根，因此台灣精神的探索與民族意識的覺醒成為林亨泰在詩作上及詩論創作的主要內涵，林亨泰巧妙將現代主義文學與民族主義文學相連結，並企盼著台灣能發展出獨特的民族文學。可見他對現代主義的提倡與實踐並沒有與日俱減，而是不斷的加以修正並補充。另外他對現代派的吸納則加注了生命底層那血濃於水的台灣精神，因此在他的詩集如：《爪痕集》（1986）、《林亨泰詩集》（1986）、《跨不過的歷史》（1990）中有許多以台灣為題材、為主要關懷對象的作品。當然「台語」正是構成台灣文學最主要且不可或缺的首要條件，林先生亦有以台語創作的想法，然因身體狀況不允許，故只能心嚮往之。吾人從他在此時期所發表的詩論，如：〈抒情變貌的軌跡——由「現代派的信條」中第一條談起〉、〈現代詩的形式與內容〉、〈談現代派的影響〉、〈新詩的再革命一～二〉、〈台灣文學的構成條件〉、〈現代派運動的實質與影響〉、〈《現代詩》季刊與現代主義〉、〈笠詩社與台灣自主文化〉即可看出其創作與論述的主要內涵。

林亨泰先從銀鈴會時期的現實主義批判精神，進而跨越語言的鴻溝，拋棄日本殖民統治的語言枷鎖，以熱愛的中文創作，這其間經驗了語言轉換的摸索時期，這幾乎失語的一群詩人，若非憑著一股對台灣的強烈認同與熱愛，是無法超越語二言之鴻溝。因此呂興昌先生以「始於批判、走過現代、定位鄉

土」來詮釋林亨泰先生的創作歷程之特色，實是中肯之論。

二、詩論中的台灣意識

（一）以台灣精神爲本位

　　由於林亨泰生在台灣、立足在台灣，是故其對現代派的吸收與消化自然融入了血濃於水的台灣精神，再加上台灣所遭受的政治苦難，使詩人心中對台灣更有一份熱切的盼望與期待，於是在他的詩作中流露了對台灣及生長在這塊土地上的同胞的憐惜，於是因認同台灣而增長的「民族意識」漸漸在心中滋長，而「台灣精神」是什麼呢？

　　簡單的說，是以「故鄉——台灣」作為認同目標的「民族精神」，那麼「民族——精神」又是什麼呢？是為了認同「故鄉——台灣」而作的一種態度與自願的選擇。因此，也就是一種一提到「故鄉——台灣」就會感到榮譽與自尊的感覺。[4]

　　台灣人為了表示對自己土地、人民、社會的關心，並以此為「題材」的作品確實有可能成為台灣文學作品。[5]

　　綜合林亨泰的說法，所謂的「台灣文學」乃是作家因認同「故鄉——台灣」而作的一種態度與自願的選擇，且在心靈深處感到榮譽與自尊的感覺，並以此為題材，來關懷自己的土地、人民與社會所從事的創作歷程，當然「台語」正是構成台灣文學最自然而首要的基本條件，所以要確立台灣文學，必須先有台語這種語言才能論得清楚，是故台灣意識與台語是台灣文學的構成要件。而林亨泰本身亦是一認同台灣之詩人，他早在一九四八年即創作了「鄉土組曲」，可見台灣精神早已深深

4　林亨泰：〈從八〇年代回顧台灣詩潮的演變〉，收錄於《見者之言》，頁318。
5　林亨泰：〈台灣文學的構成條件〉收錄於《找尋現代詩的原點》，頁264。

的在他內心扎根、茁壯。

（二）強調民族文學與現代主義的結合

　　林亨泰在〈從八○年代回顧台灣詩潮的演變〉一文中，提出了建立「民族文學」的重要，並且在論「民族文學」時，主張要與「現代主義」結合，這個恢宏的詩觀代表林亨泰詩論已臻成熟。林亨泰是如何闡釋「民族文學」的重要性呢？他認為：一般人以為只有「民族主義文學」才是「民族文學」，這是太狹窄的看法。所謂「民族文學」[6]當然包括鼓吹反帝、反封建，而富有民族精神的「民族主義文學」，但是也包括了主張在方法論上的探討進行新發現的「現代主義文學」。追求文學方法論上的新嘗試，雖然在表面上看不出與「民族文學」有何關連，但事實上，這些在文學新技法上實驗的成果，可以使台灣詩壇詩創作的品質提昇，而對整個民族文學有所貢獻。而且若要民族主義文學成為該民族獨特的文學，也有賴於新技法的開拓和不斷的尋找適合於表現民族特色的技法。所以只肯定「民族主義文學」而壓抑，甚至排除「現代主義文學」，將使整個文壇偏重於一方，失去發展的平衡。且「民族文學」必須有包容力，才能夠壯大。一個因被過度擔心會「西化」、「失去傳統」，而拒絕接受任何外來影響力的「民族主義文學」，反而更容易陷於僵化而自我蒙蔽。而且就作家本身的創作而言，他想要如何創作，是任何人都干預不了的。他可以依照自己的興趣選擇題材和方向，這樣的自由創作，才是民族文學蓬勃的動力。由此看來，在「民族文學」的架構裡面，「民族主義文學」就形成了傳統的基礎，而「現代主義文學」就成為強化傳統的手段，這兩者的相輔相成就成了強韌

6　林亨泰：〈從八○年代回顧台灣詩潮的演變〉收錄於《見者之言》，頁325-326。

的「民族文學」。

因此欲建立「民族文學」，林亨泰認為必須先克服兩個難題，一是「主義」的問題：不管是「民族主義文學」或是「現代主義文學」，凡一個「主義」在過度擴張時皆會產生排他性，而無法正視其他的觀點與技法，唯有「主義」兩個字消除了之後，包容性才會產生。另一個難題則是「本質性」的問題：無論是「民族性」或「現代性」，這種「本質性」的探尋與發掘都是十分不容易的，往往需要長期的嘗試與探索才能獲得。是故，「民族文學」的建立，一方面要注意「主義」的過度膨脹，以免陷入劃地自陷的流弊中而不自覺，另一方面則要不斷探索「現代性」與「民族性」的本質在哪裡？林亨泰亦舉出美、日兩國成功的發展出其獨特的民族文學過程與例子以為印證，值得一提的是，日本在建立他們的民族文學時，亦吸收、消融了西方的文藝思想，並將此看做是必要並且必須徹底完成的過程。

基於美、日兩國成功發掘了自身之民族文學的經驗，林亨泰認為要讓自己民族的傳統成長，吸收別人的長處是必要的。因此，他認為自一九二〇年代～一九七〇年代這段長久時間以來，就「傳統」與「現代」的爭論應該停止了，且每個作家應當照自己的興趣與主張追求自己的創作，因為無論什麼「主張」、什麼「主義」，到最後都會成為自己民族文學的一部分的。而林亨泰強調要把現代主義與民族文學結合起來，他所認同的民族文學是什麼呢？他在〈鹹味的詩〉一文中云：「現代主義運動的歷史完結於台灣。然而這一段歷史，引導我們從法蘭西到美麗寶島的淡水河畔的台北。但是，現代主義運動的開始，在很重要的意味上說，也在這台灣[7]。」可見他所謂的民

7　林亨泰：〈鹹味的詩〉，《找尋現代詩的原點》，頁27。

族文學史明白的來說即是台灣文學，亦可以說其巧妙地結合了台灣精神與現代主義的技法，將現代化的精神與意義表現在不管是物質或是精神層面的日常生活中，以現代人之生活、情感與思想為出發點，融合現代主義的藝術技巧，真摯的將自己熱愛的土地上的人、事、物視為主要關心對象，創作出心底最真摯的詩，因為林先生相信唯有能呈現詩人內心深處的真摯律動的詩，才永遠能和讀者的心靈產生共鳴，因此，詩人的精神律動，緊貼著台灣的成長軌跡，詩人真摯地描繪出台灣的種種面貌，那獨特的台灣經驗，深深地牽動著讀者的精神律動，使讀者感受到詩人關懷台灣的真摯性。以下則將順著年代的脈絡，以詩作為例，逐一析探其不同年代之創作風格，期能一探林亨泰心中的台灣圖像，及其創作風格。

三、詩作中的台灣圖像

(一) 台灣鄉土寫真

　　林亨泰在一九五五年出版的第二本詩集《長的咽喉》中，收錄了〈鄉土組曲〉這個以描繪鄉土經驗及風物民情的專輯，〈鄉土組曲〉（1948），計有〈心臟〉、〈亞熱帶〉、〈農舍〉、〈鄉村〉、〈日入而息〉、〈小溪〉、〈村戲〉、〈國畫〉、〈賣瓜者的季節〉、〈黃昏〉等，在〈鄉土組曲〉中有對鄉土自然景物的描繪，也有對鄉村風俗民情的刻劃，可見林先生投身於現代主義的嘗試之後，卻未曾放棄對鄉土主題的關注，甚至，將現代派的藝術技巧熔鑄於鄉土風情中，可見他在吸收現代派的前衛技巧時，其詩作的基礎是根植於其所生長的土地上。林亨泰曾說：「……『鄉土』是自己的生活領域，也是創作者的根據地，是一個『中心』。誰說過一句話：『沒有故鄉的人是沒有中心的人，中心可以說就是

『根』。我想這是對的。我的〈鄉土組曲〉是早期的作品。開始寫的時侯，自然寫自己最熟悉的題材。於是『鄉土』就入詩了[8]。」由此主題可看到林亨泰對母土的深情關懷，及那呼之欲出的真摯情感。以下則依年代的脈絡，舉詩作為例。

　　林先生本土意識的萌芽明顯地展現在一九四八年台灣剛光復不久，所創作的〈新路〉[9]一詩。

　　　　在應去的路上
　　　　擲下了應棄掉的歌
　　　　要說這是心變了嗎？
　　　　不，愛著正義的心仍依舊
　　　　變了的只是眼睛

　　　　從前不時流著淚
　　　　像日本少女底脆弱的眼睛
　　　　而今，眼睛的最深奧
　　　　有著一把嚴肅的火炬在燃燒．
　　　　像從遠處回來
　　　　台灣正揚起她年輕的芳香
　　　　而把那火炬向整個樂土照照看
　　　　尋求有過苦難沒有
　　　　也要讓那火炬亮得使罪惡無處可逃

　　〈新路〉一詩描繪台灣光復後，即將脫離日本的殖民統治，踏上屬於自己的新路。首段詩中以在應去的路上，擲下了

8　〈有孤岩的風景〉原載《笠詩刊》79期，1977年6月15日。後收錄《林亨泰詩集》、《跨不過的歷史》、《見者之言》。
9　〈新路〉一詩於1948年10月6日發表於《新生報‧橋副刊》171期。未曾收入於任何詩集。

應棄掉的歌，訴說著台灣終可棄下日本國歌，高聲唱自己的國歌，然而這是因為人們的心變了嗎？對於這個疑問詩人提出了解答，說：「不，愛著正義的心仍依舊，變了的只是眼睛。」在此以眼睛來象徵台灣人的心聲，因為從前那雙不能自主的眼睛就像日本少女溫柔又脆弱的眼睛，不時的因無處可申的委屈而流著淚，如今，台灣人民的眼睛深處，有著一把象徵著正義的嚴肅火炬在燃燒，而台灣也像從遠處剛回到故鄉的少女，揚起她年輕的芳香與希望，正如自由女神一般，堅定地高舉著火炬，把那熊熊的火炬照著整個樂土，讓所有曾受過苦難的人們得到安慰與補償，而她最神聖的使命就是讓那火炬熊熊燃燒，使罪惡無所遁形。在此蘊含了詩人對台灣光復的欣喜之情與對未來遠景的殷切期盼，其中也熔鑄了詩人對台灣這塊母土的關注。

　　五〇年代《長的咽喉》詩集出版，《長的咽喉》詩集出版於現代派運動之前，可謂是現代主義之先聲，〈鄉土組曲〉詩作中對鄉土風物的描繪充滿了現代主義的影響，此詩集中尚有〈春、夏、秋、冬〉與〈風景NO.1〉、〈風景NO.2〉等詩描繪了台灣鄉土的風物與民情。以下則以：〈亞熱帶NO.1〉為例。

　　　　有胖的軌跡和胖的太陽，
　　　　有女人們在唱著胖的歌。
　　　　有肥豬睡在胖胖的空氣中，
　　　　有香蕉有鳳梨更有胖胖的水田。
　　　　　　　　──〈亞熱帶NO.1〉[10]

10　收錄於1972年出版之《長的咽喉・鄉土組曲》，後收錄於，1984年出版之《林亨泰詩集》、《見者之言》，頁37。

　　由於台灣位於亞熱帶地區，氣侯炎熱且四季如春，故詩人以「胖」的意象來形容因熱氣而產生的光影浮動，且「胖」字具有慵懶、富饒的感覺，因此詩人將軌跡、太陽、歌、空氣、水田皆以「胖」的意象來涵括，使整首詩呈現了炎熱、豐饒且自足的亞熱帶風情，而鄉間午后，人們與動、植物們那慵懶、閒散的意趣，從：女人們在唱著胖的歌，肥豬睡在胖胖的空氣中，與有香蕉有鳳梨更有胖胖「豐饒」的水田，表現得淋漓盡致。肥豬慵懶的睡在胖胖的空氣中，田野中則果實纍纍，一畦畦的水田生意盎然，而女人們也知足、快樂的唱著胖胖的歌，一幅豐饒、富足、閒適的亞熱帶鄉間景象就在詩人簡單而準確的意象經營中呈現出來。

> 季節啊
> 沒有缺口
> 花蕊啊
> 沒有皺紋　台灣四季如春
>
> 羅曼司的
> 秩序中
> 有漂流著鈞攝翹蘋
> 有閃爍著的爬蟲類……
> 　　　　──〈亞熱帶NO.2〉，《見者之言》，頁38

　　〈亞熱帶NO.2〉詩人以「沒有缺口的季節」及「沒有皺紋的花蕊」來形容台灣四季如春，沒有明顯的四季之分，因此季節總是像停留在春季一樣是沒有缺口的，花蕊也總是保持著春天盛開般的嬌艷，而沒有皺紋的，這也正是亞熱帶地區的氣侯型態──四季如春、花蕊繽紛，在這樣具有浪漫氣息的秩序

中，網翅類動物漂流著；爬蟲類動物閃爍著，耀眼的陽光使大
地有鮮明的色彩，萬物也充滿了生氣。

> 村戲鑼鼓已鳴響……
> 親戚從各地回來，
> 而笑聲溫柔地爆發……
>
> 村戲鑼鼓再鳴響……
> 又有一批親戚回來，
> 而笑聲更溫柔地爆發……
>
> 村戲鑼鼓又鳴響……
> 最遠的親戚也都到齊，
> 而笑聲終於點燃花炮了……
> ——〈村戲〉[11]

　　由於台灣是以農業起家的，因此對大自然相當崇敬與敬
畏，鄉民們為了祈求風調雨順，作物豐收，而有敬天祭神的儀
式，民間節慶也因此產生，在鄉間常因祭拜神明舉辦廟會，村
戲在廟會中是不可缺少的重頭戲，是為了酬謝神明賜予一年的
作物豐收。藉著廟會的祭神活動，親戚、朋友亦聚在一起共襄
盛舉，因此當村戲鑼鼓已鳴響，親戚們紛紛從各地方回來，熱
鬧的氣氛渲染開來，笑聲也溫柔地爆發，一幅熱鬧、歡愉的鄉
間喜慶景象如在目前。
　　第二節順著時間的脈絡，村戲鑼鼓再度鳴響，又有一批親

---

11 收錄於《長的咽喉‧斷想》輯中，在1972年出版《林亨泰早期作品集》第
　二輯《長的咽喉》中及1984年出版《林亨泰詩集》中則改置於《鄉土組
　曲》輯中，後收錄於《見者之言》，頁41。

戚回來，而笑聲在人聲鼎沸之中更溫柔地爆發。第三節村戲鑼鼓又一次的鳴響，等到最遠的親戚也都到齊之後，終於掀開了村戲的高潮，在絡繹不絕笑聲及眾人的等待中，終於點燃花炮了，好戲終於上場了，而每個段落「……」的符號代表著鑼鼓聲、笑聲、鞭炮聲及絡繹不絕的人群正在延續著，熱鬧的氣氛也未曾停歇。

　　此詩以同樣的句式，順著時間脈絡，將「鳴響的鑼鼓」、「各地方親戚」及「彼此的笑聲」，運用「已」、「再」、「又」、「最」、「更」的層遞方式依序增加，至最後「笑聲終於點燃花炮了」震耳欲聾的花炮聲終於揭開了村戲的最高潮，那種期待、熱鬧、歡樂的氣氛就在淳樸的鄉村沸騰起來。

　　　寂靜的日子
　　　水清澄
　　　河底砂上
　　　水靜止
　　　　　魚
　　　　　　　和
　　　　　魚

　　　寂靜的日子
　　　風透明
　　　河畔堤上
　　　風凝固

　　　　　草
　　　　　　和

草

——〈小溪〉[12]，《長的咽喉》

　　一詩流露著恬靜的鄉間氣息，作者透過自身的靜觀，將自身的情感融入萬物之中，因此萬物在詩人的靜觀之中皆是自然而美妙的，在詩人寂靜的心境中，一切物象也都是寂靜的。因此日子、水、風皆是寂靜的，寂靜的日子裡隱含著詩人一顆澄靜的心，於是水亦是清澄的，在近乎靜止的水中，「魚／和／魚」將游魚在水中或並列或參差游行的動態，藉由文字立體的排列巧妙的呈現出來，賦予文字立體性及善用文字設計性的排列是林亨泰先生在現代派時期的特色，因此在第一段詩人巧妙地的勾勒出心寂靜、水澄清、游魚歷歷可數的情境。

　　第二段在詩人澄靜的心境中，亦覺得風是透明、凝固的，靜止的風使原野中的草一根根的直立著，詩人亦如前一段將一根根不受風吹拂的「草／和／草」之靜止狀態表現出來。在詩人巧妙的文字安排中，魚和草則悠然的徜徉在大自然中，此詩可謂是詩人心境與物象結合的客觀呈現，為一情景交融的境界。

　　另外，〈日入而息〉、〈農舍〉亦為林亨泰先生鄉土風味濃厚之詩作，以下則逐一賞析。

與工作等長的
太陽的時間
收拾在牛車上

杓柄與杓柄

<hr />

12　收錄於1984年出版之《林亨泰詩集》，《長的咽喉·鄉土組曲》輯中，後收錄於《見者之言》，頁44。

在水肥桶裡
交叉著手

喀噔　嘩啦嘩啦
嘩啦　喀噔喀噔
穿過黃昏
回來
了……

────〈日入而息〉[13]，《長的咽喉》

　　此詩粹取「日出而作，日入而息」的意象勾勒出恬淡的
農村生活，第一節以農夫的作息時間乃跟隨著大自然的律動，
因而工作時間與太陽等長的意象，將農村生活的淳樸、崇尚自
然反映出來。而牛車又是耕稼者的得力助手，短短三句點出農
夫的辛勤及農村生活「帝力於我何有哉」的淡泊無爭。第二節
描繪了農夫收拾在牛車上的，除了農具之外，也收拾起白天的
辛勞，此時心中湧現了一種辛勤過後的輕鬆感，準備賦歸。接
著，詩人以牛車悠緩晃動之時，裝載其上的農具──杓柄與杓
柄在水肥桶裡交叉著手，以杓柄與杓柄交叉著手的擬人化手法
呈現出農人日暮而歸時，心繫著家人，與家人心與心的相繫，
那知足、歡愉的心境。而牛車在晃動之時，因不平的路面，杓
柄與水桶因撞擊所發出的聲音與車輪的聲音交織在一起「喀噔
喀噔嘩啦嘩啦」富有節奏感的響起。儼如一悠揚、耐人尋味的
鄉村小曲。末節詩人以文字縮減的技巧來表現暮色漸濃，陽光
隨著文字的縮減而漸漸隱沒，最後一個「了」字，將農人回到

13　〈日入而息〉收錄於《林亨泰早期作品集》第二輯《長的咽喉》中，1973
　　年，後收錄於《林亨泰詩集》，《長的咽喉·鄉土組曲》，頁25。再收錄
　　於《見者之言》。

家中，天色已暗，而輕鬆的情韻流盪在溫馨歡愉的家中之情味表露無遺。

　　詩中詩人以具體化形象表露出農村生活的自足與恬淡，並成功的以日光的推移來表現農人崇尚自然，以大自然為師的無為之心，淳樸的鄉村風味在字裡行間自然流露。此外，我們再以同樣富有鄉村風味的〈農舍〉一詩來做對照。

門
被打開著
　正廳
　　神明
被打開著
門

　　　　　　　——〈農舍〉[14]

　　首先矗立在眼前的是農舍的兩扇敞開的大門，跨進門檻即更看到正廳擺設的神明，短短六行詩十六個文字的排列組合將文字的圖像性發揮到極致，並把農舍的空間感具體的展現。而家家戶戶正廳擺設神明並敞開著大門的意象，除了表現出農民順應自然、敬天畏神的純樸民風之外，更將鄉間農家風貌藉著敞開大門的具體形象真實描繪，而這扇敞開的大門，亦意味著不設防且隨時敞開著的心門。詩人趙天儀云：「〈農舍〉這首詩，題材是鄉土的，表現卻是現代的，他以立體性形式的感覺來呈現台灣鄉土的農舍[15]。」詩中詩人以極其質樸的文字，客觀的呈現農舍的立體感與空間感，以文字的形象將圖象詩的旨

14　〈農舍〉一詩原載《野火詩刊》第3期，1962年8月，後收錄於《林亨泰詩集》，《長的咽喉·鄉土組曲》，頁29。再收錄於《見者之言》。
15　趙天儀：〈知性思考的暝想者〉，呂興昌編：《林亨泰研究資料彙編（上）》，頁207。

趣自然而無雕痕的表現，一幅農舍的景象歷歷在目，此詩不只描繪出農舍的客觀形象，還使人感知鄉村人民那真誠、開放的心靈。值得一提的是，《鄉土組曲》中對台灣農村風俗民情的自然描繪，顯然是寫實主義精神的延伸，然而他對台灣鄉村特點觀察的切入點與詮釋，及表現的藝術技巧則加注了現代主義色彩，亦可說這是四〇年代、五〇年代詩風的轉折之作。

　　七〇年代對於本土關懷的書寫，有〈台灣〉、〈美國紀行〉等詩，現以〈台灣〉一詩為例：

　　　以綠色畫上陸界的
　　　台灣，啊，美麗島
　　　住下了六十年後
　　　第一次離開了妳
　　　從雲上俯看，更能證明
　　　台灣，啊，妳是美麗的

　　　以白浪鑲嵌岸邊的
　　　台灣，啊，美麗島
　　　離開了一陣子後
　　　又回到了妳身邊
　　　從機場走出，竟然發現
　　　台灣，啊，妳是髒亂的
　　　　　　　　——〈台灣〉[16]

　　此詩表現了詩人在第一次離開台灣及再回到台灣時對這塊母土的情感與觀感。台灣這個從雲端往下看，以綠色畫上陸

16　原載《台灣文藝》96期，1965年9月15日。後收錄於《爪痕集》、《跨不過的歷史》、《見者之言》，頁150。

界的美麗島，在詩人住下了六十年後，第一次離開了這個美麗島。從雲上俯看，更能證明台灣在詩人的心目中是美麗的。然而這個四面環海，以白浪鑲嵌岸邊的美麗島，為何在詩人離開了一陣子後，又回到了這裡時，從機場走出，竟然發現，台灣是髒亂的。詩人在第一次離開台灣時，對於這塊孕育他的母土有著深厚的情感，在他的心目中台灣是美麗的，然而在詩人見聞了美國的種種之後，相較之下才發現這個以美麗島著稱的台灣竟然是髒亂的。這髒亂究竟是指政治上的明爭暗奪，或是社會治安的敗壞，或是人心的自私自利或是指國人公德心的缺乏，則須讀者細細品味。

對於鄉土風物民情與鄉土經驗的描繪，是林亨泰先生五〇年代創作一個重要的主題，亦是林先生慧眼獨具之處，在眾人紛紛談論著「橫的移植」之時，林先生將現代派的表現技巧扎根在鄉土的關懷中，作為鄉土精神的養料，因此五〇年代之〈鄉土組曲〉在表現技巧上明顯地與四〇年代與七〇年代之後現實主義的白描手法有所不同，一為象徵手法與意象經營的高度實驗，使詩作呈現出詩想新穎、意象凝鍊、語言鮮明等特色；一是寫實批判色彩的深度探討，尤其是七〇年代之後的創作，寫實色彩更為濃厚因而詩之敘述性較強，很明顯的詩之篇幅也較長。可見四〇年代之描繪鄉土是以現實主義精神為主，中間也有現代主義技巧的嘗試，五〇年代對鄉土的描繪則明顯地呈現出現代主義技法的實踐，然亦不失寫實主義的自然描繪，至七〇年代之後本土意識抬頭，於是以現實主義的批判手法來關注台灣本土，當中亦有現代主義精神的熔鑄，此時對台灣的描繪已不只侷限在鄉土風物民情，而著重在台灣的現實社會、政治或是現代生活的刻劃與批判，以下將逐一論述。

（二）社會現象的關切

　　林亨泰在一九四七年加入銀鈴會，銀鈴會同仁的創作精神可謂繼承了台灣新文學傳統之現實主義精神，及至後來的笠詩社，亦接繼了寫實主義之精神，著重對本土現實的關切。而詩人對歷史的使命感，及內心對社會的真摯關注，使描繪社會生活與現象的主題，成為詩人生命底層不悔的執著。因此在光復初期，詩人即將詩的觸角深入社會黑暗的角落，觀察到卑微人物的生活情況，在當時能直指社會生活與現象的詩作相當少，更顯現林亨泰的創作是體貼到生活上的。

　　四○年代關於台灣社會生活與現象的關切之詩作有：〈按摩者〉與〈被虐待成桃紅的女人〉、〈圍牆〉及〈人類的鄉愁〉等詩。〈按摩者〉與〈被虐待成桃紅的女人〉詩人描繪出在社會上較卑微、不被重視的小人物，他們總是活動於黑暗的夜間，在詩中詩人刻劃了他們面對生活時的辛酸與無奈，這當中有詩人對他們的關懷與欲揭示社會黑暗面的意圖，故頗富社會批判性。而〈圍牆〉一詩則將富豪人家每每以為只要砌起厚厚的圍牆就能保護自己的財產，詩人則認為「你無論如何的聰明，你無論如何的富豪，在隔不開的『原因』與『結果』之下，你所砌起的美麗圍牆是何等的不安全」此詩呈現了富豪人家心中那重重的圍牆，故此詩可謂揭示了人與人之間所產生的隔閡現象，並欲探討其根本所在。而〈人類的鄉愁〉[17]則描繪了在科學發達的社會中，人心的多方迷失。

　　　　由於科學發達的結果
　　　　有了預防注射
　　　　所以人類胳臂增粗了一吋

17　〈人類的鄉愁〉原日文載於《潮流》夏季號，1948年7月15日。此係林亨泰先生自譯，收錄於《爪痕集》、《見者之言》。

由於科學發達的結果
有了時速五、六十公里的汽車
所以有打瞌睡奔跑的旅行

「真累死我了！」
這句有閒階級太太的外交辭令
變成了時下魅力的表徵
都市的繁榮以酒家的多寡來衡量

在那裡男人以酒精代替了眼淚
在那裡擺設很多常綠樹的盆景
在那裡有紅咚咚的醉臉說：
「我現在雖然在故鄉
卻有著莫名的鄉愁啊！」
　　　　　——〈人類的鄉愁〉，《見者之言》，頁22

　　第一節揭示了科學發達的結果對生活所帶來的第一個顯
而易見的改變。當社會快速發展隨著科學發達的結果，發明了
預防注射之後，人類因為可以對許多病毒免疫並產生抗體，因
此也愈來愈健康，然而或許也是拜科技發達之賜，人類也漸漸
的攝取過多營養，而造成營養過剩，自然胳臂也因而增粗了一
吋。

　　第二節則延續著前面的節奏，揭示了因科學發達的結果
對生活所帶來的第二個改變。自從有了時速五、六十公里的汽
車，人類有了代步的工具，汽車在人類的高度運用下，形成有
打瞌睡奔跑的旅行。

　　第三節筆鋒一轉，揭示了因科學發達所帶來的負面影響。

雖然拜科技發達之賜，人們的物質、健康生活更為富裕了，然而人們似乎並不能珍惜科技發達所帶來的便利，反而被拿來證明自己的權勢、地位，正如享受慣了的有閒階級太太，她們總是口頭上掛著「真累死我了！」這句外交辭令，這樣的對話變成了時下魅力的表徵。而科技過度發展的結果則是以酒家的多寡來衡量都市的繁榮與否。

物質生活的不虞匱乏，卻造成了精神生活的荒蕪，於是酒家成為男人們精神壓力的避難所，在這裡男人將其生活上無處渲洩的滿腹辛酸與苦水，和著酒杯下肚，以酒精代替了眼淚；這裡雖然擺設很多象徵希望與生機的常綠樹的盆景，然而在燈紅酒綠的映照下，似乎沒人會去注意這些盆景。在這裡充滿了醉言醉語，總是看到一張張紅咚咚的醉臉喃喃的說著：「我現在雖然在故鄉，卻有著莫名的鄉愁啊！」身在故鄉，卻道鄉愁，是一高明的反諷。在此詩中詩人藉由科技的發達描繪出人類在擁有富裕的物質生活之後，精神生活卻是一片貧瘠，有了物質享受的人們卻不知苦悶的靈魂該往何處找尋出路，坐著打瞌睡的旅行並不能淨化人們的靈魂，於是有閒的官太太們紛紛喊著：「累死了」，承受著沉重壓力的男人企圖在酒家的紙醉金迷中尋找快樂，這樣的舉動正如那身在故鄉，卻道鄉愁的醉漢，他們的醉言醉語，除了揭示他真心中的茫然，在詩人客觀的描繪下，更顯出他們不以台灣為故鄉的矛盾心態。

五〇年代描寫台灣社會生活與現象的詩作有：〈擁擠〉、〈嘈雜〉二詩，表面上刻劃社會的擁擠、嘈雜的現象，實則有更深的意涵。

我擁擠
在車上，
而心碎了……

但，
馬路上，
更是擁擠的。

所以，
何處？
有我下車的地方！
　　　　　　　——〈擁擠〉[18]

擁擠的情境可存在於人心，車上與馬路上，在車上的擁擠，人與人對空間的爭奪幾乎要把心給擠碎了；然而在馬路上，依舊擠滿了車潮，在如此擁擠的生活環境中，人與人之間並沒有因距離接近而顯得親密，反而因有限的空間而必須相互競爭，因此詩人有股天地之大，竟無容身之處的慨嘆，此詩把現代社會人性的疏離、人與人之間的隔閡，及人們常有的孤獨感藉由生活空間的擁擠呈現出來。然而其深層意涵即是在五〇年代的政治、社會環境，令人聞之色變的白色恐怖，讓詩人無法對自己的國家產生認同感與歸屬感，因此「何處？有我下車的地方！」亦是詩人被籠罩在政治高壓的氛圍中，內心真實的聲音不能言的慨嘆，並抒發了其內心缺乏歸屬感的寂寥之情。另外〈嘈雜〉一詩亦與〈擁擠〉一樣，表面上在刻劃社會現象，實則寄託了深刻的意涵。

　　我的眼，有許多沙粒，

---

18 此詩於1955年出版之《長的咽喉》，《斷想》輯中，在1972年出版《林亨泰早期作品集》第二輯《長的咽喉》中及1984年出版《林亨泰詩集》中則改置於《渴》輯中。《見者之言》，頁71。

我的額，有許多蒼蠅。
我如此誕生於路旁的，
一切嘈雜也都屬於我。
　　　　──〈嘈雜〉[19]

　　在詩人的眼中「擁擠」與「嘈雜」是當時生活的普遍現象，台灣因地小人稠，對於空間的競爭成為人人心中的夢魘，於是擁擠、髒亂與嘈雜成為生活中人人必須隱忍且習以為常的一部分。若探究深層內涵則藉由〈嘈雜〉一詩揭露台灣人民在國民政府的高壓統治下，就如誕生在路旁沒人要的小孩一般，眼睛沾滿了沙粒，額頭停駐了許多蒼蠅，在如此髒亂的環境下誕生的孩子，不被允許擁有雪亮的雙眼來看清時勢和聰明的腦袋來思考未來，在強大的威權管制下，他們是卑微的，沒有人權的，因此正如路旁被人丟棄的小孩，只能屬於髒亂與嘈雜。在此指出了五○年代台灣人的處境。

　　七○至九○年代由於鄉土文學論戰的影響，使本土意識逐漸在詩人作家的心靈中扎根，因而此一主題在七○至九○年代之創作中數量較多，題材也著重於描寫生長在台灣這塊土地上的人物及其生活現象如：〈生活〉、〈商業大樓〉、〈事件〉、〈上班族〉、〈同座者〉、〈黃道吉日〉、〈有生之年〉、〈流行作家〉、〈回扣醜聞〉等。〈上班奴隸〉一詩，詩人微妙地刻劃了上班族們在趕著上班時，與時間競賽的情景。

19　此詩收錄於1972年出版之《林亨泰早期作品集》第二輯《長的咽喉》中及1984年出版《林亨泰詩集》中之《渴》輯中，另收藏於《見者之言》，頁72。

1
一早便起床
不爲了別的
只爲了上班

飯廳不在家
而在馬路上
也在車廂裡

2
站在路口
歪著脖子
不看前面
只看旁邊

不等前面綠燈
只顧旁邊黃燈
只是一閃
而不是亮
就往前衝

3
從某地搭車
三十分鐘後
從某地下車

一個呵欠
兩個呵欠

三個呵欠

4
時刻雖然已快到八點
店鋪整排地拉下鐵門
城市仍未完全清醒
只有上班族在奔走
只有紅綠燈在閃爍
只有司機瘋狂地開車
　　　　　──〈上班奴隸〉[20]

　　此詩如實的描繪了上班族的生活全貌，這群一早便須起床，不為了別的，只為了上班的上班族，在繁忙的生活步調下及時間就是金錢的商業信仰中，與時間的競賽成為上班族的生活寫照，因此他們沒有多餘的時間可以在家好好的享用三餐，於是他們的飯廳不在家裡，而是在前往上班途中的車廂裡或馬路上草草解決。

　　第二節則描述這群與時間競賽的上班族，在前往上班途中那匆促、急躁的面貌。他們站在路口時，歪著脖子時並不看前面，而只看旁邊，也等不及前面的綠燈亮，在旁邊的黃燈將亮而未亮，只是一閃的情況下，就急忙往前衝。

　　第三節則描繪了上班族一成不變的生活，及因忙祿往往睡眠不足。這群上班族總是在一個定點搭車，三十分鐘後，從某地下車。下車後面對新的一天及工作時，往往是連接不斷的呵欠。

　　第四節則描繪上班族的上班時間總在店鋪尚未開門之際，

20　原載《笠詩刊》151期，1989年6月15日，詩名改為〈上班奴隸〉，收錄《跨不過的歷史》。參見《見者之言》，頁168，詩名改為《上班族》。

城市仍未完全清醒之時，此時只有上班族們盲目且匆忙地在馬路上奔走，及與紅綠燈競速的瘋狂司機，而這群近乎瘋狂的司機，他們的目的只是為了將這群上班族及時送到公司。另外〈流行作家〉則描繪在這個追求流行、講求速食文化的社會中，流行作家也因此應運而生。

> 電梯狠狠震撼著骨骼
> 失重地升
> 二十世紀的樂園便近在樓上
> 電梯停靠之處
> 總覺得不花些錢是迂腐的
> 按鈕吧
> 經理先生擁有一副可愛的面孔
> 即將整個店鋪奉獻在您的面前
> 請、請、請……
> 女銷售員將熱忱的爲您服務
> 請買回一些東西吧
> 這不就是贖回體重的唯一辦法嗎？
> 電梯麻木地降
> 如果顧客依然空手而歸
> 這不知該算誰的過錯？
> 　　　　　　──〈商業大樓〉[21]

　　商業大樓揭示了這是個消費型態的社會，電梯狠狠震撼著人們所賦予的堅硬骨骼，毫無自覺、盲目失重地上升著，帶領著人們到達那近在樓上電梯停靠之處二十世紀的樂園，在這

21　〈商業大樓〉一詩原載於《笠詩刊》78期，1977年4月15日。《林亨泰詩集》、《跨不過的歷史》、《見者之言》，頁118。

邊，錢是萬能的，花錢者至上，因此不花錢在這裡是迂腐的。
按下計算機的按鈕吧，在顧客消費的同時，經理先生擁有一副
可愛的笑容，熱忱的將整個店舖奉獻在顧客的面前。美麗的女
銷售員，輕聲細語的將「請」掛在嘴邊，熱情、親切的為顧
客服務，希望顧客能買回一些東西。而買東西也成為現代人對
抗無聊、克服憂鬱、贖回體重的辦法。電梯麻木的降，載著一
群因物質慾望而麻木了理性的人們，如果顧客依然不為物質蒙
蔽、空手而歸，這不知該算誰的過錯？

　　四〇年代詩人將關懷的觸角深入社會黑暗的角落，這其中
蘊含著詩人對社會黑暗面的揭露及批判，五〇年代詩人則以簡
練的語言，鮮明的意象來刻劃社會擁擠與嘈雜的現象，然而這
當中寄託了詩人對高壓政治的感懷，並藉著現代主義隱喻的手
法來反諷當時沒有人權的政治現象。七〇年代之後，詩人對於
社會生活與現象這個主題的關懷層面更加開闊。舉凡：車禍事
件的描繪、忙著與時間競賽的上班族，刁鑽蠻橫的同座者、因
貪念而造成的回扣醜聞、提供瘋狂消費園地的商業大樓及因挑
選婚喪禮俗的黃道吉日而造成的交通阻塞，皆在詩人對真實生
活細膩的刻劃中，展現了現代人的生活全貌，林亨泰先生並巧
妙地運用批判手法提供讀者一個反思的空間，此亦是詩人匠心
獨具之處。

（三）現實政治的諷喻

　　對於現實政治的諷喻，是詩人關懷國家、社會的具體表
現，基於愛之深、責之切的殷殷企盼，詩人們秉持著其深刻的
歷史使命，對於現實政治站在監督者的角度給予客觀的批判，
並期許執政者能因而下視民聽。了解所有平民百姓心之所願。

　　四〇年代〈群眾〉一詩以人民的立場來檢視二二八事件。
揭示了那群不被關愛及重視的卑微群眾，其實是深知真相的一

群，他們雖然卑微、沉默，卻不是無知的，一旦被施以不公、不義的不合理對待，他們那激憤的怒火，終究會有燎原之威力。另外由林亨泰先生《靈魂の產聲》中〈詩與題名〉[22] 一詩可看出詩人在創作時所承受的重大政治壓力。

> 是受了誰的吩咐？
> 我的筆怎麼這樣不停地揮動著，
> 像被颱風給吹捲著一樣，
> 變動了現在的位置，
> 迷失了應去的方向，
> 更不知道要到達的地方。
>
> 詩的題名就是在那一場風暴停息之後，
> 以復甦的理智，
> 猜造般判斷出來的。
> 假如那風暴洶湧得太厲害，
> 那麼我將想不出那詩的題名來。

　　此詩由詩人不知如何為詩題名之因，漸漸推演其果。首段即由詩人作家們不停地振筆疾書，原來他們受到了象徵強權的颱風的影響，由於創作並非來自自由意志，因此詩人作家們迷惘了，變動了自我的價值觀，迷失了應去的方向，更不知道要到達的地方。

　　第二段點出了詩的題名就是在那一場政治風暴停息之後，知識份子們在回顧這場慘絕人寰的政治暴力所帶來的殺傷力時，以脫離了政治強權之後慢慢復甦的理智，在詩人作家們極

22　〈詩與題名〉，《靈魂の產聲》，漢譯後收錄於《林亨泰詩集》，頁7。

端隱喻的技巧中猜謎般判斷出來的。但是假如那風暴洶湧得太厲害，禁錮了人們的思想，使詩人作家們紛紛將創作的心靈封閉了起來，那麼將無人能為那場瘋狂的政治風暴做見證，而那首人人不敢寫的詩，也沒有人敢想出那詩的題名來。在此詩的底層輕輕流瀉出一種歷史回顧的悲涼情懷，由此吾人亦可看出林亨泰先生當時曾一度欲輟筆的緣由。

五○年代因處於戰鬥文藝與白色恐怖的政治氛圍中，詩人作家們不能言亦不敢言，對於政治這個敏感的話題，人人噤若寒蟬、避之唯恐不及，因此政治諷喻這個主題在林亨泰先生五○年代的創作中相當少，只有類似〈嘈雜〉一詩以隱喻的方式呈現。

七○年代至九○年代，由於言論自由的空間日益開放再加上台灣在國際上、政治上、社會上遭遇了許多衝擊與挫折，如：保衛釣魚台運動、退出聯合國、與日本斷交等，台灣的國際地位在此時期產生劇烈的改變，於是一向以中國自居的台灣社會，知識份子們開始意識到在國際間存在的危機，使知識份子們自覺到文化上必須繼承民族傳統文化、建立具有民族風格的文學，於是詩人作家們在創作時往往以斯土、斯人為主要關懷對象及創作題材，且台灣不能一直處於依賴中國或其他國家的現況，須漸漸在國際中嶄露頭角，因此在政治上對民主思想是否能真正推行，亦是知識份子們關心的課題，因而林亨泰即以現實主義精神的描繪筆法，勾勒出現今的政治現象，或以設問法的方式引導讀者去思考當今政治問題出在哪裡，而後即以批判現實的手法，揭示出政壇上諸多政客的政治花招及戀棧權位的醜態，亦或直指民主的真義，林亨泰在此主題的創作量甚豐，詩質亦佳。如：〈力量〉，（《見者之言》，頁152）、〈主權的更替〉，（《跨不過的歷史》，頁82）、〈賴皮狗〉，（《見者之言》，頁190）、〈一黨

制〉，（《見者之言》，頁194）、〈老膃肭獸〉，（《跨不過的歷史》，頁86）、〈迴旋夢裡的人民〉，（《跨不過的歷史》，頁90）、〈國會變奏曲〉，（《見者之言》，頁188）、〈選舉〉，（《見者之言》，頁198）、〈照鏡子〉、〈宮廷政治〉等，以下逐一探討。

力量來自哪裡？
　不是咬牙　不是搥胸
　不是埋怨　不是流淚

力量來自哪裡？
　不必發誓　不必焚身
　不必廝殺　不必流血

力量來自哪裡？
　什麼也不必做
　只要輕輕地
　但，堅定地　說聲：「不！」

三五個說，或許沒有什麼
　但，如最是幾萬人
　幾十萬人、幾百萬人
　齊聲說：「不！」

啊！
　只要請你輕輕地
　　　　　堅定地
講你說聲:「不！」

啊！
　好好地保持你的生命
　　　愛惜你的生命
等到適當的時侯
請你說聲：「不！」
　　　　　──〈力量〉[23]

　　詩人以疑問句的方式，引導讀者去思索「力量來自哪裡？」接著詩人指出八個人們最常做且誤以為可以表現力量的舉動，如：咬牙、搥胸、埋怨、流淚、發誓，甚至以較激烈且自傷傷人的方法，如：焚身、廝殺、流血。然而如此的行動是無法找尋到真正的力量。詩人認為真正的力量來自心底最真實且堅決的聲音，發之於外而為輕聲且堅定地說聲：「不！」個人堅定的力量或許有限，然而，若是幾萬人、幾十萬人、幾百萬人，齊聲說：「不！」眾人心底真實的聲音將匯集成洶湧的大海，凝聚成一股可使天地為之變色的巨大波濤，這股力量將是無與倫比、所向披靡的。因此力量的來源是個人內在真實的聲音。在慢慢累積、凝聚了眾人堅定的信念之後匯集而成的一股眾志成城的強大力量。因此詩人認為欲求改革、革新不必用自傷傷人的激烈手段，而是要以理性好好地保持、愛惜自身的生命，等到適當的時侯，只要輕輕地、堅定地，說聲：「不！」。

　　一個下來

23　〈力量〉原載於《笠詩刊》137期，1987年2月15日，又刊於《民眾日報‧鄉土副刊》1987年3月18日。收錄於《跨不過的歷史》，又收錄於《見者之言》，頁152。

一個上去
跟班兒辦事的
也有幾個人跟著下來
也有幾個人跟著上去

但是請問：
什麼是民主？
它的定義
不該只是上台謝客罷了
不必驚動大學教授們——
只要順便翻開一下
小學生常用字典就有：
「一國的主權，在於全體人民的
叫做民主。」

事實上
曾經由林肯口中傳開而來的
　民有、民治、民享
不就是
憲法上既美麗又莊嚴的條文嗎？
　民族、民權、民生

這些故事
　如果從盧梭算起應該有兩百多年
　如果從林肯算起應該有一百多年
　如果從孫文算起也有七十多年罷

啊！

用了種種藉口，
　　從人民那裡借去的
　暫用的
　臨時的
主權啊！
主權
啊！
　代表的不表，
　不代表的代表
　一年……
　而又一年……
主權啊！
主權

　　　　──〈主權的更替〉[24]

　　此詩詩人先以客觀描繪的手法，來呈現今之政治常態。在政壇中政客的上上下下、來來去去早已是司空見慣的事，然而這些參政者是否曾經冷靜的思考過：到底什麼是民主？接著詩人即從各個角度來探索民主的真義，詩人指出民主的定義，不該只是我們平常在電視上看到的一幕幕政客上台謝票模樣，也不必驚動大學教授們，請大學教授來幫我們下定義，只要順便翻開一下，小學生常用字典就有：「一國的主權，在於全體人民的叫做民主。」

　　而民主思想的源頭，那由林肯的口中傳開而來的──民有、民治、民享，正是我們憲法上既美麗又莊嚴的條文──民

24　〈主權的更替〉原載《台灣文藝》110期，1988年3-4月，又刊載於《文星》118期，1988年4月1日，後收錄於《跨不過的歷史》，頁82，《見者之言》，頁156。及呂興昌先生編：《林亨泰全集三》，頁52。

族、民權、民生的思想，如果從盧梭算起應該有兩百多年，如果從林肯算起應該有一百多年，如果從孫文算起也有七十多年罷。這個歷經百年而依然流傳下來的思想正表示它是經得起考驗的。雖然民主的思想與定義人人皆知，然而在上位的人卻總是為了滿足個人掌權私心而刻意遺忘，於是用了種種藉口，不管是用暫用的或是臨時的名義，從人民那裡借走了只屬於人民的主權。人民或由於無知，或迫於強制的無奈，被剝奪了最重要的權利——主權。於是具有政治野心的政客們開始在政壇你爭我奪，致使政壇上出現了名為民意代表的職銜，實質上卻不知民意，或是在政壇上充斥著一群無法代表民意的代表。於是人民的主權就這樣一年又一年的淪喪，任憑政客們將人民最重要的權利玩弄於股掌之間，這就是人民主權淪喪的悲劇。

> 當他大步地從高台上走下來
> 想跟你握手想熱情地擁抱你
> 你就忘了他原本就是屬於高台上的？
>
> 不管用什麼方式關懷你擁抱你
> 由上而下總不能說是民主
> 真正的民主唯有由下而上
>
> 推出跟你一起熬過長夜的台下人吧
> 擁戴跟你一起堅守鄉土的台下人吧
> 好讓台下人有機會管理台下的事情吧
> ——〈選舉〉[25]

---

25 此詩原載《自立晚報·本土副刊》1992年11月26日。後收錄於《見者之言》，頁198。

　　在民主社會中，選賢與能是人民的權利與義務，此詩即欲反諷現今政壇上美其名為民主的選舉方式，其實並不是真正的民主，以揭露民工的真諦。第一節提醒選民要睜亮雙眼，不要因為候選人大步地從高台上走下來，想跟你握手想熱情地擁抱你，就忘了他原本就是屬於高台上的。接著詩人提出自己對民主的觀點，認為不管用什麼方式關懷你、擁抱你，由上而下的對待方式總不能說是民主，真正的民主精神是把人民當做國家的主人，政府官員則是人民的公僕，因此溝通方式是由下而上的。

　　而後詩人呼籲選民要了解民主的真諦，在冷靜的思考後，推出並擁戴能跟選民一起熬過長夜、熱愛鄉土且能堅守鄉土的台下人。好讓能了解台下人心之所向及真正需要的人有機會管理台下的事情。

　　桌子上
　　玩具鋼琴

　　白鍵
　　黑鍵

　　只有
　　一音
　　　　　　　──〈一黨制〉[26]

　　詩人巧妙的藉由玩具鋼琴上的黑、白兩鍵上其實只有相同的一個音，來諷喻現實政治表面上鼓吹廣納眾言、人人有言論

26　此詩作於1989年，收錄於《跨不過的歷史》，再收錄於《見者之言》，頁194。

自由的民主之聲，然而執政黨的威權與專制，使國家政治表面看起來有兩黨在相互監督、抗衡，實質上則由執政黨在掌權、專政，民主如虛設的框架。

　　四〇年代由於二二八事件的衝擊，知識份子受到莫大的打壓，在巨大的統治威權下紛紛被迫三緘其口。使得許多文人作家忍氣吞聲的放棄了文學，或有輟筆的念頭。在如此的政治環境下，林亨泰先生只有以隱喻的手法，以青苔來比喻那群深知真相的廣大群眾，故創作了〈群眾〉一詩以揭示二二八事件的慘絕人寰。顯而易見的，由於四〇、五〇年代籠罩在威權式的政治統治中，因此林亨泰對現實政治這個主題亦是沉默以對，直至七〇年代言論自由的空間開放之後，這個主題成為詩人最關切且最重視的主題，詩人以冷靜、客觀的觀照刻劃了政客們戀棧權勢的醜態，如：〈照鏡子〉、〈宮廷政治〉、〈賴皮狗〉、〈演戲〉、〈老膃肭獸〉等，另一方面諷刺美其名曰民主，實則施以威權專制的政治現象之詩篇有：〈一黨制〉、〈國會變奏曲〉。而後揭示民主的真諦，教育民眾民主的實質內涵的詩作有：〈力量〉、〈主權的更替〉、〈迴旋夢裡的人民〉、〈選舉〉等詩。在此，詩人以深刻的歷史意識感及他對時代的敏感，直指現實政治的醜陋面貌，林亨泰曾云：「文學以其獨特的文體風格，不自覺受到感化而自然地指入人心，以潛移默化的方式形成一種態度，其可貴之處也就是在於深入政治所無法涉及的精神領域之中[27]。」

　　執起文學之筆，林亨泰先生在批判並揭露現實黑暗面的同時，是希冀藉由文學的潛移默化，使正確的人生觀能深入人心，在揭露現實政治的醜態之時，亦期望著人們能拋除人類的劣根性，超脫於人類的慾望之上而遨遊於精神領域中。

---

27 林亨泰：〈文學與政治〉，原載於《首都早報》（1989年11月8日），後收錄於《找尋現代詩的原點》，頁206。

結論

　　林先生以樸實的語言，知性的筆調，貼近台灣現實的題材，現代化的闊闊胸襟勾勒出台灣的風土民情、社會現象及現實政治，其中有他對台灣的關懷及批判，最難能可貴的是他的詩有深刻的生命關懷與土地認同，賞讀其詩即可發現詩中描繪了台灣的諸多面貌，不管是人情味濃厚的鄉土民情，抑是醜陋的政治醜態，皆如實地展現在其知性的筆下。因此吾人可察覺其詩的美感乃來自生活的真摯與內心感情的敦厚，在整個藝術形式的完美體現，他崇高的歷史意識使詩作流露出現實主義的批判色彩，運用寫實主義精神之批判思辯及現代主義揭櫫的現代化精神來表達對社會的關懷。故他的詩呈現著隨時將自我當做觀察對象，並以現代人的生活面貌與環境假以批判的色彩，此亦是現代主義融合現實精神之獨特風格。

　　綜觀他的詩作，鄉土的描繪是林亨泰先生五○年代的創作中一個重要的主題，鄉土精神的覺醒，林亨泰是頗有自覺的，他在五○年代運用現代主義技法來描繪鄉村風土民情，七○年代的創作亦延續這樣的主題，有所不同的是融合了現實主義精神的描繪手法並將主題扣緊在本土意識上。在題材方面，五○年代多集中在鄉土人情風物的描繪，如：〈亞熱帶NO.1〉、〈亞熱帶NO.2〉、〈鄉村〉、〈黃昏〉、〈小溪〉、〈村戲〉、〈農舍〉、〈日入而息〉、〈賣瓜者的季節〉、〈春、夏、秋、冬〉、〈風景NO.1〉、〈風景NO.2〉等等。七○年代之後則著重於以寫實主義的描繪手法刻劃台灣本土的全貌，舉凡：生活事件、社會現象、政治型態等等，如：〈生活〉、〈弄髒了的臉〉、〈事件〉、〈台灣〉、〈主權的更替〉、〈賴皮狗〉、〈國會變奏曲〉等。這位如隱士般的詩人，早在五○年代即以鄉土精神、鄉土經驗為創作的題

材，並以冷靜的智慧來觀照這塊他熱愛的土地，進而將其所見、所聞，以批判手法引導讀者深入思索，因此詩作總使人有洞察人生的體悟，而他對鄉土的深情關懷對詩壇而言，乃開風氣之先，對於鄉土文學的創作有著示範的作用。林亨泰先生以客觀的批判手法，現代主義的知性筆調，及寫實主義的本土關懷，開展了其創作生命，因此稱林亨泰先生為一「涵納傳統、現代與鄉土三種詩精神的開放的寫實的[28]」詩人，林亨泰先生是當之無愧的。

——選自《第五屆府城文學獎得獎作品專輯》

參考書目

《靈魂の產聲》，（日文詩集銀鈴會潮流叢書），1949年。
《長的咽喉》，（新光書店出版），1955年。
《爪痕集》，（笠詩刊社出版），1986年。
《林亨泰詩集》，（時報文化出版），1986年。
《跨不過的歷史》，（尚書文化出版）1990年。
《現代詩的基本精神》，（笠詩刊社出版）1968年。
《找尋現代詩的原點》，（彰化：彰化縣立文化中心），1994年。
《見者之言》，（彰化：彰化縣立文化中心），1993年。
陳千武：〈光復前後台灣新詩的演變〉，《笠雙月刊》130期，1985年。
劉捷譯：〈西洋近代詩之流派〉，《笠雙月刊》133期，1986年。
李魁賢：〈台灣的現代詩〉，《笠雙月刊》135期，1986年。
戴寶珠：〈「笠詩社」詩作集團性之研究〉，《笠雙月刊》197期，1997年。

---

28 〈現實主義詩潮的勃興〉，收錄於劉登翰等編《台灣文學史（下）》，（海峽文藝出版社，1993年），頁378。

【附錄】
林亨泰研究書目

蘇茵慧整理

一、專論

- 呂興昌編：《林亨泰研究資料彙編》（彰化：彰化縣立文化中心，1994年）。
- 侯育秀、王宗仁編：《福爾摩沙詩哲：林亨泰文學會議》（彰化：彰化縣立文化中心，2002年）。
- 康原：《八卦山下的詩人・林亨泰》（台北：玉山出版社，2006年）。
- 林巾力：《福爾摩沙詩哲：林亨泰》（台北：印刻出版社，2007年）。

二、學位論文

- 阮美慧：〈分論（二）：林亨泰論〉，《笠詩社跨越語言一代詩人研究》（台中：東海大學中國文學研究所碩士論文，1997年），頁103-142。
- 柯奐伶：《林亨泰新詩研究》（台南：成功大學中國文學研究所碩士論文，1999年）。

三、相關研究評介

- 微醺：〈概評「冬季號」〉，《潮流會報第1期》，（1949年3月）。
- 紀弦：〈談林亨泰的詩〉，《現代詩》第14期，（1956年4月），頁66。
- 余光中：〈古董店與委託行之間〉，《掌上雨》（台北：文星書店，1964年）。
- 柳文哲（趙天儀）：〈論詩的語言的純粹性〉，《笠詩刊》第1期，（1964年6月），頁10。
- 沙白：〈笠的衣及料：我看《笠詩刊》兩年來的詩創作〉，《笠詩刊》第13期，（1966年6月），頁4-10。
- 白萩：〈我欣賞的現代詩〉，《笠詩刊》第22期，（1967年12月），頁44。
- 鄭炯明：〈評介《現代詩的基本精神》〉，《笠詩刊》第24期，（1968年4月），頁17-19。
- 江萌：〈一首現代詩的分析〉，《歐洲雜誌》第24期，（1968年12月）。
- 林鐘隆：〈《林亨泰詩集》的風貌〉，《台灣日報》，（1972年1月）。
- 陳明台：〈笠的精神：追記林亨泰先生的談話〉，《笠詩刊》第47期，（1972年2月），頁10。
- 白萩、張默等人：〈林亨泰作品回顧特展〉，《水星詩刊》第9號第4版，（1972年5月10日）。
- 江萌：〈譜風景（其二）一詩的示意〉，《創世紀》第34期，（1973年9月），頁12-16。
- 旅人：〈林亨泰的出現〉，《笠詩刊》第72期，（1976年4月），頁10-42。
- 康原：〈訪林亨泰談文學創作中的感情〉，《台灣日報》（1979年2月3日）。

- 江萌：〈一首現代詩的分析：林亨泰的〈風景〉〉，《現代詩導讀（六）》，（1979年11月）。
- 張彥勳：〈探討銀鈴會時代的重要詩人及其創作路線〉，《笠詩刊》第111期，（1982年10月），頁35。
- 康原：〈靈魂的初啼聲：小論林亨泰早期作品〉，《台灣時報》（1982年10月19、20日）。
- 白雲生（康原）：〈不被遺忘的巨靈：簡介詩人林亨泰及作品〉，《彰化雜誌》第4期，（1983年1月）。
- 張默：〈林亨泰：風景之二〉，《商工日報》第9版，（1983年7月2日）。
- 喬林：〈學習筆記〉，《詩人坊》第6集，（1983年10月）。
- 喬林：〈回看林亨泰〉，《笠詩刊》第118期，（1983年12月），頁36-37。
- 吳晟：〈溫厚的長者〉，《笠詩刊》第118期，（1983年12月），頁38-39。
- 陳千武：〈詩人林亨泰與風景〉，《文訊》第6期，（1983年12月），頁281-288。
- 康原：〈八卦山下的詩人：林亨泰〉，《台灣時報》，（1984年4月23日）。
- 郭淑芬：〈非情之歌──「林亨泰詩集研討會」〉，《現代詩》第6期，（1984年6月），頁32-57。
- 趙天儀：〈知性思考的暝想者：論林亨泰的詩〉，《台灣詩季刊》第5期，（1984年6月），頁21-29。
- 趙天儀：〈晚秋：表現季節變化的詩〉，《大家來寫童詩》（台北：欣大出版社，1985年）。
- 鄭炯明：〈從林亨泰《長的咽喉》談起〉，《笠詩刊》第125期，（1985年2月），頁52-55。

- 黃綺雲：〈我的丈夫林亨泰〉，《笠詩刊》第139期，（1987年6月），頁72-73。
- 古添洪：〈現代詩裡「現代主義」問卷及分析〉，《文學界》第24期，（1987年11月），頁86。
- 鄭明俐：〈非情詩人〉，《大華晚報》第10版，（1988年4月22日）。
- 林燿德：〈疾射之箭‧每一剎那皆靜止〉，《聯合文學》第56期，（1989年6月），頁47-50。
- 吳新發：〈非情世界〉，《聯合文學》第56期，（1989年6月），頁40-46。
- 林婷：〈開放文學教育的花果——專訪本土現代詩人林亨泰〉，《自由青年》第721期，（1989年9月），頁50-55。
- 林于竝：〈我家有個詩人：五張書桌五個公事包〉，《聯合報》第29版，（1990年5月27日）。
- 康原：〈詩史的見證人：跨越語言一代的詩人林亨泰先生〉，《文訊》第75期，（1992年1月），頁106。
- 呂興昌：〈林亨泰四〇年代新詩研究〉，（1992年8月2日）。（鐘理和逝世三十二週年紀念暨台灣文學學術研討會）
- 呂興昌：〈走向自主性的世代：林亨泰詩路歷程簡述〉，《自立晚報》第19版，（1992年11月8～10日）。
- 陳千武：〈知性不惑的詩：評介林亨泰〉，《自立晚報》第19版，（1993年8月19日）。
- 三木直大：〈台灣の語言の外國教育：詩人林亨泰の場合〉，《視聽覺教育研究》第7、8合刊號，（1994年3月）。
- 劉捷：〈見者之言〉，《台灣新聞報》第17版，（1994年8月2日）。

- 三木直大：〈靈魂の産聲：台灣詩人的日本語詩集〉，《人間文化研究》第三卷，（1994年）。
- 邱婷：〈身處語言交替年代：林亨泰夾縫中澆灌新詩〉，《民生報》（1995年3月26日）。
- 邱婷：〈林亨泰：台灣詩運發展的見證人〉，《文訊》第117期，（1995年7月），頁28-29。
- 岩上：〈釋析林亨泰〈宮廷政治〉一詩〉，《笠詩刊》第190期，（1995年12月），頁86。
- 呂興昌：〈現實取向的現代詩〉，《種子落地·台灣文學評論集》（彰化：賴和文教基金會，1996年），頁225-281。
- 康原：〈台灣詩人林亨泰〉，《文訊》第123期，（1996年1月），頁77。
- 康原：〈林亨泰的風景〉，《彰化青年》第303期，（1996年4月）。
- 林耀堂：〈遇見詩人〉，《自立晚報》（1996年6月30日）。
- 黃粱：〈新詩點評(7)——溶化的風景〉，《國文天地》第136期，（1996年9月），頁70-72。
- 三木直大：〈悲情之歌——林亨泰的中華民國〉，《笠詩刊》第197期，（1997年2月），頁84-99。
- 張默：〈陽光陽光，曬長了脖子——林亨泰的詩生活探微〉，《聯合文學》第150期，（1997年4月），頁124-135。
- 李魁賢：〈步道上的詩碑——林亨泰〉，《笠詩刊》第203期，（1998年2月），頁195-196。
- 柯菱伶：〈林亨泰四○年代詩中女性關懷〉，《雲漢學刊》第5期，（1998年5月），頁43-64。
- 彭瑞金：〈林亨泰——走過現代、定位本土的詩人〉，《台

灣新聞報》（1998年10月19日）。

- 呂興昌：〈林亨泰全集〉，《彰化藝文季刊》（彰化：彰化縣立文化中心，1999年1月），頁62-65。
- 柯夌伶：〈凝視鄉土，心繫台灣——林亨泰詩中的台灣圖像〉，《第五屆府城文學獎得獎作品專集》（台南：台南市立文化中心，1999年6月），頁276-328。
- 康原：〈林亨泰「鄉土組曲」的北斗經驗〉，《聯合報》第37版，（1999年6月18日）。
- 康原：〈林亨泰「鄉土組曲」的北斗經驗〉，《聯合報》第37版，（1999年6月19日）。
- 林淇瀁：〈五〇年代台灣現代詩風潮試論〉，《靜宜人文學報》第11期，（1999年7月），頁45-61。
- 陳秉貞：〈台灣現代詩史的見證者——林亨泰詩論研究〉，《台灣人文》第4號，（2000年6月），頁117-140。
- 陳慧文：〈既美麗、又有超能力——淺談林亨泰的詩〉，《中央日報》第22版，（2000年6月9日）。
- 陳凌：〈詩史之眸〉，《台灣詩學季刊》第37期，（2001年11月），頁6-7。
- 趙天儀：〈論林亨泰的詩與詩論——現實主義與現代主義的對話〉，《台灣詩學季刊》第37期，（2001年11月），頁9-16。
- 三木直大：〈林亨泰中文詩的語言問題——以五〇年代現代詩運動前期為中心〉，《台灣詩學季刊》第37期，（2001年11月），頁17-30。
- 郭楓：〈感覺靈光的詩美投影——評析林亨泰詩作藝術〉，《台灣詩學季刊》第37期，（2001年11月），頁31-44。
- 蕭蕭：〈台灣現實主義詩作的美學特質——以林亨泰為驗證重點〉，《台灣詩學季刊》第37期，（2001年11月），頁

45-64。

- 孟佑寧：〈林亨泰詩語風格「異常句」、「走樣結構」之分析──以《林亨泰詩集》為分析場域〉，《台灣詩學季刊》第37期，（2001年11月），頁65-81。

- 丁旭輝：〈林亨泰符號詩研究〉，《國立編譯館館刊》第30卷第1、2期合刊本，（2001年12月），頁349-367。

- 林政華：〈稱呼林亨泰為「詩哲」的一段秘辛〉，《台灣新聞報》第13版，（2001年12月19日）。

- 陶保璽：〈景也，亨泰！舍也，亨泰！思也，亨泰！──讀林亨泰的詩，兼論圖象詩的思維走勢〉

- 康原：〈跨越語言的台灣詩人──林亨泰與陳千武〉，《台灣月刊》第238期，（2001年10月），頁19-21。

- 蕭蕭、白靈編：〈林亨泰簡介〉，《新詩讀本》（台北：二魚文化公司，2002年），頁102-103。

- 林政華：〈由銀鈴會而現代派而笠詩社，本土派詩哲──林亨泰〉，《台灣新聞報》第9版，（2002年11月13日）。

- 林政華：〈由銀鈴會而現代派而笠詩社，本土派詩哲──林亨泰〉，《台灣古今文學名家》（桃園：開南管理學院通識教育中心，2003年），頁57。

- 葉狼：〈致林亨泰〉，《笠詩刊》第233期，（2002年2月），頁82。

- 吳為恭：〈詩請一生──林亨泰〉，《自由時報》第13版，（2003年8月3日）。

- 康原：〈八卦山的詩景──關於林亨泰的詩〉，《自由時報》第44版，（2003年8月22日）。

- 方艾鈞：〈林亨泰：以現代詩探索生命深層〉，《書香遠傳》第5期，（2003年10月），頁40-41。

- 劉正忠：〈主知‧超現實‧現代派運動：台灣，1956-

1969〉，《台灣詩學學刊》第2期，（2003年11月），頁127-152。

· 蕭蕭：〈林亨泰呈現的現實主義美學〉，《台灣新詩美學》（台北：爾雅出版社，2004年），頁181-207。

· 曾麗壎：〈現代派本土詩人──林亨泰〉，《Taiwan News財經·文化周刊》第117期，（2004年1月），頁94-95。

· 黃崇軒：〈詩、語言與真實的密不可分：第八屆國家文藝獎文學類得主：林亨泰〉，《台灣文學館通訊》第5期，（2004年9月），頁60-63。

· 蔡依伶：〈家在彰化，林亨泰〉，《印刻文學生活誌》第14期，（2004年10月），頁94-101。

· 彭瑞金：〈林亨泰──走過現代、定位本土的詩人〉，《台灣文學50家》（台北：玉山社出版公司，2005年），頁282-289。

· 曾貴海：〈台灣戰後反殖民與後殖民詩學〉，《文學台灣》第97期，2006年1月。

· 張聰秋：〈林亨泰筆耕勤，字字台灣情〉，《自由時報》（2006年1月）。

· 康原：〈賞讀林亨泰的詩──〈鞦韆〉與〈弄髒了的臉〉〉，《台灣現代詩》第5期，（2006年3月），頁91-95。

· 陳義芝：〈1950年代林亨泰的前衛試探〉，《台灣詩學論壇》二號，（2006年3月）。

· 康原：〈散文──少年詩人林亨泰〉，《幼獅文藝》第630期，（2006年6月），頁110-114。

· 台灣文學館：〈作家身影──陳千武·林亨泰·鍾肇政〉，《台灣文學館通訊》第11期，（2006年6月），頁8-13。

· 林巾力：〈想像「現代詩」：以林亨泰五○年代的「現代主

義」建構為例〉，《中外文學》第410期，（2006年7月），頁111-140。

• 蔣美華：〈走過「現代」・定位「本土」的「現實」詩美學——康原《八卦山下的詩人・林亨泰》評介〉，《文訊》第253期，（2006年11月），頁16-18。

• 蕭蕭：〈林亨泰的詩：八卦所開展的多向現實諷喻〉，《明道文藝》第368期，（2006年11月），頁66-80。

• 胡彩蓮：〈台灣現代主義詩人林亨泰研究〉，《彰中學報》第24期，（2007年1月），頁257-284。

• 蕭蕭：〈林亨泰：建構台灣的新詩理論——細論林亨泰所開展的八方詩路〉，《土地哲學與彰化詩學》（台中：晨星出版社，2007年），頁41-83。

• 康原：〈台灣詩人林亨泰〉，《追蹤彰化平原》（台中：晨星出版社，2008年），頁144-155。

• 林巾力：〈台灣現代主義詩歌的「自我」觀：以林亨泰為討論中心〉，彰化師範大學：林亨泰詩與詩學國際學術研討會，2009年6月5日。

• 游喚：〈應用文心雕龍分析林亨泰詩論〉，彰化師範大學：林亨泰詩與詩學國際學術研討會，2009年6月5日。

• 蕭蕭：〈林亨泰與東螺溪的文化繫連及其形象思維〉，彰化師範大學：林亨泰詩與詩學國際學術研討會，2009年6月5日。

• 陳義芝：〈語言與時代的雙重斷裂：林亨泰前衛詩學探查〉，彰化師範大學：林亨泰詩與詩學國際學術研討會，2009年6月5日。

• 阮美慧：〈位置、配置與佔位——林亨泰於五〇年代「現代詩」運動中之詩作與詩論實踐〉，彰化師範大學：林亨泰詩與詩學國際學術研討會，2009年6月5日。

- 翁文嫻：〈「抒情」之外的開展——林亨泰知性即物美學之探討〉，彰化師範大學：林亨泰詩與詩學國際學術研討會，2009年6月5日。
- 李癸雲：〈尋找林亨泰中的女性身影〉，彰化師範大學：林亨泰詩與詩學國際學術研討會，2009年6月5日。
- 孟樊：〈林亨泰的現代詩詩體論〉，彰化師範大學：林亨泰詩與詩學國際學術研討會，2009年6月5日。
- 柯夌伶：〈泰筆直書台灣真情——林亨泰詩作主題探析〉，彰化師範大學：林亨泰詩與詩學國際學術研討會，2009年6月5日。
- 三木直大：〈人的存在——林亨泰詩的現在〉，彰化師範大學：林亨泰詩與詩學國際學術研討會，2009年6月5日。
- 洪子誠：〈林亨泰的詩論〉，彰化師範大學：林亨泰詩與詩學國際學術研討會，2009年6月5日。
- 金尚浩：〈論林亨泰詩從六〇至八〇年代的軌跡轉變〉，彰化師範大學：林亨泰詩與詩學國際學術研討會，2009年6月5日。

四、林亨泰詩觀及評論他人作品相關研究

- 林亨泰：〈關於現代派〉，《現代詩》第17期，（1957年3月），頁32。
- 林亨泰：〈談主知與抒情〉，《現代詩》第21期，（1958年3月）。
- 林亨泰：〈黃荷生和他的詩集《觸覺生活》〉，《現代詩》第21期，（1958年3月）。
- 林亨泰：〈鹹味的詩〉，《現代詩》第22期，（1958年12月）。

- 林亨泰：〈白萩的詩集《蛾之死》〉，《創世紀》第12期，（1959年7月）。
- 林亨泰：〈孤獨的位置〉，《現代詩》第39期，（1962年8月）。
- 林亨泰：〈盒與火柴〉，《好望角》，（1963年4月）。
- 林亨泰：〈紙牌的下落〉，《創世紀》第18期，（1963年6月）。
- 林亨泰：〈概念的極限〉，《創世紀》第19期，（1964年1月）。
- 林亨泰：〈笠下影：詹冰〉，《笠詩刊》第1期，（1964年6月），頁6。
- 林亨泰：〈笠下影：桓夫〉，《笠詩刊》第3期，（1964年10月），頁4-6。
- 林亨泰：〈笠下影：吳瀛濤〉，《笠詩刊》第3期，（1964年8月）。
- 林亨泰：〈笠下影：錦連〉，《笠詩刊》第5期，（1965年2月），頁6-8。
- 林亨泰：〈精神與方法〉，《笠詩刊》第6期，（1965年4月），頁3。
- 林亨泰：〈笠下影：紀弦〉，《笠詩刊》第6期，（1965年4月），頁4-6。
- 林亨泰：〈笠下影：楊喚〉，《笠詩刊》第7期，（1965年6月），頁8-11。
- 林亨泰：〈詩人當他創作時〉，《現代詩頁》第7期，（1965年6月）。
- 林亨泰：〈笠下影：方思〉，《笠詩刊》第8期，（1965年8月），頁23-26。
- 林亨泰：〈詹冰的詩〉，《笠詩刊》第8期，（1965年8

月），頁72。

- 林亨泰：〈台灣詩壇十年史（一）〉，《笠詩刊》第22期，
  （1967年12月），頁18。
- 林亨泰：〈台灣詩壇十年史（二）〉，《笠詩刊》第23期，
  （1968年2月），頁35-38。
- 林亨泰：〈詩的本質〉，《笠詩刊》第37期，（1970年6
  月），頁2。
- 林亨泰：〈我們時代裡的中國詩（一）〉，《笠詩刊》第54
  期，（1973年4月），頁91-97。
- 林亨泰：〈我們時代裡的中國詩（二）〉，《笠詩刊》第55
  期，（1973年6月），頁57-60。
- 林亨泰：〈我們時代裡的中國詩（三）〉，《笠詩刊》第56
  期，（1973年8月），頁54-57。
- 林亨泰：〈詩的三十年（上）〉，《創世紀詩刊》第34期，
  （1973年9月），頁17-20。
- 林亨泰：〈我們時代裡的中國詩（四）〉，《笠詩刊》第57
  期，（1973年10月），頁32-34。
- 林亨泰：〈詩的三十年(2)──光復前（下）〉，《創世紀詩
  刊》第35期，（1973年11月），頁11-12。
- 林亨泰：〈我們時代裡的中國詩（五）〉，《笠詩刊》第58
  期，（1973年12月），頁29-31。
- 林亨泰：〈我們時代裡的中國詩（六）〉，《笠詩刊》第59
  期，（1974年2月），頁62-64。
- 林亨泰：〈我們時代裡的中國詩（七）〉，《笠詩刊》第61
  期，（1974年6月），頁64-67。
- 林亨泰：〈表現的自由〉，《創世紀詩刊》第37期，（1974
  年7月），頁10-28。
- 林亨泰：〈詩與現代自我之確立〉，《笠詩刊》第74期，

（1976年8月），頁46-49。

- 林亨泰：〈中國現代詩風格與理論之演變〉，《詩學（一）》，（1976年10月）。

- 林亨泰：〈寫作與責任〉，《中華文藝》第12卷第2期，（1976年10月），頁98。

- 林亨泰：〈文學創作的生理基礎〉，《中華文藝》第12卷第5期，（1977年1月），頁4-8。

- 林亨泰：〈想像力的兩極性〉，《詩人季刊》第9期，（1977年12月），頁1。

- 林亨泰：〈詩觀〉，《美麗島詩集》（台北：笠詩社，1979年）。

- 林亨泰：〈意象論批評集(1-2)〉，《笠詩刊》第92-93期，（1979年8-10月），頁36-37。

- 林亨泰：〈意象論批評集(3)：桓夫的「窗」〉，《笠詩刊》第95期，（1980年2月），頁28。

- 林亨泰：〈談非馬的詩〉，《笠詩刊》第96期，（1980年4月），頁51-60。

- 林亨泰：〈「笠」的回顧與展望〉，《笠詩刊》第100期，（1980年12月），頁27-29。

- 林亨泰：〈陳秀喜的「花絮」〉，《笠詩刊》第101期，（1981年2月），頁40-41。

- 林亨泰：〈中國現代詩理論與風格的演變〉，《大學國文選》，（台中：中興大學，1981年）。

- 林亨泰：〈抒情變革的軌跡——由「現代派的信條」中的第一條說起〉，《中外文學》第10卷第12期，（1982年5月），頁32-46。

- 林亨泰：〈現代詩的「形式」與「內容」〉，《現代詩》第1期，（1982年6月），頁7-9。

- 林亨泰：〈關於「詩的語言」〉，《笠詩刊》第110期，（1982年8月），頁4。
- 林亨泰：〈談現代派的影響〉，《笠詩刊》第115期，（1983年6月），頁18。
- 林亨泰：〈新人作品評析〉，《笠詩刊》第117期，（1983年10月），頁38-40。
- 林亨泰：〈從「迷失的詩」到「詩的迷失」〉，《現代詩》第6期，（1984年6月），頁1。
- 林亨泰：〈現實觀的探求〉，《創世紀詩雜誌》第65期，（1984年10月），頁208-214。
- 林亨泰：〈詩的創作〉，《文訊》第18期，（1985年6月），頁56-63。
- 林亨泰：〈跨越語言一代的詩人們：從「銀鈴會」談起〉，《笠詩刊》第127期，（1985年6月）。
- 林亨泰：〈非馬作品討論會〉，《文學界》第15期，（1985年8月），頁4-17。
- 林亨泰：〈張彥勳與銀鈴會〉，《笠詩刊》第132期，（1986年4月），頁9-11。
- 林亨泰：〈探求原始風景〉，《台灣文藝》第100期，（1986年5月），頁87。
- 林亨泰：〈燈的呼喚：關於〈室內設計〉〉，《中國時報》（1986年11月25日）。
- 林亨泰：〈強化現代詩體質的探討〉，《台灣文藝》第106期，（1987年7、8月），頁4。
- 林亨泰：〈銳利知性〉，《現代詩》第11期，（1987年12月）。
- 林亨泰：〈批評家的良識〉，《笠詩刊》第144期，（1988年4月），頁1。

- 林亨泰：〈新詩的再革命（1）〉，《笠詩刊》第146期，（1988年8月），頁137-144。
- 林亨泰：〈新詩的再革命（2）〉，《笠詩刊》第147期，（1988年10月），頁136-144。
- 林亨泰：〈健步的語言意象〉，《中國時報》第1版，（1988年10月24日）。
- 林亨泰主持、張信吉記錄：〈台灣孤立的哀愁——兼論桓夫「見解」一詩座談會〉，《笠詩刊》第150期，（1989年4月），頁4-22。
- 林亨泰：〈走過的存在〉，《笠詩刊》第151期，（1989年6月），頁9-10。
- 林亨泰：〈浮存太平洋的台灣：兼論白萩〈領空〉一詩〉，《笠詩刊》第151期，（1989年6月），頁130-144。
- 林亨泰：〈「銀鈴會」的史話〉，《台灣文藝》第118期，（1989年7月），頁6-12。
- 林亨泰：〈現代詩的基本精神〉，《漠耘》第6期，（1989年7月）。
- 林亨泰：〈銀鈴會與四六學運〉，《台灣春秋》第10期，（1989年7月）。
- 林亨泰：〈半白事記〉，《台灣春秋》第10期，（1989年7月）。
- 林亨泰：〈從八○年代回顧台灣詩潮的演變〉，《世紀末偏航》（台北：時代文化公司，1990年）。
- 林亨泰：〈文學功能的兩輪：作者與讀者〉，《中時晚報·時代文學》第30期，（1990年10月21日）。
- 林亨泰：〈抽離的咬痕——論簡政珍的詩集《歷史的騷味》〉，《聯合文學》第76期，（1991年2月），頁174-177。

- 林亨泰：〈真空妙有〉，《中時晚報・時代文學》第48期，（1991年2月）。
- 林亨泰：〈還是寫作最瞭解你〉，《聯合報》第25版，（1991年4月29日）。
- 林亨泰：〈《詩與台灣現實》序〉，《笠詩刊》第163期，（1991年6月），頁108-113。
- 林亨泰：〈發光的圖騰──評〈幻愛〉詩組曲〉，《中國時報》第31版，（1991年10月8日）。
- 林亨泰：〈解讀卑瑣的一種方法──賞析〈清道婦〉〉，《聯合報》第25版，（1991年10月30日）。
- 林亨泰：〈現代詩裡的幾個特殊現象〉，《現代詩點線面》（豐原：台中縣立文化中心，1992年）。
- 林亨泰：〈賴和的反向思考〉，《彰化人雜誌》第11期，（1992年1月）。
- 林亨泰：〈父親意象與母語肉聲：莊柏林詩集《西北雨》讀後感〉，《台灣時報》（1992年1月22日）。
- 林亨泰：〈立體的存在：論台灣現代派運動的實質及影響〉，《中時晚報・時代文學》第112期，（1992年5月）。
- 吳梅記錄、林亨泰主持：〈江自得詩集：《那天，我輕輕觸著了妳的傷口》合評〉，《笠詩刊》第169期，（1992年6月），頁127-141。
- 林亨泰：〈「詩永不滅」論〉，《中國時報》第35版，（1992年8月7日）。
- 林亨泰：〈兩隻閱讀現實的眼睛：姚嘉文《台海一九九九》〉，《自立晚報》第19版，（1992年10月2日）。
- 林亨泰：〈近代化胎動的顫聲〉，《中國時報》第27版，（1993年1月17日）。
- 林亨泰：〈台語詩的雙層重疊結構〉，《苦楝若開花》

（1993年）。

• 林亨泰：〈現代派運動與我〉，《現代詩》第20期，（1993年7月）。

• 林亨泰：〈九歌版藍星詩的歷史意義〉，《台灣詩學季刊》第4期，（1993年9月），頁17-18。

• 林亨泰：〈《現代詩》季刊與現代主義〉，《現代詩》第22期，（1994年8月），頁18-27。

• 林亨泰：〈我是「笠」的首任主編〉，《中央日報》第18版，（1994年12月23日）。

• 林亨泰：〈銀鈴遺聲：銀鈴會文學觀點的探討〉，《台灣詩史「銀鈴會」論文集》（彰化：彰化縣立文化中心，1995年）。

• 林亨泰：〈論詩二題〉，《中國時報》，（1997年12月29日）。

• 林亨泰：〈現代詩的光芒──巫永福的「枕詩」〉，《笠詩刊》第215期，（2000年2月），頁115-116。

• 林亨泰：〈趙天儀的〈海岸〉〉，《笠詩刊》第217期，（2000年6月），頁74-76。

• 林亨泰：〈現代詩的光芒(3)──李魁賢的〈鼓聲〉〉，《笠詩刊》第218期，（2000年8月），頁79-80。

• 林亨泰：〈研究「笠」詩刊的基本原點〉，《文學台灣》第36期，（2000年10月），頁237-238。

• 林亨泰：〈現代詩的光芒(4)──杜潘芳格的〈中元節〉〉，《笠詩刊》第219期，（2000年10月），頁130-132。

• 林亨泰：〈岩上的〈舞〉〉，《笠詩刊》第220期，（2000年12月），頁81-83。

• 林亨泰：〈停滯與革新──從我的角度來看戰後的現代詩意識〉，《笠詩刊》第222期，（2001年4月），頁116-129。

• 林亨泰：〈現代詩的光芒──葉笛的〈火和海〉〉，《笠詩

刊》第227期，（2002年2月），頁108-112。

- 林亨泰：〈初識詹冰──銀鈴會中令人雙眼為之一亮的存在〉（2003年11月）（應真理大學邀請之專題演講）。
- 林亨泰：〈生命的躍動：生生不息的台灣文學〉，《聯合報》第E7版，（2003年11月10日）。
- 林亨泰：〈戰後初期的台灣文學〉（2003年11月30日）（應東海大學中文系之邀演講專題）。
- 林亨泰：〈我的想法與回應──針對曾貴海的論點〉，《文學台灣》第61期，（2007年1月），頁60-83。

五、訪談、傳記及動向

※ 訪談
- 陳明台、謝秀宗：〈詩話錄音〉，《笠詩刊》第23期，（1968年2月），頁29-34。
- 廖莫白：〈詩的防風林：林亨泰訪問記〉，《幼獅文藝》第289期，（1978年1月），頁136。
- 雁撫天：〈現代詩人的基本精神〉，《創世紀》第47期，（1978年5月），頁51。
- 康原：〈詩人的回憶：林亨泰訪問記之一〉，《文學界》第2期，（1982年4月），頁151。
- 劉學芝：〈訪林亨泰先生談現代詩的基本精神〉，《建專青年》第11期，（1983年6月）。
- 康原：〈台灣鄉土文學並非始於鄉土論戰〉，《台灣詩季刊》第5期，（1984年6月），頁30-39。
- 白靈：〈夢想的對唱──詩人與科學家激談錄〉，《聯合報》第8版（1987年5月31日）。
- 桃集：〈有孤岩的風景──訪林亨泰〉，《現代詩》第11

期，（1987年12月），頁15-24。

- 周文旺：〈台灣的「前現代派」與「現代派」：林燿德訪林亨泰〉，《臺北評論》第4期，（1988年3月），頁68-76。
- 鄭明娳、林婷：〈理論與實際——專訪林亨泰校友〉，《師大校友月刊》第245期，（1989年5月），頁4-6。
- 鐘耀隆、李淑華：〈詩人與語言的三角對話〉，《聯合文學》第56期，（1989年6月），頁28-39。
- 陳謙：〈現代詩與文學教育——訪林亨泰〉，《旦兮》第1卷2期，（1993年2月），頁13-14。
- 陳謙專訪、林秀梅整理：〈詩永不死：訪林亨泰〉，《台灣文藝》第135期，（1993年2月），頁55。
- 莊紫蓉：〈訪林亨泰〉，《台灣新文藝》第9期，（1997年12月），頁19-27。
- 林峻楓：〈博愛的默禱者——訪詩人林亨泰〉，《青年日報》第13版，（2001年2月14日）。
- 李長青、陳思嫻：〈與詩，追尋歷史的現代——林亨泰訪談〉，《笠詩刊》第241期，（2004年6月），頁28-30。

※ 傳記

- 林亨泰：〈我們以及我們的祖先們——不同政治不同文化的數代家族史（上）〉，《台灣文學評論》第2卷第3期，（2002年7月），頁177-200。
- 林亨泰：〈我們以及我們的祖先們——不同政治不同文化的數代家族史（下）〉，《台灣文學評論》第2卷第4期，（2002年10月），頁172-188。
- 林亨泰：〈我的尋根之旅的一個嘗試——「我們以及我們的祖先們」補遺〉，《台灣文學評論》第3卷第1期，（2003年1月），頁171-176。

- 林亨泰：〈日本殖民地之下的大正經驗（一）——父親時代而至我的成年歲月〉，《台灣文學評論》第4卷第4期，（2004年10月），頁261-267。
- 林亨泰：〈日本殖民地之下的大正經驗（二）——父親時代而至我的成年歲月〉，《台灣文學評論》第5卷第1期，（2005年1月），頁217-229。
- 林亨泰：〈日本殖民地之下的大正經驗（三）——父親時代而至我的成年歲月〉，《台灣文學評論》第5卷第2期，（2005年4月），頁246-252。

※ 文學年譜
- 林政華編：〈林亨泰先生文學年譜（上）〉，《台灣文學評論》第2卷第1期，（2002年1月），頁184-194。
- 林政華編：〈林亨泰先生文學年譜（下）〉，《台灣文學評論》第2卷第2期，（2002年4月），頁106-115。

※ 動向
- 〈林亨泰獲第二屆「榮後詩獎」〉，《中國時報》第31版，（1992年10月23日）。
- 〈五十年的「詩」生活：「榮後台灣詩獎」得獎感言〉，《自立晚報》第19版，（1992年10月30日）。
- 〈文建會補助出版林亨泰作品〉，《中國時報》第42版，（1993年11月4日）。
- 〈呂興昌編「林亨泰研究資料彙編」〉，《聯合報》第37版，（1994年9月7日）。
- 〈林亨泰授徒到日本弘法〉，《聯合報》第16版，（1994年9月19日）。
- 〈林亨泰身經疾厄漸漸復原，對台灣文學的關心不止休〉，

《民生報》第15版，（1995年10月27日）。

・黃志亮：〈「林亨泰全集」新書發表〉，《中國時報》第19版，（1998年12月19日）。

・賴素鈴：〈福爾摩沙詩哲林亨泰受獎〉，《民生報》第A5版，（2001年11月4日）。

・陳宛茜：〈老詩人林亨泰，深巷寫作家族史〉，《聯合報》第A12版，（2004年7月12日）。

・〈林亨泰退休生涯仍寄情寫作〉，《人間福報》第10版，（2004年7月16日）。

・賴素鈴：〈國家文藝獎頒獎，動容的夜〉，《民生報》第A13版，（2004年9月4日）。

彰化學

國家圖書館出版品預行編目資料

林亨泰的天地——林亨泰新詩研究／蕭蕭編.－－初
　　版.－－臺中市：晨星，2009.10
　　面；　公分.－－（彰化學叢書；020）
　　含參考書目及索引

　ISBN　978-986-177-300-1 (平裝)

863.51　　　　　　　　　　　　　　　98013545

彰化學叢書
020

林亨泰的天地
——林亨泰新詩研究

作者	蕭　蕭
主編	徐　惠　雅
校對	蕭　蕭　・　洪　伊　柔　・　羅　亦　馨
排版	陳　美　芳
總策畫	林　明　德　・　康　　原
總策畫單位	彰　化　學　叢　書　編　輯　委　員　會

發行人	陳銘民
發行所	晨星出版有限公司
	台中市407工業區30路1號
	TEL：04-23595820　FAX：04-23597123
	E-mail：morning@morningstar.com.tw
	http：//www.morningstar.com.tw
	行政院新聞局局版台業字第2500號
法律顧問	甘龍強律師
承製	知己圖書股份有限公司　　TEL：(04)23581803
初版	西元2009年10月6日

總經銷	知己圖書股份有限公司
	郵政劃撥：15060393
	（台北公司）台北市106羅斯福路二段95號4F之3
	TEL：(02)23672044　FAX：(02)23635741
	（台中公司）台中市407工業區30路1號
	TEL：(04)23595819　FAX：(04)23597123

定價 250 元
ISBN 978-986-177-300-1
Published by Morning Star Publishing Inc.
Printed in Taiwan

請填妥後對折裝訂，直接投郵即可，免貼郵票。

廣告回函
台灣中區郵政管理局
登記證第267號
免貼郵票

407
台中市工業區30路1號
晨星出版有限公司

請沿虛線摺下裝訂，謝謝！

更方便的購書方式：

(1) 網站：http://www.morningstar.com.tw
(2) 郵政劃撥 帳號：15060393
戶名：知己圖書股份有限公司
請於通信欄中註明欲購買之書名及數量
(3) 電話訂購：如為大量團購可直接撥客服專線洽詢

◎ 如需詳細書目可上網查詢或來電索取。
◎ 客服專線：04-23595819#230 傳真：04-23597123
◎ 客戶信箱：service@morningstar.com.tw